서유기

일러두기

1. 이 번역은 대만의 이인서국里仁書局에서 나온 이탁오비평본李卓吾批評本 『서유기교주西遊記校注』(2000년 초판 2쇄)를 저본底本으로 삼고, 상해고적출판사上海古籍出版社 및 북경인민출판사北京人民出版社 등에서 나온 세 종류의 다른 판본을 참고로 하되, 이탁오의 이름으로 된 평점評點은 생략하고 이야기 본문만 번역한 것이다.

2. 이 번역에서 혹시 발견될 수도 있는 오류는 역자 모두의 책임이다.

3. 기본적인 줄거리를 이해하는 데 반드시 필요한 사항은 각주 형식의 역주를 두어 설명하였고, 그 외에 불교나 도교와 관련된 개념어 등에 대한 설명은 '●'으로 표시하여 각 권의 맨 뒤에 「부록」('불교·도교 용어 풀이')으로 실었다.

4. 주석에서 중국 고유명사의 표기는 현행 맞춤법의 규정에 따라 신해혁명(1911)을 분기점으로 하여, 그 이전은 한자 발음대로, 그 이후는 중국어 원음대로 표기하였다. 단, 현행 외래어 표기법이 중국어 원음을 올바로 나타낼 수 없다고 판단되는 경우는 예외로 두었다. 예를 들어, '曲江縣'은 현행 외래어 표기법에 따르면 '취장시앤'이라고 써야 하지만 이 책에서는 '취장시앤'으로 표기하였다.

5. 본문 삽화는 청나라 때의 『신설서유기도상新說西遊記圖像』에서 발췌하였다.

6. 책명은 『 』으로, 편명이나 시 등은 「 」으로 표기하였다.

7. 이 책의 「부록」에 포함된 '불교·도교 용어 풀이', '등장인물', '현장법사의 서역 여행도'는 서울대학교 서유기 번역 연구회의 역자들이 직접 작성한 것이다.

8. '불교·도교 용어 풀이'는 가나다순으로 정리했다.

西遊記

서유기

오승은 지음

홍상훈 외 옮김

4

솔

차례

제31회
저팔계, 손오공을 찾아가 화해하다

의로써 형제를 맺고
불법으로 본성으로 돌아가네.
금공金公과 목모木母 귀의하여 정과를 이루고
손오공과 저팔계 마음을 합쳤네.
함께 극락세계에 오르고
같이 불이법문*에 들었도다.
불경은 수행의 으뜸가는 방법이고
부처님은 자기 본모습에 깃들어 있는 것
형과 아우 모여 세 뜻 하나 되었으니
요와 마의 색도 오행에 부응하네.
육도 세계의 유혹 떨쳐버리고
바로 대뇌음사로 향하도다.

義結孔懷[1]　法歸本性

金順木馴成正果　心猿木母合丹元

---

1 『시경詩經』「상체常棣」에 "형제공회兄弟孔懷"라는 구절이 있다. 원래 형제가 서로 그리워한다는 의미인데, 나중에는 형제를 '공회孔懷'라고 불렀다.

共登極樂世界　同來不二法門

經乃修行之總徑　佛配自己之元神

兄和弟會成三契　妖與魔色應五行

剪除六門趣　卽赴大雷音

　한편, 원숭이들은 그 멍텅구리를 붙잡아서 매달아 들고는 이리저리 잡아당겨서 승복까지 찢어놓았어요. 저팔계는 투덜거리면서 혼자 이렇게 생각했어요.

　'에라, 나도 모르겠다! 이번에 가면 맞아 죽겠는걸?'

　그렇게 동굴 입구에 도착하니, 제천대성이 절벽 위에 앉아서 호통을 쳤어요.

　"식량이나 축내는 멍청아! 네놈이 갈 테면 그냥 가지, 왜 내 욕은 하는 거냐?"

　저팔계는 바닥에 무릎을 꿇으며 말했어요.

　"형님, 난 형님을 욕한 적 없어요. 정말 그랬다면, 이 혀를 뎅강 끊어버리지. 그냥 형님이 안 가시니 나 혼자 가서 사부님께 그렇게 말씀드려야겠다고 했을 뿐이오. 어떻게 감히 형님을 욕하겠소?"

　"네가 날 속일 수 있을 성싶으냐? 내 왼쪽 귀를 위로 쏙 잡아당기면 서른세 곳 하늘에서 사람들이 말하는 소리가 들리고, 내 오른쪽 귀를 아래로 쏙 잡아당기면 십대명왕十代冥王과 판관判官이 죽은 영혼들을 심판하는 소리도 들린단 말이야. 네가 지금 가면서 날 욕했는데, 내가 그걸 못 듣는단 말이냐?"

　"알겠소, 형님. 또 뭐로 변해가지고 쥐새끼같이 내 뒤를 따라오면서 엿들었겠지."

　그러자 손오공이 크게 외쳤어요.

"얘들아, 몽둥이를 큰 놈으로 하나 골라 오너라! 먼저 인사로 복사뼈를 스무 대 치고 다음에 등짝을 스무 대 치거라. 그다음에 내가 여의봉으로 저 녀석을 아예 보내주지."

저팔계가 놀라서 머리를 조아리며 말했어요.

"형님, 제발 사부님 얼굴을 봐서 용서해주세요!"

"흥, 그 사부 참 인정 있고 의리 있는 사람이지!"

"형님, 그럼 사부님 말고 관음보살님 얼굴을 봐서 용서해주시구려!"

손오공은 관음보살 얘기를 듣자 어느 정도 마음을 돌리고는 말했어요.

"팔계야, 그렇게까지 말하니 널 때리진 않으마. 너 속이지 말고 솔직히 말해봐. 그 당나라 승려가 어디서 무슨 재난을 당했기에 네가 여기 와서 나한테 알랑거리고 있는 거냐?"

"형님, 별일 없어요. 진짜로 사부님이 형을 그리워해서 온 거예요."

"이 맞아도 싼 멍청아! 왜 아직까지 날 속이는 거야? 이 어르신 이 몸은 수렴동水簾洞으로 돌아왔지만, 마음만은 경전을 얻으러 가는 스님을 따르고 있어. 사부님께선 필시 가는 곳마다 어려움에 닥치고 재앙을 만났을 터. 맞고 싶지 않으면 빨리 다 얘기해!"

저팔계는 이 말을 듣고 머리를 조아리며 말했어요.

"형님, 형님을 속여 모셔가려고 했던 게 맞아요. 형님이 이렇게 신통력이 있는 줄은 몰랐지요. 용서하시고 때리지 마세요. 일어나서 말씀드리게 좀 놓아주세요."

"그래, 일어나서 말해봐."

원숭이들이 놓아주자, 그 멍텅구리는 발딱 일어나더니 사방을 이리저리 둘러보았어요. 손오공이 물었지요.

"뭘 보는 거냐?"

"어느 쪽이 넓고 도망가기 좋은 길인지 보는 거예요."

"네놈이 어디로 도망가? 널 사흘 먼저 보낸다 해도 이 어르신은 널 다시 따라잡을 수 있어. 빨리 말해! 이번에 내 성질을 건드리면 절대 용서하지 않을 테니까!"

"사실대로 말씀드릴게요. 형님이 돌아가신 뒤 저와 사오정이 사부님을 보호하면서 갔지요. 그러다 검은 소나무 숲이 나타나자, 사부님은 말에서 내리시고 저한테 시주를 받아 오라고 하셨어요. 전 아무리 가도 인가는 없고 힘도 들어서 잠깐 풀밭에서 잠이 들었어요. 그런데 사오정이 사부님을 두고 절 찾으러 온 거예요. 형님도 아시겠지만 사부님이 얌전히 앉아 있을 양반이 아니잖아요?

혼자서 숲속을 거닐면서 경치를 감상하다가 숲을 벗어났는데, 번쩍번쩍하는 황금 불탑이 나타난 거예요. 사부님은 절이라고만 생각했지 탑 밑에 요괴가 있는 줄은 몰랐지요. 그 요괴는 황포라는 놈으로, 사부님은 그놈한테 붙잡혔어요. 나중에 저랑 사오정이 돌아갔더니 백마하고 짐만 있고 사부님은 안 보였어요. 그래서 동굴 입구까지 찾으러 가서 그 요괴놈이랑 죽도록 싸웠지요.

사부님은 동굴에서 다행히도 구세주 한 분을 만났어요. 원래 보상국의 셋째 공주인데 요괴한테 잡혀 온 분이지요. 공주는 집에 보내는 편지를 한 통 써서 전해달라고 부탁하며 사부님을 풀어줬어요. 사부님이 보상국으로 가서 편지를 전하자, 그 나라 왕은 사부님한테 요괴를 무찌르고 공주를 되찾아와달라는 겁니다. 형님도 아시겠지만, 그 늙다리 중이 요괴를 무찌를 수 있나요? 저희 둘이 다시 가서 싸웠지요. 그런데 그 요괴가 신통력이 대단하더군요. 사오정을 또 잡아가버렸지 뭐에요. 저는 싸움에 지고 도망가서 풀 사이에 숨어 있었어요.

그런데 그 요괴는 준수한 선비로 변하더니 왕궁으로 들어가 왕의 사위라고 인사드리고는 사부님을 호랑이로 만들어버렸어요. 그리고 백마가 밤새 본래의 용의 몸으로 돌아가 사부님을 찾으러 갔는데, 사부님은 찾지도 못하고 은안전銀安殿에서 술 먹고 있는 그 요괴놈이랑 맞닥뜨리고 말았어요. 백마는 궁녀로 변해서 요괴놈에게 술을 따르고, 칼춤을 추다가 틈을 봐서 놈을 베려 했는데, 도리어 그놈한테 촛대로 맞아 다리를 다쳤어요. 그러고는 바로 저한테 형님을 모셔 오라고 한 겁니다. 이렇게 말하면서요. "형님은 인자하고 의리가 있는 군자입니다. 군자는 옛 허물을 기억하지 않으니, 반드시 오셔서 사부님을 어려움에서 구해주실 겁니다.' 형님, '하루 스승은 평생의 어버이(一日爲師 終身爲父)'란 걸 생각하시고, 제발 사부님을 좀 구해주세요."

"이 멍청아, 내가 떠나올 때 '만약 요마가 사부님을 잡아가면, 손 어르신이 그분의 첫째 제자라고 해라'고 신신당부했잖아. 왜 내 애길 안 한 거냐?"

저팔계가 또 머리를 굴리기 시작했어요.

'장수를 모시려는 것보다는 장수를 자극하는 게 낫지. 화를 좀 돋워보자.'

그리고 이렇게 말했지요.

"형님, 형님 애길 안 했으면 그래도 괜찮았게요? 형님 애길 하니까 그놈이 더 무례하게 굴던 걸요!"

"어째서?"

"제가 이랬지요. '요괴야, 무례하게 굴지 말고, 절대 우리 사부님을 해치지 마라. 우리한텐 손오공이란 큰형님이 있는데, 신통력이 대단해서 요괴 때려잡는 데는 선수라고. 만약 형님이 오시면 넌 묻힐 자리도 없이 죽게 될 거야.' 그런데 그 요괴는 이 말을 듣고 더 화를 내며 이렇게 욕했어요. '손오공은 또 웬 놈이야? 내가 그놈을 무서워해? 그놈이 오면, 내 그놈 가죽을 벗기고 힘줄을 잡아 빼고 뼈를 갉아먹은 다음, 심장을 삼켜버릴 테다! 말라깽이 원숭이라도 내 그놈 살을 다져서 육젓으로 만들어 기름에 튀겨먹을 테니까!'"

손오공은 그 말을 듣고 화가 나서 귀를 긁고, 뺨을 문지르고, 펄펄 뛰면서 말했어요.

"어느 놈이 감히 날 그렇게 욕해!"

"형님, 진정하세요. 그렇게 욕한 건 황포 요괴이고, 전 그대로 들려드린 것뿐이에요."

"동생, 일어나. 내가 못 갈 것도 없지. 요괴가 감히 날 욕했는데, 내가 그놈을 못 물리칠 거 있겠어? 너와 함께 가지. 이 어르신이 오백 년 전에 하늘궁전에서 난리를 피울 때 하늘의 신장神將들도 나를 보면 모두 허리를 굽혀 인사하고 말끝마다 '대성님, 대성님' 했어. 그런데 이 요괴놈이 무례하게 감히 등 뒤에서 나를 욕해? 이번에 가면 그놈을 잡아 시체를 가루로 만들어서 내 욕을 한 원수를 갚아줘야지. 원수를 갚고 나면 난 바로 돌아올 테다."

"형님, 맞아요. 가서서 그놈을 잡고 형님 원수를 갚으세요. 그때가서 돌아오고 안 돌아오고는 마음대로 하시고요."

제천대성은 그제야 절벽에서 뛰어내려 수렴동 안으로 달려 들어가 요괴의 옷을 벗고, 비단 승복을 입고, 호랑이 가죽 치마의 끈을 묶은 다음, 여의봉을 들고 곧장 문밖으로 나왔어요. 원숭이들은 당황해서 손오공을 막으면서 이렇게 말했어요.

"제천대성 나리, 어디 가십니까? 저희들과 몇 년이라도 같이 놀면 좋잖아요."

"얘들아, 그게 무슨 말이냐? 이건 당나라 스님을 보호하는 일이다. 이 손오공이 삼장법사의 제자라는 건 온 세상이 알고 있어. 사부님은 날 쫓아내신 게 아니라 집에 다녀오라고 하신 거야. 집에 가서 좀 놀라고 보내주신 거라고. 지금은 이런 일이 생겼으니까, 너희는 가업을 잘 지켜야 한다. 버드나무와 소나무도 죽지 않게 때맞춰 돌봐라. 내가 삼장법사를 보호해 경전을 가지고 동녘 땅으로 돌아가서 임무를 다 마치면, 다시 돌아와 너희와 즐겁게 지낼 테니까."

원숭이들은 모두 그 명을 따랐어요.

제천대성은 저팔계의 손을 잡고 구름을 타고 수렴동을 떠났어요. 동쪽 큰 바다를 지나 서쪽 해안에 이르자, 구름을 멈추고 소리를 질렀어요.

"동생, 잠깐 멈춰. 바다에 내려가서 몸을 좀 씻고 올게."

"갈 길이 바쁜데 또 무슨 몸을 씻어요?"

"네가 알 리가 없지. 내가 돌아온 후 요 며칠 동안 몸에 요괴의 기운이 생겼거든. 사부님은 깔끔한 분이시니까 이런 날 싫어할 거야."

저팔계는 이 말을 듣고 비로소 손오공이 진심임을 알았어요. 금방 다 씻고서 다시 구름을 몰아 서쪽으로 나아갔지요. 그 황금 빛 탑이 보이자, 저팔계가 손으로 가리키면서 말했어요.

"저게 황포 요괴의 집이에요. 사오정이 아직 저 집에 있어요."

"너는 공중에 있어. 내가 내려가서 저 문 앞 상황이 어떤지 보고 오마. 요괴와 싸움을 펼치기 좋게 말이야."

"갈 거 없어요. 요괴는 집에 없으니까요."

"알았다."

멋진 원숭이 왕! 그가 상서로운 구름을 내려 곧바로 동굴 문 앞으로 가서 살펴보니, 어린애 둘이 거기서 꼭지가 굽은 막대기로 털 공을 치면서 땅따먹기 놀이를 하고 있었어요. 한 아이는 열 살 남짓하고, 또 한 아이는 여덟아홉 살 정도였지요. 그놈들은 한참 놀고 있던 차에 손오공한테 끌려 올라왔어요. 손오공은 막무가내로 한 손으로 아이들의 머리채를 틀어쥐고 끌고 온 거예요. 놀란 아이들이 욕 반 울음 반으로 마구 떠들어대자, 파월동波月洞의 조무래기 요괴들이 급히 공주에게 알렸어요.

"마님, 어떤 놈이 두 공자님을 납치해 갔습니다!"

그 두 아이들은 공주와 황포 요괴가 낳은 아이들이었어요. 공주는 이 말을 듣자 급히 동굴 문 밖으로 나왔어요. 나와 보니 손오공이 두 아이를 든 채 높은 절벽 위에 서서 아래로 내팽개치려고 하는 것이었어요. 공주는 놀라서 화난 목소리로 크게 소리쳤어요.

"이봐요! 난 당신과 아무 상관도 없는 사람인데, 어째서 내 아이를 데려간 거지요? 애들 아버지는 무서운 사람이니, 조금이라도 잘못되면 절대 당신을 가만두지 않을 거예요!"

"날 모르시오? 난 당나라 스님의 첫째 제자 손오공이오. 내 사제인 사오정이 당신 동굴에 있지. 당신이 사오정을 풀어주면 내가 이 두 아이를 돌려주겠소. 이건 둘이랑 하나를 바꾸는 거니까, 그래도 당신이 이익이지."

공주는 이 말을 듣자 급히 동굴 안으로 들어가서 문을 지키는 조무래기 요괴들을 물러나게 하고 직접 사오정을 풀어주었어요. 그러자 사오정이 말했어요.

"공주님, 절 풀어주지 마십시오. 그 요괴가 집에 와서 공주님한테 절 내놓으라고 하면 공주님까지 힘들어질 겁니다."

"스님, 스님은 제 은인이십니다. 저를 위해 편지 일을 덮어주어

손오공, 황표 요괴의 두 아들을 납치해 가다

제 목숨을 구해주셨으니, 저도 스님을 풀어드리려고 생각하고 있었습니다. 그런데 뜻밖에도 동굴 밖에 당신의 큰사형 손오공이란 자가 와서 당신을 풀어주라고 하는군요."

아! 사오정은 손오공이라는 이름을 듣자 마치 제호醍醐를 정수리에 들이부은 듯,˚ 감로수가 마음을 적셔오듯, 정신이 번쩍 들고 얼굴이 활짝 피어나 화색이 돌았지요. 누가 왔다는 애길 들었다기보다는 금이나 옥을 주운 것 같았어요. 좀 보세요. 사오정은 손으로 옷을 털고 문밖으로 나와 손오공에게 예를 드리고 이렇게 말했어요.

"형님, 정말 하늘에서 내려오셨군요! 제발 저를 구해주세요."

손오공은 비웃었어요.

"이 중놈아! 사부님께서 긴고아주緊箍兒呪를 욀 때 네가 언제 내 편에서 한마디라도 해줬냐? 사부님을 보호한다고 나불나불 입은 잘 놀리더니, 서방엔 가지 않고 여기에 엎어져서 뭘 하는 거야?"

"형님, 더 말씀하실 거 없어요. 군자는 지나간 허물은 탓하지 않지요. 우리들은 패전한 장수니까 용맹에 대해 말할 수는 없지요. 제발 저를 구해주기나 해요!"

"올라오너라."

사오정은 그제야 몸을 날려 바위 절벽 위로 뛰어올랐어요.

한편, 저팔계는 공중에 서 있다가 사오정이 동굴에서 나오는 것을 보고, 바로 구름을 내리며 외쳤어요.

"오정아, 고생했다! 고생했어!"

사오정이 모습을 나타내며 말했어요.

"둘째 형, 어디서 오는 거요?"

"난 어제 싸움에서 지고 밤에 성안으로 들어가 백마를 만나서,

사부님이 곤경에 처하신 걸 알았지. 황포 요괴의 술법에 걸려서 호랑이로 변해버린 거야. 그래서 백마랑 내가 상의해서 형님을 모셔 온 거지."

"멍청아, 그만 늘어놔라. 너희들이 이 두 아이를 하나씩 안고 먼저 보상국 성으로 들어가, 그 요괴놈을 화나게 해서 이리로 오게 해. 내가 여기에서 그놈을 칠 테니까."

사오정이 물었어요.

"형님, 어떻게 화나게 하지요?"

"너희 둘이 구름을 몰고 가 금란전金鑾殿 위에 멈추고, 무조건 아이들을 백옥 계단 앞에다 내동댕이쳐버려. 누구냐고 묻는 놈이 있거든, 너희들이 황포 요괴의 아이들을 잡아 왔다고 말하는 거야. 요괴가 그 얘길 들으면 반드시 돌아올 테니, 내가 놈과 싸우러 성안으로 들어갈 필요가 없지. 만약 성에서 싸운다면 구름과 안개를 내뿜고 흙과 먼지를 날릴 테니, 조정과 수많은 관리들, 백성들이 놀라서 모두 불안해할 거야."

저팔계가 웃었어요.

"형님은 하는 일마다 우리를 골탕 먹이네요."

"어째서 너희를 골탕 먹인다는 거냐?"

"이 두 아이들은 형님한테 잡혀 와서 벌써 놀라 간이 떨어져버렸소. 이번 일로 울어서 목소리도 안 나오는데, 또 한 번 당하면 죽지 않을 리 있어요? 우리가 데려가서 내던져버리면 그냥 고깃덩어리가 되고 말 텐데, 요괴가 와서 보고 우릴 놔주겠어요? 우리 둘을 죽이려고 들걸? 그래도 형님은 책임질 일이 없잖아요? 증거도 없으니까. 그런데도 우릴 골탕 먹이는 게 아니란 거요?"

"그놈이 너희를 붙잡으려 하면, 너희 둘은 싸우면서 이리로 와. 여기는 싸움터가 넓으니까, 난 여기서 기다렸다 그놈을 칠게."

그러자 사오정이 대답했어요.

"맞소, 맞아요. 형님 말이 일리가 있어요. 우리 다녀옵시다."

해서 둘은 위풍당당하게 아이들을 데리고 갔어요.

손오공은 바위 절벽에서 뛰어내려 탑문 아래로 갔어요. 그러자 공주가 말했어요.

"당신은 전혀 신의가 없군요. 당신 사제師弟를 풀어주면 아이들을 돌려준다고 했잖아요? 당신 사제를 풀어줬는데 어째서 우리 아이들을 내놓지 않고, 도리어 우리 문 앞에 와서 또 뭘 하는 거예요?"

손오공이 웃으면서 대꾸했어요.

"공주님, 그만 꾸짖으시오. 공주님이 여기 온 지도 오래됐으니, 아드님들을 데리고 가서 외할아버지를 만나게 해주는 거니까."

"스님, 함부로 행동하지 마세요. 제 남편은 보통 사람과 달라요. 당신이 우리 아이들을 놀라게 했다면, 잘 달래줘야지요."

그러자 손오공이 웃으며 이런 말을 했어요.

"공주님, 사람으로 세상에 태어나서 죄를 짓는다는 것이 무엇입니까?"

"알고 있어요."

"당신 같은 여자가 뭘 안단 말이요?"

"저는 어려서부터 왕궁에서 부모님께 가르침을 받았어요. 옛 책에 '다섯 가지 형벌을 받을 만한 죄는 삼천 가지지만, 죄 중에서 불효보다 큰 것은 없다(五刑之屬三千 而罪莫大于不孝)'[2]고 했던 것을 기억하고 있지요."

"당신은 바로 불효막심한 자식이오. 『시경詩經』「소아小雅」 편의

---

2 『효경孝經』「오형五刑」 편에 나오는 말이다. 이마에 인두로 글자를 새기는 묵형墨刑, 코를 베어 버리는 이형劓刑, 발뒤꿈치를 자르는 비형剕刑, 생식기를 자르는 궁형宮刑, 사형인 대벽大辟의 다섯 가지 형벌이며, 그 조항은 3천 가지인데, 죄가 가장 큰 것이 불효이다.

'료아蓼莪'에 보면,

> 아버지 나를 낳으시고
> 어머니 나를 기르셨네.
> 슬프도다! 부모님은
> 나를 낳아 고생하시네.

父兮生我　母兮鞠我

哀哀父母　生我劬勞

라고 했소. 그러니 효는 모든 행동의 근원이고 온갖 선의 바탕이오. 그런데 어찌 요괴와 짝이 되어, 부모님을 그리워하지 않소? 그게 불효가 아니면 무엇이오?"

공주는 이렇게 바른 말을 듣자, 한참 동안 귀까지 새빨개져 부끄러워 어쩔 줄을 몰랐어요. 그러다 엉겁결에 이렇게 말했어요.

"스님 말씀이 지극히 옳아요. 제가 어찌 부모님을 그리워하지 않겠어요? 하지만 이 요괴가 저를 여기로 납치해 왔고, 그의 규율은 엄한지라 제가 걸음을 떼기조차 어려우며, 산길은 아득한데다 소식 전할 사람도 없었어요. 스스로 목숨을 끊으려 해도, 부모님께서 제가 도망간 것이라 의심하시어 진상이 끝내 밝혀지지 않을까 두려웠어요. 그래서 어쩔 수 없이 남은 목숨을 구차하게 이어가며, 참으로 천지간의 큰 죄인이 되고 말았지요."

말이 끝나자, 공주는 눈물을 펑펑 쏟았어요.

"공주님, 슬퍼할 것 없소. 당신이 편지를 써서 우리 사부님의 목숨을 구해주었다는 것을 저팔계한테 들었소. 그 편지에도 부모님을 그리워하는 내용이 있었다고 하더군요. 이 몸이 왔으니 반드시 요괴를 붙잡아 공주님을 모시고 왕궁으로 돌아가 국왕을 만나게 해드리겠소. 공주님은 달리 좋은 짝을 찾아 늙도록 양친을 옆에서 모시는 거요. 어떻소?"

"스님, 죽고 싶어 그래요? 어제 당신의 두 사제들은 그렇게 당당한 장정인데도 제 남편을 이기지 못했는데, 이렇게 조그만 말라깽이에 게처럼 뼈가 다 드러난 당신이 무슨 재주가 있겠어요? 겁 없이 요괴를 잡겠다고 하다니요."

"사람 보는 눈이 없으시군. 속담에 '오줌통은 크지만 두 근도 안 나가고, 저울추는 작아도 천 근이 넘는다(尿泡雖大無斤兩 秤鉈雖小壓千斤)'는 말이 있소. 걔들은 쓸데없이 겉모습만 클 뿐이오. 걸을 때면 바람만 잔뜩 맞고, 옷을 해 입으려면 옷감만 잔뜩 드니 나무로 치자면 땔감으로 쓰자니 속이 비었고, 문 버팀목으로 쓰자니 허리가 약한 격이라 먹기만 하고 공이 없는 것이지. 이 손 어르신은 작긴 하지만 속이 알차다오."

"당신 정말 재간이 있나요?"

"당신은 내 재간을 본 적이 없겠지만, 요괴 물리치는 데는 제일이오."

"이러다 오히려 제게 해를 끼치는 건 아니겠지요?"

"절대 그런 일 없을 거요."

"요괴를 잘 물리치신다니, 어떻게 잡으실 건가요?"

"공주님은 좀 피해 계시오. 내 눈앞에 나타나지 말고. 그럼 놈이 왔을 때 손을 쓰기에 안 좋으니까. 그놈과 정이 두터워서 미련이 남을까 봐 그러오."

"제가 왜 그 사람한테 미련을 두겠어요? 제가 여기 남아 있는 것은 어쩔 수 없기 때문이에요!"

"십삼 년 동안 부부로 살았는데, 어찌 정이 없겠소? 내가 놈을 보면 애들처럼 장난하지 않고, 몽둥이질이건 주먹질이건 간에 반드시 때려눕힐 거요. 그래야 당신을 부왕께 돌려보낼 수 있을 거 아니오?"

공주는 손오공의 말에 따라 조용한 곳으로 피했어요. 그들의 인연이 다했기 때문에 제천대성이 여기에 오게 된 것이지요. 원숭이 왕은 공주를 숨겨놓고 몸을 흔들어 공주와 똑같은 모습으로 변해서 동굴 속으로 들어가 황포 요괴를 기다렸어요.

한편, 저팔계와 사오정은 두 아이를 보상국으로 데려가 백옥 계단 앞으로 내던졌어요. 불쌍하게도 아이들은 모두 고깃덩어리가 되어 땅바닥에 뭉그러져, 피투성이에 뼈도 가루가 됐지요. 조정의 많은 관리들은 놀라서 이렇게 소리쳤어요.

"큰일 났다! 큰일 났어! 하늘에서 두 아이가 내던져졌다!"

저팔계는 사나운 목소리로 크게 소리 질렀어요.

"그놈들은 황포 요괴의 자식들인데 이 저팔계와 사오정한테 잡혀 왔다!"

그때 요괴는 아직 은안전에서 간밤의 술이 덜 깬 상태였어요. 막 잠이 들려는데, 누군가 자기 이름을 부르는 것이 들렸어요. 일어나서 머리를 들어 바라보니, 저 구름 끝에서 저팔계와 사오정 둘이서 소리를 지르고 있는 것이 보였지요. 황포 요괴는 속으로 이렇게 생각했어요.

'저팔계는 그렇다 치고, 사오정은 내가 집에다 묶어놓았는데 어떻게 나올 수 있었지? 마누라가 어쩌다 저놈을 놓아줬을까? 우리 애들은 어떻게 저놈들 손에 들어갔지? 이건 아마 내가 나가서 자기와 싸우질 않으니까, 저팔계가 일부러 이런 말로 나를 속이려는 걸 거야. 만약 저놈을 상대한다면 싸워야 될 텐데? 아! 아직도 술이 안 깼는데 만약 저놈 쇠스랑에 한번 맞는다면, 위풍이

깎이고 비밀이 들통날지도 몰라. 그냥 집으로 돌아가 저게 내 아들인지 아닌지 보고 나서 다시 얘기해도 늦지 않겠지.'

대단한 황포 요괴! 그는 국왕에게 작별 인사도 없이 숲을 돌아 곧바로 동굴로 가서 소식을 알아봤어요. 이때 조정에서는 그가 요괴라는 것을 알게 되었지요. 그가 밤새 궁녀 하나를 먹어치우고 나머지 열일곱 명의 궁녀가 달아난 일이 새벽녘 국왕에게 구구절절 고해졌던 것이지요. 게다가 그가 인사도 안 하고 갔기 때문에 요괴임이 더 확실해졌어요. 국왕이 곧 많은 관리를 보내 가짜 호랑이를 지키게 한 일은 더 이상 말하지 않겠어요.

한편, 황포 요괴는 바로 동굴 입구로 왔어요. 손오공은 그가 오는 것을 보고 그를 속이려 계책을 썼어요. 눈을 질끈 감고 주르륵 눈물을 비 오듯 쏟으면서, 사방으로 아이를 부르며 털썩 쓰러져 가슴을 치며 동굴 안에서 울고 있었지요. 요괴는 잠깐 사이라 알아보지 못하고, 앞으로 다가가 부축하며 말했어요.

"여보, 무슨 일이 있기에 이렇게 괴로워하오?"

제천대성은 거짓말을 꾸며내며 눈물이 그렁그렁한 채 말했어요.

"여보, 옛말에 '남자가 아내가 없으면 재물도 주인이 없고, 아녀자가 지아비가 없으면 신세가 기구해진다(男子無妻財沒主 婦女無夫身落空)'고 했지요. 당신은 어제 조정에 들어가 사위로 인사드린다더니 왜 안 돌아왔어요? 오늘 아침에 저팔계가 사오정을 빼내고 또 우리 아이를 잡아갔어요. 제가 아무리 부탁해도 놓아주지 않더군요. 오늘 조정으로 가서 외할아버지와 인사를 시킨다더군요. 한나절 동안 아이들은 안 보이고 살았는지 죽었는지도 알 수 없는데, 당신은 또 집에 계시지도 않으니, 제가 어떻게 견디겠어요? 그래서 참지 못하고 통곡했던 거예요."

황포 요괴는 그 말을 듣고 무척 화가 났어요.

"정말 내 아들이라고?"

"맞아요. 저팔계가 데려갔어요."

황포 요괴는 화가 나서 펄펄 뛰며 말했어요.

"끝장이야! 끝장! 그놈이 내 아이들을 내동댕이쳐 죽였어! 이미 죽은 아이들을 되살릴 수도 없어! 저 중을 잡아 내 아이들의 목숨을 보상받고 원수를 갚을 수밖에. 여보, 울지 말아요. 지금 심정이 어떻소? 내가 달래주리다."

"전 아무렇지도 않아요. 다만 아이들 일로 안타까워 울었더니 가슴이 좀 아프네요."

"괜찮아. 일어나지. 나한테 보배가 하나 있으니, 당신 아픈 데를 문지르기만 하면 바로 통증이 사라질 거요. 하지만 엄지손가락으로 튀기지 않도록 조심해야 돼. 그렇게 하면 내 본모습이 드러나게 되니까."

손오공은 이 말을 듣고 속으로 웃으며 생각했어요.

'이 요괴놈 제법 솔직한걸? 고문도 하지 않았는데 알아서 자백하네? 이놈이 그 보배를 꺼내면 그걸 튀겨서 어떤 요괴인지 봐야겠다.'

요괴는 곧장 동굴 안 깊숙이 밀폐된 곳으로 손오공을 데려가서는, 입속에서 보배 하나를 뱉어냈어요. 그것은 계란 크기의 영롱한 내단사리內丹舍利였어요. 손오공은 속으로 기뻐했어요.

'좋은 물건인데! 이건 얼마나 많은 시간 동안 앉아서 수련하고, 몇 년 동안이나 시련을 거치고, 또 몇 번이나 달구고 식히는 과정을 거쳐서 이렇게 정련된 것인지 몰라. 오늘 큰 인연이 있어 손 어르신을 만나게 됐구나.'

원숭이는 그걸 건네받아서 어디 아픈 데가 있겠냐마는 짐짓 좀 문지르더니, 일부러 한번 쓰다듬어보다가 한 손가락으로 튀기려 했어요. 요괴는 놀라서 날쌔게 손을 놀려 빼앗으려 했지요. 하지만 생각해보세요. 이 원숭이가 오죽 민첩한가요? 그는 보배를 한입에 배 속으로 삼켰지요. 황포 요괴는 주먹을 쥐고 때렸지만, 손오공은 한 손에 막아버렸어요. 손오공은 얼굴을 문질러 본모습을 드러내고는 이렇게 말했어요.

"요괴야, 무리한 짓일랑 그만두고 내가 누군지 잘 좀 봐."

황포 요괴는 손오공을 보고 매우 놀랐어요.

"아! 마누라, 당신 어째서 이런 낯짝을 꺼내 보이는 거야?"

손오공이 욕을 했어요.

"내 이 요괴놈을! 누가 네놈 마누라야? 네 조상님도 아직 몰라보고!"

황포 요괴는 갑자기 깨달았어요.

"내 널 좀 알아볼 것 같다."

"내 잠시 때리지 않을 테니까, 누군지 다시 한 번 잘 봐."

"눈에 익다곤 하지만 얼른 이름이 생각나지 않는걸? 넌 도대체 누구냐? 어디서 왔어? 내 마누라는 어디다 숨겨놨어? 그러고는 내 집에 와서 내 보배를 훔쳐 가려고 하다니. 정말 무례하구나! 나쁜 놈!"

"너도 날 못 알아보는구나. 난 삼장법사의 큰제자 손오공 행자이시다. 난 네놈의 오백 년 전 조상님이라고."

"그럴 리가 없어. 그럴 리가 없다고! 내가 당나라 중을 잡을 때, 저팔계, 사오정이라는 두 제자가 있는 것만 알았지, 손 아무개라는 자에 대한 얘기는 들은 적 없어! 네가 어디서 온 괴물인지 모르겠다만, 여기까지 와서 날 속여?"

"난 그 둘이랑 같이 온 게 아니야. 우리 사부님께서는 자비롭고 선을 좋아하는 분이라, 내가 걸핏하면 요괴를 때려죽이자 나를 쫓아내셨어. 해서 사부님과 같이 오지 않았던 거지. 넌 네 조상님 이름도 모르는구나."

"사내답지 못한 놈아! 사부한테 내쫓겼으면서 또 무슨 낯짝으로 다시 찾아온 거야!"

"이 요괴놈아! 네가 어찌 '하루 스승이면 평생 어버이가 되고(一日爲師 終身爲父)' '부자 사이에는 다음 날까지 가는 원한이 없다(父子無隔宿之仇)'는 말을 알겠냐? 네가 지금 우리 사부님을 해치는데, 내가 어떻게 구하러 오지 않을 수가 있겠냐? 네가 사부님을 해친 건 그렇다 치고, 또 어째서 뒤에서 내 욕을 한 거냐?"

"내가 언제 네 욕을 했어?"

"저팔계가 말해줬다고."

"그놈 말 믿지 마. 그 저팔계란 놈은 입이 뾰족 튀어나와서 못된 첩처럼 중간에서 이간질도 일삼는데, 그 말을 들어?"

"그런 쓸데없는 소린 할 거 없어. 손 어르신이 오늘 네 집에 왔는데, 넌 멀리서 온 손님을 이렇게 소홀히 대해? 대접할 술과 안주는 없다 해도 머리야 있겠지. 어서 머리를 쭉 빼봐라. 이 어르신이 한 방에 내리쳐서 차 안주로 삼아주마."

황포 요괴는 친다는 말을 듣자, 껄껄 웃었어요.

"손오공, 네 계산이 틀렸다. 나를 치려면 나랑 같이 들어오지 말았어야지. 여기엔 크고 작은 요괴들이 백 명도 넘어. 네가 온몸에 손이 달렸다 해도 동굴 문도 못 나갈걸?"

"헛소리 마. 백 명이 아니라 수천수만이 있어도 한 놈 한 놈 잘 살펴서 때리면, 봉 한 번도 헛되이 놀리지 않을 거니까, 네놈은 흔적도 없이 해치워줄 수 있지."

황포 요괴는 그 말을 듣자 급히 명령을 내려, 산 주변과 동굴 안 팎의 여러 요괴들을 하나하나 점호하고, 각자 무기를 들고 서너 겹이나 되는 문들을 단단히 걸어 잠그게 했어요. 손오공이 이를 보고 매우 기뻐하며 두 손으로 여의봉을 놀리면서 "변해랏!" 하 고 소리치자, 머리가 셋에 팔이 여섯 개 달린 모습으로 변했고, 여 의봉을 흔들자 그것은 세 자루로 변했어요. 보세요. 그가 여섯 개 의 손으로 세 자루의 여의봉을 들고 곧장 치면서 나아가니, 호랑 이가 양 떼 속으로 들어가는 듯, 매가 닭장으로 날아오는 듯했어 요. 가엾은 조무래기 요괴들! 제대로 맞은 놈은 머리가 가루처럼 바스러지고 여의봉에 긁힌 놈들은 피를 철철 흘렸어요. 손오공은 이리저리 휘젓고 다니는 것이 마치 무인지경에 든 듯했어요. 황 포 요괴는 혼자만 남자 급히 문을 빠져나가며 욕을 해댔어요.

"이 원숭이놈아! 정말 지독하구나. 왜 남의 집에 와서 사람을 괴롭히는 거냐?"

손오공은 급히 고개를 돌려 손짓으로 불렀어요.

"이리 와, 이리 오라고. 네놈을 쓰러뜨려야 공을 세우지."

황포 요괴는 보배로운 칼을 들고 휘둘렀지만, 멋진 손오공은 여의봉을 들고 정면으로 막아냈어요. 이 싸움은 산꼭대기에서 벌 어졌는데, 구름과 안개가 자욱한 것이 정말 대단했어요.

제천대성은 신통력이 크고
황포 요괴는 재주가 뛰어나네.
이쪽이 여의봉 마구 휘두르면
저쪽은 담금질한 강철 칼 비껴든다.
유유히 칼 들면 노을에 밝게 빛나고
여의봉 가볍게 들어 막으면 오색구름 흩날린다.

왔다 갔다 하면서 투구는 몇 번이나 뒤집혔고
앞뒤로 나가면서 온몸을 여러 차례 돌렸네.
한쪽이 바람 따라 모습 바꾸면
또 한쪽은 땅에 서서 몸을 흔드네.
저쪽이 불같은 눈동자 크게 뜨고 원숭이 팔을 뻗으면
이쪽은 번쩍번쩍 금빛 눈동자에 호랑이 허리를 비트네.
주거니 받거니 날 부딪치며 싸우는데
칼로 받고 여의봉으로 막으며 서로 양보 없네.
원숭이 왕 여의봉을 삼략 따라 놀리고
요괴는 강철 칼 육도에 맞춰 움직이네.[3]
하나는 수단을 잘 부려 마왕이 되었고
또 하나는 법력을 널리 베풀어 삼장법사를 보좌하네.
맹렬한 원숭이 왕 더더욱 맹렬해졌고
호기로운 괴물 그 호기 더해졌네.
목숨 돌보지 않고 공중에서 싸우니
이는 모두 삼장법사가 멀리 부처를 배알하러 가기 때문.

$$大聖神通大　妖魔本事高$$

$$這箇横理生金棒　那箇斜擧蘸銅刀$$

$$悠悠刀起明霞亮　輕擧棒架彩雲飄$$

$$往來護頂翻多次　返復渾身轉數遭$$

$$一箇隨風更面目　一箇立地把身搖$$

$$那箇大睜火眼伸猿膊　這箇明幌金睛折虎腰$$

$$你來我去交鋒戰　刀迎棒架不相饒$$

3　병서兵書 제목이다. '육도'는 태공망太公望이 지었다는 것으로 『문도文韜』『무도武韜』『표도豹
韜』『견도犬韜』 등 모두 60편이고, '삼략'은 황석공黄石公이 지었다는 것으로 상, 중, 하 세 권으
로 되어 있다. 그러나 태공망이나 황석공은 모두 전설적인 인물들이고, 이 책은 후세의 누군가
가 그들의 이름에 기대어 지은 위작僞作이다.

둘은 오륙십 합을 싸우고도 승부를 내지 못했어요. 손오공은 속으로 기뻐했지요.

'이 요괴놈의 칼이 뜻밖에도 이 손 어르신의 여의봉을 상대할 만하구나. 이놈이 알아채나 틈을 좀 보여봐야지.'

멋진 원숭이 왕! 그는 두 손으로 여의봉을 들고 말 목을 감듯이 손을 들어 올리는 '고탐마高探馬'의 자세를 취했어요. 저 요괴는 계책인 줄도 모르고 빈틈을 보자마자 칼을 돌려 잽싸게 달려와 세 번 내리쳤어요. 그러나 손오공이 갑자기 몸을 낮춰 중심을 잡는 '대중평大中平'의 자세로 바꾸어 그의 칼을 쳐내고, 또다시 잎사귀 밑에서 복숭아를 훔쳐 먹는 '엽저투도세葉底偸盜勢'의 자세를 취해 요괴의 정수리를 한 번 내리치자, 요괴는 흔적도 없이 사라졌어요. 급히 여의봉을 거두고 보아도 요괴가 없는지라, 손오공은 매우 놀랐어요.

"애송이야! 매를 견디지 못하고 사라져버렸구나. 맞아 죽은 거라면 어쨌거나 고름이나 피라도 있어야 되는데, 어떻게 아무런 흔적도 없을까? 도망갔나 보군."

그가 급히 몸을 날려 구름 위로 뛰어 올라가 바라보니, 사방에 아무런 움직임도 없었어요.

"이 어르신의 눈동자는 어디라도 한 번 쓱 보면 뭐든지 볼 수 있는데, 어떻게 이렇게 재빨리 달아나버렸을까? 알았다! 저 요괴가 날 어느 정도 알아보겠다고 한 걸 보면, 분명 속세의 요괴는 아니야. 아마 하늘에서 내려온 정령인가 보다."

제천대성은 노여움을 참지 못하고, 여의봉을 잡고 근두운을 타고 남천문南天門 위로 올라갔어요. 방씨龐氏, 유씨劉氏, 구씨苟氏, 필씨畢氏, 장씨張氏, 도씨陶氏, 등씨鄧氏, 신씨辛氏 등은 양쪽에서 몸을 숙여 인사드리고 감히 그를 제지하지 못했어요. 덕분에 손오공은 남천문으로 들어가 바로 통명전通明殿 아래까지 왔지요. 거기 있던 장릉張陵, 갈현葛玄, 허손許遜, 구처기丘處機 네 천사가 물었어요.

"제천대성, 웬일로 오셨소?"

"당나라 승려를 보호해 보상국으로 갔는데, 어떤 요괴가 공주를 납치하고 사부님을 해쳤소. 내가 그 요괴와 싸웠는데, 싸우는 중간에 이 요괴가 없어진 거요. 생각해보니 이놈이 속세의 요괴가 아니라 필시 하늘의 정령이다 싶어서 알아보려고 왔소. 이 길로 무슨 요괴가 지나가지 않았소?"

천사들은 이 말을 듣더니 바로 영소전靈宵殿으로 들어가 옥황상제께 아뢰었어요. 조사해보니 구요성관九曜星官, 열두 원신元神, 동서남북과 중앙의 오두성군五斗星君, 은하수의 여러 신들, 오악五岳과 사독四瀆의 신들, 보천신성普天神星을 비롯한 온 하늘의 신선들이 모두 하늘에 있었고, 자기 자리를 이탈한 자는 없었어요. 한데 두우궁斗牛宮 밖의 스물여덟 별자리를 조사해보니, 뜻밖에 스물일곱밖에 없었어요. 그 가운데 규성奎星 하나가 빠진 것이지요. 천사가 다시 아뢰었어요.

"규목랑奎木狼이 아래 세상으로 내려갔습니다."

"하늘에서 없어진 지 얼마나 되었느냐?"

"점호에 네 번 빠졌는데, 사흘에 한 번씩 점호를 하니까 오늘이 벌써 십삼 일째입니다."

"하늘의 십삼 일이면 아래 세상에선 십삼 년이 되지."

그리고 곧 본부에 명해서 규목랑을 하늘로 잡아 오게 했어요.

저 스물일곱 별신들은 명을 받고 하늘 문을 나와 각자 주문을 외어 규성이 나타나도록 했어요. 그가 어디에 숨어 있었을 것 같나요? 그는 원래 제천대성이 하늘궁전에서 난리를 피울 때 혼이 난 적이 있는 신장으로, 저 산 동굴 안에 숨어서 재난을 피했는데, 물[水]의 기운이 요사스러운 구름을 덮고 있었기 때문에 발각되지 않았던 것이지요. 규목랑은 본부 별신들이 주문을 외는 것을 듣고서야 머리를 밖으로 내밀고 그들을 따라 하늘나라로 올라왔어요. 하늘 문에서 제천대성에게 잡혀 맞을 뻔했지만, 다행히 여러 별신들이 말려서 옥황상제 앞으로 끌려왔어요. 요괴는 허리춤에서 금패를 꺼내고 대전 아래에서 머리를 조아리며 처벌을 기다렸어요. 옥황상제께서 말씀하셨어요.

"규목랑, 하늘나라에 훌륭한 곳이 많거늘, 너는 왜 그것을 누리지 않고 사사로이 구석진 곳으로 갔느냐?"

규성이 머리를 조아리며 이렇게 아뢰었어요.

"폐하, 저의 죽을죄를 용서해주십시오. 보상국 공주는 속세의 사람이 아닙니다. 원래 피향전披香殿에서 향을 올리는 선녀였는데, 저와 사사로이 정을 통하고자 했습니다. 하지만 저는 아름다운 하늘나라 궁전을 더럽힐까 두려웠습니다. 그 선녀는 속세를 그리는 마음에 먼저 아래 세상으로 내려가서 왕궁 내원內院에서 태어났고, 저도 이전의 약조를 어기지 않고 요괴로 변해 명산을 차지하고 선녀를 동굴로 데려와 십삼 년 동안 부부로 살았습니다. '물 한 모금 마시고 먹을 것 한 입 먹는 것도 다 미리 정해진 것(一飮一啄 莫非前定)'이라고 합니다만, 이제 제천대성님을 만났으니 이제 여기서 인연을 마쳐야 할까 봅니다."

옥황상제는 그 말을 듣고서, 금패를 거두고 그를 도솔궁兜率宮

으로 폄적貶謫시켜 태상노군太上老君을 위해 불을 때게 했어요. 벼슬을 낮춰 일을 시켰다가 공적이 있으면 복직시키고, 공적이 없으면 그 죄를 더 무겁게 다스리려는 것이지요. 이에 손오공은 기분이 좋아져서, 옥황상제에게 작별 인사를 하고 여러 신들에게도 이렇게 말했어요.

"여러분, 가보겠소."

천사들은 웃었어요.

"저 원숭이는 아직도 저렇게 거칠다니까! 저를 위해 요괴 신을 잡아주었는데도 옥황상제께 감사하지도 않고 그냥 인사만 꾸벅하고 가네?"

그러자 옥황상제께서 말씀하셨어요.

"다른 일이 없으니 됐다. 하늘나라가 맑고 평안한 것만도 다행이야."

제천대성은 상서로운 빛을 거두고 바로 완자산宛子山 파월동으로 돌아갔어요. 그리고 공주를 찾아서, 속세 생각에 하계로 내려와 요괴를 받아들인 일들을 그대로 말해주었어요. 그런데 하늘에서 저팔계와 사오정이 크게 소리지르는 게 들렸어요.

"형님, 우리가 물리치게 요괴 몇 놈 남겨놔요."

"요괴는 벌써 다 없어졌다."

그러자 사오정이 말했어요.

"요괴들을 다 없앴으면, 뭐 걸릴 것도 없으니 공주님을 왕궁으로 모셔가지요. 공주님, 눈을 뜨지 마세요. 형님들, 축지법을 써서 가요."

공주는 귀에서 바람 소리가 들리는가 싶더니 삽시간에 성안으로 돌아와 있었어요. 셋은 공주를 금란전으로 데려갔어요. 공주는 부왕과 모후를 배알하고 자매들과 만났으며, 또 모든 관리들이 와서 공주를 배알했어요. 공주는 그제야 왕에게 다음과 같이 아뢰었어요.

"손 스님의 법력이 뛰어나 황포 요괴를 물리치고 저를 구해 돌아올 수 있었습니다."

왕이 물었어요.

"황포 요괴는 무슨 요괴였소?"

그러자 손오공이 대답했어요.

"폐하의 부마는 하늘나라의 규성이고 따님은 향을 올리던 선녀였는데, 속세를 그리는 마음에 인간세계로 내려왔습니다. 사소한 것 하나도 모두 전세의 인연이 있는 탓인지라, 이런 혼인을 맺은 것이지요. 제가 하늘궁전에서 그 요괴의 일을 옥황상제께 아뢰어, 옥황상제께서 그가 점호에 네 번 나오지 않은 것을 알게 되셨지요. 하늘나라의 십삼 일은 인간 세상의 십삼 년이 되지요. 하늘나라의 하루는 아래 세상의 일 년이니까요. 그래서 본부 별신들을 보내어 그를 하늘나라로 데려와서 도솔궁으로 폄적해 공을 세우러 가게 했습니다. 저는 따님을 구해왔고요."

왕은 손오공의 은혜에 감사하고 이렇게 권했어요.

"사부를 뵈러 가시지요."

세 사람은 곧 금란전에서 내려와 여러 관리들과 함께 궁궐의 방으로 가서 쇠 우리를 들어 올리고 가짜 호랑이의 쇠사슬을 풀어주었어요. 다른 사람들이 보기엔 호랑이였지만, 손오공의 눈에는 사람이었지요. 삼장법사는 요술에 걸려서 걸음을 옮길 수도 없고, 마음으론 모든 걸 알지만 입을 열 수도 없었어요. 손오공이 웃으면서 말했어요.

"사부님, 사부님은 착한 스님인데, 어쩌다가 이렇게 흉악한 모습이 되셨나요? 제가 흉악한 짓을 한다고 나무라시고 저를 쫓아 내셨으면 한뜻으로 선을 닦으셔야지, 어떻게 하루아침에 이런 낯짝이 되신 거냐고요?"

저팔계가 나섰어요.

"형님, 구해드리기나 하세요. 그렇게 잘못만 들춰낼 건 없잖아요?"

"너는 무슨 일이나 나서서 부추기니, 사부님이 가장 마음에 들어하는 뛰어난 제자지. 네가 사부님을 구해드리지 않고 또 뭣 하러 날 찾았냐? 내가 너한테 요괴를 잡고 날 욕한 원한을 갚고 나면 바로 돌아가겠다고 했지?"

사오정이 손오공에게 가까이 가서 무릎을 꿇고 부탁했어요.

"형님, '부처 얼굴 보지, 중 얼굴 보지 않는다(不看僧面看佛面)'고 하잖아요? 형님이 이왕 여기까지 오셨으니 제발 사부님을 구해 주세요. 만약 우리가 구할 수 있다면 감히 저 멀리서 형님을 모셔 오지도 않았을 겁니다."

손오공은 손으로 저팔계를 잡아 일으키며 말했어요.

"내가 어떻게 사부님을 구하지 않고 마음 편히 있을 수 있겠니? 빨리 물을 떠 와라!"

저팔계는 바람처럼 역으로 가 짐과 말을 가져와서, 금장식 바리때를 꺼내 물을 반만 담아 손오공에게 건네주었어요. 손오공이 물을 받아 들어 주문을 외면서 호랑이 머리를 향해 한 모금 내뿜었어요. 그랬더니 요술이 풀리고 호랑이의 기운이 물러가면서 삼장법사는 원래 모습으로 돌아왔어요. 잠시 정신을 가다듬고 눈을 뜨고서야 손오공을 알아본 삼장법사는 덥석 손오공의 한 팔을 붙잡고 말했어요.

"얘야, 네가 어디서 왔느냐?"

사오정이 옆에 서서 손오공을 불러다가 요괴를 물리쳐 공주를 구하고, 조정에 돌아와 호랑이 기운이 풀리게 한 일 등을 일일이 말씀드렸어요. 삼장법사는 너무나 고마워서 이렇게 말했어요.

"착한 제자야, 애썼구나, 애썼어! 네 덕분이야! 이제 가면 서방의 부처님을 빨리 찾아뵌 후, 곧 동녘 땅으로 돌아가 당나라 황제께 너의 공로가 제일 컸다고 아뢰마."

손오공은 웃었어요.

"관두세요, 관둬. 그런 얘긴 그만두시고, 절 깊이 아껴주시는 마음만으로 충분합니다."

왕은 이 말을 듣고 또 그 네 일행에 감사드리고 정갈한 음식을 마련해 동쪽 누각[4]에서 연회를 크게 열었어요. 스승과 제자 일행은 왕의 대접을 받고 왕과 헤어져 서쪽으로 떠났는데, 왕이 또 여러 관리들을 이끌고 배웅했으니, 바로 이런 것이었어요.

군주는 궁전으로 돌아가 강산을 다스리고
스님은 뇌음사로 가 부처님을 배알하네.

君回寶殿定江山　僧去雷音參佛祖

결국 앞으로 또 무슨 일이 있을지, 언제쯤에나 서천에 도착할지는 아직 알 수 없으니, 이에 대해서는 다음 회를 들어보시라.

4　원래 재상이 손님들을 모셔 접대하는 자리인데, 여기에서는 연회를 열어 손님을 대접하는 장소를 말한다.

제32회
저팔계, 은각대왕에게 사로잡히다

　한편, 삼장법사가 다시 손오공을 얻으니, 스승과 제자 일행은 일심동체一心同體가 되어 함께 서방으로 향했어요. 보상국에서 공주를 구해주고 왕과 신하들의 배웅을 받으며 성의 서쪽으로 나섰지요. 길 가는 도중 목마르고 배고팠던 일은 이루 다 말할 수 없고, 밤이면 쉬었다가 새벽에는 또 길을 떠나곤 했어요. 그렇게 다시 봄을 맞게 되니 그때 경치가 이랬답니다.

　　봄바람에 버들가지 푸른 실처럼 살랑거리니
　　아름다운 풍경 시 짓기에 가장 좋구나.
　　시절은 새의 노래를 재촉하고
　　따스한 기운에 꽃들이 피어나
　　온 누리에 향기 가득하네.
　　해당화 핀 정원에 쌍쌍이 제비 날아드니
　　바야흐로 봄을 즐길 때로다.
　　붉은 먼지 자욱한 거리마다
　　비단옷 입고 거문고 타며

풀싸움, 술놀음이 한창일세.

輕風吹柳綠如絲　佳景最堪題

時催鳥語　煖烘花發　徧地芳菲

海棠庭院來雙燕　正是賞春時

紅塵紫陌　綺羅絃管　鬪草傳巵

　　스승과 제자 일행이 한참 길을 가며 봄 경치를 구경하는데, 산 하나가 길을 막았어요. 삼장법사가 말했어요.

　　"얘들아, 조심해라! 저 앞의 산이 높다란 게 아무래도 호랑이나 이리가 길을 가로막을 것 같구나."

　　손오공이 말했어요.

　　"사부님, 출가하신 분이 속세 사람처럼 말씀하시면 안 되지요. 사부님, 기억나세요? 오소烏巢 스님이 『반야바라밀다심경』에서 '마음에 거리낌이 없어야 한다. 거리낌이 없어야 두려움이 없으며 어지러운 몽상에서 멀어진다'고 했잖아요. '마음의 때를 털어 내고 귓속 먼지를 깨끗이 씻어내어라. 고생에 또 고생을 하지 않으면 뛰어난 사람이 되기 어렵다' 하지 않았습니까? 아무 걱정 마십시오. 이 몸만 있으면 하늘이 무너져도 아무 탈 없이 모실 텐데, 그까짓 호랑이를 겁내고 그러세요?"

　　삼장법사가 말고삐를 돌리며 말했어요.

　　"내가,"

　　　그 당시 칙지를 받들고 장안을 나올 때는
　　　오직 서쪽으로 가서 부처님 뵙기만을 바랄 뿐이었다.
　　　사리국에 고귀한 부처님 영롱하고
　　　부도에 부처님 얼굴 어른거린다.

세상 끝까지 이름 모를 강들 찾아다니고
사람들이 가보지 못한 산들 두루 다녀보았지.
가도 가도 안개만 첩첩이 자욱하니
언제쯤 이 몸이 편안해질까나?

當年奉旨出長安　只憶西來拜佛顏
舍利國中金像彩　浮屠塔裡玉毫斑
尋窮天下無名水　歷徧人間不到山
逐逐烟波重疊疊　幾時能勾此身閑

손오공이 그 말을 듣더니 깔깔 웃으며 말했어요.

"사부님, 편히 지내시는 게 뭐 그리 어려운 일이라고요? 공덕이 이루어지면 모든 인연이 다 끝나고 삼라만상이 모두 공空으로 돌아갈 텐데, 그때가 되면 가만 계셔도 자연히 편안해지지 않겠어요?"

삼장법사는 그 말을 듣자 근심 걱정이 말끔히 가시고 즐거워져서 백마를 재촉했지요. 스승과 제자 일행이 산을 오르는데, 그 산은 정말 높고 험하기 이를 데 없었어요. 이 훌륭한 산의 모습은 이랬지요.

높이 솟은 준령
깎아지른 듯 뾰족한 봉우리
빙 감아 도는 깊은 계곡 아래
홀로 우뚝 솟은 벼랑가
빙 감아 도는 깊은 계곡 아래선
쉿쉿 소리 내며 물장난하는 이무기 몸을 뒤집고
홀로 우뚝 솟은 벼랑가엔

험한 숲을 나서는 호랑이 꼬리를 휘두르네.
위를 보면
첩첩 봉우리들 우뚝 솟아 하늘을 찌르고
고개 돌려보면
골짜기 아래 저 깊은 곳이 하늘에 닿아 있네.
높은 데로 올라가려면
사다리 오르는 듯, 걸상을 밟고 가는 듯
낮은 데로 내려가려면
참호를 헤쳐가듯, 구덩이를 지나가듯 해야 하네.
너무 괴상하게 생긴 산봉우리 준령들
정말 뾰족하게 깎아 세운 절벽들 줄지어 늘어섰네.
산봉우리 준령들은 약초꾼도 망설이며 지나가길 두려워
하고
깎아지른 절벽 앞에선 나무꾼도 주저주저 발걸음을 떼기
어렵네.
면양과 야생마가 베틀 북 드나들듯 휙휙 쏘다니고
약삭빠른 토끼와 들소가 진을 친 듯하네.
산이 높아 해를 덮고 별을 가리며
수시로 만나는 건 요사스런 짐승과 이리 떼
덤불 우거져 말도 지나기 어려우니
어떻게 뇌음사에 가서 부처님을 뵐 수 있으랴?

巍巍峻嶺　削削尖峰

灣環深澗下　孤峻陡崖邊

灣環深澗下　只聽得吻喇喇戲水蟒翻身

孤峻陡崖邊　但見那崒嵂嵂出林虎剪尾

往上看　巒頭突兀透靑霄

回頭看　塹下深沉鄰壁落
上高來　似梯似凳
下低行　如塹如坑
眞箇是古怪巔峰嶺　果然是連尖削壁崖
巔峰嶺上　採藥人尋思怕走
削壁崖前　打柴夫寸步難行
胡羊野馬亂攛梭　狡兔山牛如佈陣
山高蔽日遮星斗　時逢妖獸與蒼狼
草徑迷漫難進馬　怎得雷音見佛王

　　삼장법사가 말을 멈추고 둘러보니 정말 지나가기 어려운 곳이
었어요. 그런데 저쪽 푸른 사초莎草가 덮인 산비탈에 나무꾼이 하
나 서 있었어요. 그가 어떤 모습인지 보세요.

　　머리엔 털로 만든 낡은 남색 삿갓을 쓰고
　　몸엔 누덕누덕 기운 까만 털옷을 입었네.
　　털로 만든 낡은 남색 삿갓은
　　쓰면 연기를 막고 해를 가리니 정말 진귀한 것이요
　　누덕누덕 기운 까만 털옷은
　　걸치면 근심을 잊고 즐거우니 진짜 보기 드문 것이네.
　　손에 든 쇠도끼, 날카롭게 갈아 번쩍번쩍 빛이 나고
　　칼로 마른 장작을 찍어 단단히 묶어놓네.
　　머리 위 산에는 봄빛이 완연한데
　　고요히 사계절이 평화롭게 찾아드네.
　　주변의 한적한 정취

언제나 삼성[1]이 조용히 떠 있네.
늙도록 타고난 분수에 맞게 살아갈 뿐
어디 잠시라도 영욕에 한눈판 적 있으랴?

頭戴一頂老藍氈笠　身穿一領毛皂衲衣
老藍氈笠　遮烟蓋日果稀奇
毛皂衲衣　樂以忘憂眞罕見
手持鋼斧快磨明　刀伐乾柴收束緊
擔頭春色　幽然四序融融
身外閑情　常是三星澹澹
到老只于隨分過　有何榮辱暫關心

그 나무꾼은

산비탈에서 썩은 나무 베다가
홀연 동쪽에서 온 스님을 만났네.
도끼질 멈추고 숲을 나와
성큼성큼 돌벼랑 위로 올라가네.

正在坡前伐朽柴　忽逢長老自東來
停柯住斧出林外　趨步將身上石崖

그리고 삼장법사를 향해 크게 소리를 쳤어요.

"거기 서쪽으로 가시는 스님, 잠깐만 멈춰 서서 제 말씀 좀 들어보세요. 이 산엔 무섭고 악독한 요괴 떼가 살고 있는데, 꼭 서쪽으로 가는 사람들만 잡아먹는다오."

삼장법사는 그 말을 듣고 혼비백산, 덜덜 떨면서 안장에 제대

1　삼성은 3월 말 4월 초 동쪽 하늘에 뜨는 별을 가리킨다.

로 앉아 있지도 못하고 고개를 휙 돌려 다급히 제자들을 불렀어요.

"너희들 저 나무꾼 얘기를 들었느냐? 이 산에 무섭고 악독한 요괴들이 있다는구나. 누가 가서 자세히 좀 알아보아라!"

손오공이 말했어요.

"사부님, 안심하세요. 이 몸이 가서 확실하게 물어보겠습니다."

멋진 손오공! 그는 어슬렁어슬렁 걸음을 떼어 산을 올라가 "형씨!" 하고 나무꾼을 부르며 인사를 했어요. 그러자 나무꾼이 답례하며 말했어요.

"스님, 여긴 무슨 일로 오신 겁니까?"

"사실대로 말씀드리면, 우린 동녘 땅에서 불경을 가지러 서천으로 가는 사람들입니다. 저 말 위에 계신 분이 제 사부님인데, 담이 좀 작으셔서…… 조금 전 형씨 말씀이 이 산에 무슨 악독하고 무서운 요괴들이 있다고 하시던데, 그럼 좀 여쭤봅시다. 그 요괴는 몇 년 묵은 놈입니까? 실력은 있는 놈이요, 아니면 물정 모르는 풋내기요? 귀찮더라도 사실대로 말씀해주시구려. 산신과 토지신을 시켜 쫓아버리게 말이오."

나무꾼이 이 말을 듣더니 하늘을 보며 껄껄 웃음을 터뜨렸어요.

"알고 보니 허풍도 어지간한 스님이시구려!"

"허풍이 아니라 있는 그대로 말씀하는 거외다."

"사실대로라면, 아니 어떻게 그 요괴들을 내쫓겠단 말씀이오?"

"그렇게 요괴놈들 위풍이나 세워주며 쓸데없는 헛소리로 길을 막다니, 그놈들과 무슨 친척관계라도 되는 모양이지? 친척이 아님 이웃이거나, 그도 아니면 친구가 틀림없어!"

그러자 나무꾼이 웃으며 말했어요.

"이런 정신 나간 중을 봤나, 억지를 부려도 유분수지. 난 그래도 좋은 뜻으로 당신들에게 길을 갈 때 미리 대비하라고 알려준 건데 도리어 날 걸고넘어지다니! 내가 요괴들 출처를 모르니 말이지만, 설사 안다 한들 당신이 어떻게 감히 그들을 내쫓는다는 거요? 그래, 잡아서 어디로 보낼 거요?"

"하늘의 요괴라면 잡아서 옥황상제에게 보내고, 땅의 요괴라면 땅의 관청으로 보내야지요. 서방의 요괴면 부처님께 돌려보내고, 동방의 요괴는 성인에게 돌려보내고, 북방은 진무眞武에게, 남방은 화덕火德²에게 보내야지요. 교룡의 정령이면 용왕에게 보내고, 저승 귀신이면 염라대왕에게 보내야지요. 각기 가야 할 위치와 방향이 있는 거요. 이 몸은 어디 가나 아는 사람이 많아서 편지 한 장이면 이 밤으로 붙잡아 쫓아낼 수 있지요."

그러자 나무꾼은 푸하하 터져 나오는 비웃음을 참지 못하고 말했어요.

"이런 정신 나간 중하곤! 보아하니 여러 곳을 떠돌면서 부적이나 주문 외는 법술 꽤나 배운 모양인데, 그걸 가지고 시시한 귀신 따윈 잡을 수 있었는지 몰라도, 이렇게 무섭고 악독한 요괴는 아직 못 만나봤을 거요."

"얼마나 악독하기에 그러시오?"

"이 산은 폭이 육백 리쯤 되는데, 이름하여 평정산平頂山이라고 하오. 이 산엔 연화동蓮花洞이란 동굴이 있소. 그 동굴에 마왕이 둘 사는데, 초상화를 그려가지고 어떤 중을 잡으려고 안달이 나 있다오. 성과 이름을 물어보고 당나라 스님이면 잡아먹으려는 거요. 다른 곳에서 왔다면 그래도 괜찮겠지만, '당' 자 하나라도 잘못 입에 올렸다간 살아 지나갈 생각은 꿈에도 말아야 할 거요, 꿈

2   고대 중국 신화에서 남방의 신을 화덕성군火德星君이라고 했다.

에도!"

"우리가 바로 당나라에서 온 사람들이오."

"그럼 마왕이 바로 당신들을 잡아먹으려는 거요."

"이거 대단한데! 대단해! 그래, 그놈들은 어떻게 잡아먹는답니까?"

"어떻게 잡아먹었으면 좋겠수?"

"머리부터 먹는다면 재미있게 놀 만하지만, 다리부터 먹는다면 좀 곤란하지요."

"머리부터 먹으면 뭐가 어떻고, 다리부터 먹으면 뭐가 어떻다고요?"

"당신은 아마 당해보지 못했을 거요. 머리부터 먹는다면 한입에 꿀꺽 삼켜질 테니 난 이미 죽은 몸, 그놈이 지지든 볶든 삶든, 아픈 줄 모를 게 아니오? 그런데 만약 다리부터 먹는다면 발바닥을 깨물어 먹다가 넓적다리를 씹어 먹고, 허리뼈를 먹을 때까지 죽고 싶어도 죽지도 못하니, 그 고통을 하나하나 다 맛볼 거 아니겠소? 그래서 곤란하단 거요."

"이봐요, 스님! 마왕이 어디 그럴 틈이 있겠소? 당신을 잡기만 하면 시루에 넣어 통째로 쪄 먹어버릴 텐데."

"그럼 더 좋지요! 더 좋아! 아픈 것도 견딜 필요 없고, 그저 좀 답답할 뿐이겠는걸?"

"스님, 그런 농담 말아요. 그 요괴는 몸에 다섯 가지 보물을 지니고 다니는데, 신통력이 어마어마하다오. 하늘을 떠받치는 옥기둥이나 바다를 가로지르는 금 들보 같은 것이니, 설사 당나라 스님을 보호해서 빠져나간다 해도 눈이 핑핑 돌도록 고생할 거요."

"몇 바퀴나 돌아야 하는데요?"

"서너 번은 돌아야 하겠지요."

일치공조가 나무꾼으로 변신해 나타나서 요괴를 조심하라고 일러주다

"그쯤이야 별것 아니지. 괜찮소. 우린 일 년에 늘 칠팔백 번 정도는 핑핑 돌기 때문에 그깟 서너 번쯤이야 식은 죽 먹기죠. 까짓 거 좀 돌고 지나가지요, 뭐."

멋진 제천대성! 그는 전혀 두려움 없이 오로지 당나라 스님을 보호할 생각만 하며, 나무꾼을 놔두고 어슬렁어슬렁 비탈길 아래 삼장법사의 말 앞으로 돌아왔어요.

"사부님, 별일 아닙니다. 있어봤자 요괴 몇 마리인데, 여기 사람들이 겁이 많아 마음을 쓰고 있는 겁니다. 제가 있는데 뭘 두려워하세요? 갑시다, 가요!"

삼장법사는 그 말을 듣고서야 마음을 놓고 길을 떠났어요.

가는 도중에 나무꾼은 벌써 사라지고 없었지요. 삼장법사가 말했어요.

"소식을 알려준 나무꾼은 어째서 안 보이는 게냐?"

저팔계가 말했어요.

"재수가 없어서 대낮에 귀신을 본 모양인데요."

그러자 손오공이 말했어요.

"나무하러 숲속에 들어간 것 같은데요. 제가 찾아볼게요."

멋진 제천대성! 그는 새빨간 눈의 금빛 눈동자를 크게 뜨고 고개 너머까지 온 산을 샅샅이 살펴보았지만 나무꾼의 종적은 묘연했어요. 그러다 문득 고개를 들어 구름 속을 힐끗 보니, 일치공조日值功曹가 보였어요. 손오공은 구름을 타고 올라가 그에게 욕을 퍼부었어요.

"이런 변변찮은 놈! 할 말이 있으면 직접 대놓고 할 것이지, 그렇게 나무꾼 따위로 변신해서 이 몸에게 장난을 쳐?"

당황한 일치공조가 인사를 하며 말했어요.

"제천대성, 소식을 늦게 알려드려 정말 죄송합니다. 하지만 그 요괴는 신통력이 워낙 크고 변신술이 대단하니, 기민하게 대처하고 지략을 잘 써서 조심스럽게 사부님을 보호해야 할 겁니다. 조금이라도 방심했다간 서천 가실 생각은 하지도 말아야 할 겁니다."

손오공은 일치공조를 꾸짖어 보냈지만, 그의 말만은 마음속에 잘 새겨두었어요. 그가 구름을 멈추고 산으로 내려오니 저팔계와 사오정이 삼장법사를 에워싸고 걷고 있었어요. 손오공은 곰곰이 생각했어요.

'일치공조가 한 말을 사실대로 사부님께 고하면, 사부님은 틀림없이 울음을 터뜨리시고 말겠지. 사실대로 고하지 말고 괜찮다고 속여서 모시고 가자. 그런데 속담에 '갑자기 갈대밭에 빠지면 깊이를 알 수 없다(乍入蘆圩 不知深淺)'고 했듯이, 요괴에게 잡혀가기라도 하는 날이면 이 몸이 또 얼마나 고생하겠어? 그래, 저팔계를 한번 시켜봐야겠다. 먼저 저팔계를 보내 요괴와 싸우게 해보자. 저팔계가 이기면 그 녀석 공으로 치고, 재주가 없어 잡혀가면 그때 가서 이 몸이 구해줘도 늦지 않아. 내 솜씨 자랑도 될 테고 말이야.'

손오공은 그야말로 백방으로 따져 보며 자문자답을 계속했어요.

'하지만 저팔계는 게을러터져서 나서지 않으려고 할 거야. 사부님은 또 그 녀석을 감싸주려 하실 거란 말이야. 이 몸이 저팔계저 녀석을 좀 골려주어서 버릇을 잡아놔야지.'

멋진 제천대성! 여러분, 보세요. 손오공은 저팔계를 골려줄 심산으로 일부러 눈을 비벼 눈물을 짜내면서 삼장법사 앞으로 갔어요. 저팔계가 그 모습을 보더니 다급히 외쳤어요.

"사오정, 멜대를 내려놓고 짐을 꺼내! 우리 둘이 나눠 갖자."

"형님, 무슨 소리요?"

"나누자니까. 넌 유사하流沙河로 돌아가서 요괴 노릇을 계속해. 이 몸은 고로장高老庄으로 돌아가 마누라를 만나보고, 백마는 팔아서 그 돈으로 관이나 사서 사부님 장례에 쓰라고 드리지 뭐. 모두 흩어지는 거야. 아직도 서천으로 갈 생각이야?"

삼장법사가 말 위에서 그 말을 듣고 말했어요.

"이런 멍청한 녀석! 한창 길을 가는 중에 웬 헛소리냐?"

"누가 헛소릴 한다고 그러세요! 손오공이 저기서 울고 오는 게 안 보이세요? 그는 하늘도 뚫고 땅에도 들어가고, 도끼로 베고 불로 태우고 기름 솥에 넣어도 두려워 않는 사나이 대장부예요. 그런데 지금 근심에 가득 차서 눈물을 줄줄 흘리며 오는 걸 보니, 필시 이 산이 험하고 요괴가 흉악하기 짝이 없는 거라고요. 그러니 우리처럼 약한 사람들이 어떻게 갈 수 있겠어요?"

"그런 쓸데없는 소리 그만해라. 내가 물어볼 테니 오공이가 뭐라고 하는지 보자꾸나."

그리고 삼장법사는 손오공에게 물었어요.

"오공아, 할 말이 있으면 내놓고 같이 상의할 일이지, 왜 혼자서 괴로워하느냐? 이렇게 울상을 해가지고 날 놀라게 할 작정이라도 한 게냐?"

"사부님, 방금 소식을 전한 자는 일치공조였습니다. 그가 말하길 요괴가 흉악해서 여긴 지나기가 무척 힘들 거라고 하더군요. 과연 산도 높고 길도 험해서 더 갈 수가 없으니, 다음에 다시 가시죠."

삼장법사는 이 말을 듣자 더럭 겁이 나 벌벌 떨며 손오공의 호랑이 가죽 치마를 붙들고 말했어요.

"얘야, 우리가 벌써 절반이나 온 마당에, 어찌 여기서 다시 물리자고 하는 것이냐?"

"저도 갖은 애를 다 쓰겠습니다만, 단지 요괴는 많은데 힘이 부쳐서 저 혼자 고립무원의 처지가 될까 두려울 뿐입니다. '비록 쇳조각이지만 화로에 넣어야 못 몇 개라도 만든다(縱然是塊鐵 下爐能得幾根釘)'는 말도 있지 않습니까?"

"애야, 네 말이 맞다. 사실 혼자서는 어려워. 병서에도 '적은 수로 많은 적을 당하지 못한다(寡不可敵衆)'고 했지. 여기에 있는 저 팔계와 사오정, 모두 내 제자가 아니냐? 네가 적당한 곳에 쓰도록 해라. 둘 중 누구라도 장수를 호위하는 부장으로 삼아 한마음으로 협력해서 산길을 깨끗이 만들고 내가 이 산을 지나게 해준다면, 모두 정과正果를 얻는 게 아니겠느냐?"

손오공은 이렇게 머뭇머뭇 망설이는 모습을 보여 삼장법사의 이 몇 마디를 이끌어냈지요. 그는 눈물을 닦으며 말했어요.

"사부님, 이 산을 넘으려면 반드시 저팔계가 제 말에 따라 두 가지 일을 해야 합니다. 그래야 겨우 삼 할 정도 가능성이 있어요. 만약 제 말대로 하지 않으면, 그 일을 제가 대신할 수도 없고, 산을 지날 생각은 아예 말아야 합니다."

그러자 저팔계가 말했어요.

"형님, 안 갈 거면 여기서 그냥 흩어져버립시다. 괜히 날 끌어들이지 말고."

삼장법사가 말했어요.

"애야, 우선 네 형에게 물어봐라, 네게 무슨 일을 시킬 건지."

멍텅구리 저팔계는 정말로 손오공에게 물었어요.

"형님, 무슨 일을 하라는 거요?"

"첫 번째는 사부님을 돌볼 것, 두 번째는 산을 순찰할 것."

"사부님을 돌보는 건 앉아서 하는 일이고, 산을 순찰하는 건 돌아다니는 거잖아. 나더러 잠깐 앉았다 돌아다니고 돌아다니다 앉으라는 얘기가 아니면, 두 가지를 어떻게 한꺼번에 다 하란 말이오?"

"두 가지를 전부 다 하란 건 아니야. 그 가운데 한 가지만 맡으면 돼."

그러자 저팔계가 또 웃으며 말했어요.

"그럼 할 만하지. 그런데 사부님을 돌보는 건 어떤 거고, 산을 순찰하는 건 어떻게 하는 거요? 먼저 얘길 좀 해주면 내가 그대로 하겠소."

"사부님을 돌보는 건 말이다, 사부님이 측간에 가실 때 시중들고, 길을 가실 때 부축해드리고, 공양을 드실 때 네가 밥을 얻어 오는 거야. 조금이라도 사부님의 배를 곯게 하면 넌 맞아야 해. 얼굴이 조금이라도 누렇게 떠도 맞아야 하고, 몸이 조금만 수척해지셔도 맞아야 되지."

저팔계가 당황해서 말했어요.

"그건 너무 어려워, 어렵다고! 시중들고 부축하는 것쯤은 모두 별 거 아니오. 잠시도 떨어지지 않고 업고 다니라고 해도 쉬울 거요. 하지만 나더러 마을에 가서 공양을 얻어 오라면, 서방으로 가는 길에 있는 사람들이 내가 불경을 가지러 가는 중이라고 생각하겠소? 그저 저 산에서 내려온 알맞게 살이 오른 돼지려니 하고 여럿이 우루루 갈퀴며 쇠스랑, 빗자루를 들고 달려들어 이 몸을 에워싸 거꾸러뜨릴 거요. 그래서는 집에 가져가 멱을 따서 소금에 절여 설을 쇠려 들 거요. 이거야말로 재수에 옴 붙는 거 아니겠소?"

"그럼 산을 순찰해라."

"그건 어떻게 하는 거요?"

"이 산에 들어가 요괴가 얼마나 있는지 알아봐. 그리고 무슨 산, 무슨 동굴에 있는지도. 우리가 지나가기 쉽게 말이야."

"이게 쉽겠는걸? 그럼 이 몸은 순찰하러 가겠소."

멍텅구리는 옷자락을 툭 털고 쇠스랑을 앞으로 내밀고, 씩씩하게 깊은 산으로 들어가 기세당당하게 큰길로 걸어갔어요.

손오공은 옆에서 낄낄 웃음을 참지 못했어요. 그러자 삼장법사가 나무랐어요.

"이런 고약한 원숭이 녀석! 형제간에 서로 아껴주는 마음은 하나도 없고 노상 질투만 하는구나. 교활한 꾀를 써서 알량한 말솜씨로 동생을 꼬드겨 산으로 무슨 순찰인가를 보내놓고, 제 놈은 여기서 비웃다니!"

"저팔계를 비웃는 게 아닙니다. 제 웃음엔 다 이유가 있으니, 두고 보세요. 저팔계가 이렇게 갔지만, 절대 산을 순찰하지도 요괴를 살펴보려고도 하지 않을 걸요? 어디 잠시 숨어 있다가 거짓말을 꾸며내서 우릴 속일 겁니다."

"저팔계가 그럴 거라는 걸 어떻게 알아?"

"제 짐작이 그렇다는 것이지요. 믿지 못하시겠거든 제가 따라가서 보고 그가 뭐라는지 들어볼게요. 그러면 우선 그를 도와 요괴를 무찌를 수 있고, 둘째로는 그에게 부처님을 뵈올 진실한 마음이 있는지 알아볼 수도 있을 테니까요."

"좋다, 좋아. 하지만 그 아이에게 장난쳐서 놀리거나 하진 말아라."

손오공은 그러겠노라 대답하고, 곧장 산비탈을 올라 몸을 한번 꿈틀해서 모기 눈썹 사이에 붙은 작은 벌레로 변했어요. 정말 날렵하고 솜씨 좋게 변했으니, 그 모습이 이러했지요.

얇은 날개 바람 따라 춤추니 힘쓸 필요 없고

홀쭉한 허리 바늘처럼 가늘고 작구나.

창포 속으로 쑥 들어갔다 풀을 스쳐 꽃그늘을 지나는데

빠르기가 유성보다 더하네.

눈은 또랑또랑 밝게 빛나고

목소리는 가늘어 들리지도 않네.

곤충류 가운데서도 작은 몸이나

꼿꼿하고 야무진 모습에 기지가 넘치네.

한가한 날이면 몇 번이나 깊은 숲에서 쉬었던가?

그 한몸 다른 것과 섞이면 보이지 않아

천 개의 눈으로도 찾을 수 없다네.

翅薄舞風不用力　腰尖細小如針

穿蒲抹草過花陰　疾似流星還甚

眼睛明映映　聲氣渺瘖瘖

昆蟲之類惟他小　亭亭欵欵機深

幾番閑日歇幽林　一身渾不見　千眼莫能尋

　　손오공은 윙 하고 날아 저팔계를 쫓아가 그의 귀 뒤에 난 갈기 아래쪽에 붙었어요. 이 멍텅구리는 길을 걷기만 할 뿐, 자기 몸에 누가 붙어 있는지도 몰랐지요. 저팔계는 칠팔 리 정도 가더니 쇠스랑을 집어 던지고 머리를 돌려 삼장법사 있는 쪽을 보면서 온 갖 손짓 발짓을 다 해가며 욕을 퍼부었어요.

　　"물러터진 늙다리 중놈! 심술궂은 필마온! 줏대 없는 사오정! 자기들은 모두 거기 앉아 편히 쉬면서, 길을 찾으라고 이 몸만 부려먹어? 다들 불경을 가지러 가는 건 정과를 이루기 위해서인데, 꼭 나더러만 무슨 산을 순찰하라고? 쳇! 요괴가 있다는 걸 알자

꽁무니를 빼고, 절반도 못 가서 나더러 요괴를 찾으라니. 이런 빌어먹을! 어디 가서 잠이나 자야겠다. 한숨 자고 가서 순찰하고 왔다고 대충 얼버무려 넘어가면 되지, 뭐."

이 멍텅구리는 얼마 동안은 별일 없이 쇠스랑을 빼들고 다시 걸어갔어요. 그런데 산 움푹한 곳에서 붉은 풀이 우거진 언덕을 발견하자, 뒤도 볼 것 없이 곧장 그 속으로 쑤시고 들어가 쇠스랑을 땅바닥에 집어 던지고 벌렁 드러누웠어요. 그는 허리를 쭉 펴 기지개를 켜고는 말했어요.

"기분 끝내주는데! 그 필마온 녀석도 나처럼 편하진 못할걸?"

아까부터 귀뿌리 뒤에 숨어 있던 손오공은 한마디 한마디를 다 듣고 더 이상 참을 수가 없었어요. 그는 다시 저팔계를 놀려주려고 작정하고 윙 날아올랐어요. 그러고는 또 한 번 몸을 흔들어 딱따구리로 변했어요.

쇠 같은 주둥이는 뾰족하고 매끄러운 붉은색
푸른 날개는 고운 색깔로 빛나네.
강철 같은 한 쌍의 발톱, 못처럼 날카롭고
배고프면 숲속 고요함은 아랑곳없지.
마른 나무 갈라져 썩어 문드러진 걸 제일 좋아하지만
늙은 나무 외로이 혼자 서 있는 건 딱 질색이네.
동그란 눈, 갈라진 꼬리, 약삭빠른 성미에
나무껍질 쪼는 소리 제법 들을 만하네.

鐵嘴尖尖紅溜　翠翎艶艶光明

一雙鋼爪利如釘　腹餒何妨林靜

最愛枯槎朽爛　偏嫌老樹伶仃

圓睛決尾性丟靈　辟剝之聲堪聽

이 벌레 잡는 새는 크지도 작지도 않은 것이 저울에 달면 두세 냥쯤 나갈 정도였어요. 새는 붉은 구릿빛 주둥이에 검은 쇠다리로 푸드덕 날갯짓해서 내려갔어요. 저팔계는 머리를 벌렁 뒤로 젖히고 한창 잠이 들어 있다가, 딱따구리에게 주둥이며 입술을 콕콕 쪼이자 허둥지둥 기어 일어나 냅다 소리를 질렀어요.

"요괴다! 요괴가 나타났어! 날 창으로 찌르고 내뺐어! 아이고, 주둥이 아파죽겠네!"

손으로 문질러보니 피가 흐르는 것이었어요.

"되는 일이 없어! 경사스런 일도 없는데 주둥이에 붉은 칠[3]은 또 웬일이람?"

저팔계는 피 묻은 손을 보고 투덜거리면서 이리저리 둘러보았지만 아무 기척도 없었어요.

"아무 요괴도 없는데 어째서 내가 창에 찔렸지?"

그러다 문득 고개를 들어 하늘을 보니 딱따구리가 날고 있었어요. 멍텅구리는 이를 앙다물며 욕을 퍼부었지요.

"이런 죽일 놈! 필마온이 날 업신여기는 건 그렇다 치고, 저놈까지 날 우습게 보는구나! 아, 알았다! 내가 사람인 줄 모르고, 내 주둥이를 시커멓게 썩어 문드러진 나무로 여겨서 그 안에 벌레가 있나 찾아 먹으려고 쪼았던 모양이구나. 그럼 주둥이를 품에 파묻고 자야겠군."

멍텅구리는 드르렁 쿨쿨 아까처럼 잠이 들었어요. 그러자 손오공이 또 날아와 귀뿌리 뒤를 콕 쪼았어요. 멍텅구리는 허둥지둥 일어나 소리쳤지요.

"이런 죽일 놈! 사람을 괴롭혀도 유분수지! 그래, 필시 여기가

---

3 중국에서는 결혼이나 가게의 개업식, 개막식 같은 모든 경사스런 행사에 붉은 종이나 헝겊 등 붉은색을 많이 쓰므로 그에 빗대어 한 말이다.

저놈 둥지일 거야. 알이랑 새끼를 빼앗길까 봐 이렇게 못살게 구는가 보군. 됐다, 됐어! 여기서 안 자면 그만이지 뭐!"

저팔계는 쇠스랑을 처들고 붉은 풀이 우거진 비탈에서 나와 다시 길을 찾아 걷기 시작했어요. 정말 손오공을 배꼽 빠지게 웃게 하는 일이었지요. 손오공은 중얼거렸어요.

"이런 멍청한 놈하곤! 두 눈 멀쩡히 뜨고 제집 사람도 못 알아봐?"

멋진 제천대성! 그는 몸을 한 번 흔들어 다시 모기 눈썹에 붙어 사는 작은 벌레로 변신해서 저팔계의 귀 뒤에 달라붙어 떨어지지 않았어요.

이 멍텅구리는 깊은 산으로 사오 리 정도 들어가다가 움푹 파인 곳에서 책상만 한 넓이의 네모반듯하게 생긴 푸른 돌 한 덩이를 발견했어요. 그러자 이놈은 쇠스랑을 내려놓고 그 돌에 공손히 절을 올렸어요. 손오공이 혼자 웃으며 중얼거렸어요.

"이 멍청이! 돌이 사람도 아니니 말을 할 줄 아는 것도 아니고 답례를 할 것도 아닌데, 무슨 허튼수작이람?"

사실 멍텅구리 저팔계는 그 돌을 삼장법사, 사오정, 손오공 이 세 사람으로 삼아 연습하려는 것이었어요. 그가 말했어요.

"이제 돌아가서 사부님을 뵙고 요괴가 있더냐고 물으시면 있다고 해야지. 무슨 산이더냐 하면? 진흙으로 빚은 거다, 흙으로 만든 거다, 주석으로 두드려 만든 거다, 구리를 녹여 부은 거다, 밀가루를 쪄서 만든 거다, 종이를 발라 만든 거다, 붓으로 그린 거다, 뭐 이런 식으로 말하면 날 멍청이 취급하겠지? 이런 말은 한 마디라도 벙긋했다간 그냥 바보 되는 거니까, 그저 돌산이라고만 말하는 거야.

무슨 동굴이더냐고 물으면? 그냥 돌 동굴이라고만 해야지. 무슨 문이더냐 물으면? 못을 땅땅 박은 쇠문이라고 하는 거야. 안이 얼마나 깊더냐고 물으면? 문을 세 겹 지나야 한다고 해야지. 꼬치꼬치 더 캐물어 문에 못이 몇 개더냐고 하면? 그냥 이 몸이 마음이 급해서 제대로 기억하지 못하겠다고 하지, 뭐. 이만하면 적당히 잘 꾸며낸 셈이니, 이제 저 필마온 녀석을 속여먹으러 가자."

이 멍텅구리는 거짓말을 다 꾸미고는 쇠스랑을 질질 끌며 오던 길을 되돌아갔어요.

하지만 손오공이 귀 뒤에 숨어 그 얘길 다 들었을 줄은 꿈에도 몰랐지요. 손오공은 그가 돌아가는 걸 보자마자 두 날개를 펼쳐 앞질러 가, 본래 모습으로 삼장법사를 뵈었어요. 삼장법사가 말했어요.

"오공아, 돌아왔구나, 그런데 저팔계는 어째 안 보이느냐?"

손오공이 웃으며 대답했어요.

"지금 저쪽에서 거짓말을 꾸며대고 있는 중입니다. 곧 올 거예요."

"그 아이는 두 귀가 눈을 덮고 있는 우둔한 녀석인데, 무슨 거짓말을 만들 줄 알겠니? 네가 또 괴상한 얘길 지어내서 그 애에게 뒤집어씌우려는 게지?"

"사부님은 노상 저팔계만 감싸고 도시네요. 저팔계가 연습하던 얘기가 있으니 들어보시지요."

손오공은 저팔계가 풀숲에 기어들어 가 잠자던 일, 딱따구리에게 쪼여 잠을 깬 일, 돌에게 절하고서 무슨 돌산, 돌 동굴, 쇠문, 요괴가 있다는 식으로 그가 꾸며낸 얘기를 미리 죽 들려주었어요. 얘기가 끝나고 얼마 안 있어 그 멍텅구리가 걸어왔지요. 그놈은 자기가 꾸민 얘기를 잊을까 봐 고개를 숙이고 입으로 중얼중얼 연습하고 있었어요. 손오공이 버럭 소리를 질렀어요.

"멍청아! 뭘 중얼거리는 거냐?"

저팔계는 귀를 번쩍 쳐들고 두리번거리며 말했어요.

"다녀왔습니다."

멍텅구리가 앞으로 나와 무릎을 꿇자 삼장법사가 잡아 일으키며 말했어요.

"애야, 고생했다."

"그럼요. 길을 가고 산에 오르는 게 제일 고생입니다."

"요괴가 있더냐?"

"있습니다, 있어요! 요괴 한 떼가 우글거리던데요."

"널 어떻게 대하더냐?"

"조상님이니 외조부니 하면서 국과 소식素食을 장만해 잘 대접하던데요. 깃발을 들고 북을 치며 저희를 전송해 산을 지나가게 해주겠다면서요."

그러자 손오공이 말했어요.

"풀숲에서 잤나보군, 잠꼬대를 하는 게 말이야."

멍텅구리는 이 말에 속으로 뜨끔해서 몸이 움츠러들어 말했어요.

"아이고, 할아버님! 내가 잔 걸 어떻게 아셨소?"

손오공이 앞으로 나와 멱살을 움켜잡고 말했어요.

"너 이리 와봐! 내가 뭣 좀 물어보자."

멍텅구리는 다시 당황해서 부들부들 떨며 말했어요.

"물으면 물었지 멱살은 왜 잡고 그래요?"

"무슨 산이더냐?"

"돌산."

"무슨 동굴이더냐?"

"돌 동굴."

"문은 무슨 문이고?"

"못을 꽝꽝 박은 쇠문."

"안은 얼마나 깊더냐?"

"문을 세 개나 지나야 해요."

"더 말할 필요 없다. 그 뒤는 내가 다 기억하고 있으니까. 사부님께서 믿지 않으실지 모르니, 내가 대신 얘기해주지."

"꼬락서니하곤! 가지도 않은 주제에 뭘 안다고 나 대신 말하겠다는 거요?"

손오공이 웃으며 말했어요.

"문에 못이 몇 개더냐고 하면? 그냥 '이 몸이 마음이 급해서 제대로 기억하지 못하겠다고 하지, 뭐' 이거 아니냐?"

그러자 멍텅구리는 황급히 땅바닥에 무릎을 꿇었어요. 손오공이 말했지요.

"돌을 향해 깍듯이 절하며 그걸 우리 세 사람이라 치고 주거니 받거니 연습을 했지. 아니냐? 또 '이만하면 적당히 잘 꾸며댄 셈이니, 이제 저 필마온 녀석을 속여먹으러 가자'라고 했지? 이래도 아니냐?"

멍텅구리는 그저 연신 머리를 조아리며 말했어요.

"형님, 내가 산을 순찰하러 간 뒤 뒤를 밟아 다 들으셨군요?"

손오공이 욕을 퍼부었지요.

"이 밥이나 축내는 멍청이 같으니! 이렇게 어려운 상황에서 순찰하라고 보냈더니 웬걸, 잠만 퍼질러 자? 딱따구리가 쪼아 깨우지 않았으면 아직도 거기서 자고 있겠지? 잠을 깨가지곤 또 이런 얼토당토않은 거짓말을 꾸며대다니, 큰일을 다 망쳐놓을 셈이더냐? 어서 복사뼈를 들이대라. 정신 똑바로 차리게 다섯 대만 때려주마."

저팔계가 당황해서 말했어요.

"그 사람 잡는 상주 지팡이는 지독해서 슬쩍 스치기만 해도 껍질이 벗겨지고 곁에 가기만 해도 뼈가 상하는데, 다섯 대를 맞으면 난 그대로 죽음이라고요."

"맞는 게 그렇게 무서우면 거짓말을 왜 해?"

"형님, 이번 딱 한 번만 봐주시오. 다신 안 그럴게요."

"앞으로 다시 한 번 그럴 때마다 석 대씩인 줄 알아!"

"아이고, 할아버지! 반 대도 못 견뎌, 나는!"

멍텅구리는 어쩔 도리가 없자 삼장법사를 잡고 늘어졌어요.

"저 대신 말씀 좀 잘 해주세요."

"오공이가 네 녀석이 거짓말을 꾸미고 있다고 해도 난 믿지 않았는데, 일이 정말 그리 된 거라면 백번 맞아도 싸구나. 하지만 지금 산을 넘어야 하는데 부릴 사람은 없으니, 오공아, 우선 용서해주었다가 다음에 때리는 게 어떠냐?"

"옛사람이 말씀하길 '부모님 말씀과 마음을 따르는 것이 큰 효도(順父母言情 呼爲大孝)'라 했지요. 사부님께서 때리지 말라 하시니 용서해주겠습니다. 너는 다시 가서 산을 순찰하고 오너라. 또 다시 거짓말로 일을 그르친다면 이번엔 절대 가만두지 않겠다!"

멍텅구리는 엉금엉금 일어나 다시 산으로 가는 수밖에요. 이놈이 큰길로 내달리는 꼴 좀 보세요. 한 발자국 뗄 때마다 손오공이 변해가지고 또 뒤를 밟나 의심하면서, 무엇 하나만 봐도 손오공인가 보다 생각했지요. 칠팔 리 정도 갔을 즈음 호랑이 한 마리가 산비탈에서 뛰어내렸어요. 저팔계는 두려워하는 기색도 없이 쇠스랑을 번쩍 들며 말했어요.

"형님, 내가 거짓말하나 쫓아온 모양인데, 이번엔 절대 아니오."

다시 길을 가다가 이번엔 산바람이 세차게 불어와 고목 한 그루가 데굴데굴 앞으로 굴러오자, 저팔계는 벌렁 나자빠져 가슴을 치며 말했어요.

"형님! 이게 무슨 짓이오! 다신 거짓말 않겠다고 했으면 됐지, 또 웬 나무로 변해 나를 치려고 하는 거요!"

그리고 다시 앞으로 걸어가는데, 목이 흰 까마귀 한 마리가 달려들어 까악까악 울어대는 거예요.

"형님! 너무하잖아! 너무해! 한 번 거짓말 안 하겠다고 했으면 그런 거지, 또 까마귀로 둔갑해? 그래, 쫓아들면 뭘 어쩔 거요?"

사실 이번엔 손오공이 뒤를 따라간 것도 아니었는데, 저 혼자 지레짐작으로 놀라 멋대로 의심해서, 손오공이 자기를 따라온 게 틀림없다고 추측한 것이지요. 멍텅구리 저팔계가 겁을 집어먹고 의심한 이야기는 잠시 접어두겠어요.

한편, 그 산은 평정산이라 하고, 동굴은 연화동이라 하는데, 동굴엔 요괴가 두 마리 살고 있었어요. 하나는 금각대왕金角大王, 다른 하나는 은각대왕銀角大王이라고 했지요. 금각대왕이 은각대왕과 마주앉아 얘기했어요.

"동생, 우리가 산을 순시하지 않은 지 얼마나 됐지?"

"반달 정도 됐지요."

"오늘 한 바퀴 돌아보게."

"왜 그러시는 게요?"

"자넨 잘 모르는 모양이로군. 근자에 듣자 하니, 동녘 땅 당나라에서 황제의 동생인 중을 파견해 서방으로 부처님을 배알하러 간다더군. 일행이 네놈인데 손오공, 저팔계, 사오정이라고 하는 모양이야. 말까지 치면 다섯이지. 그들이 있으면 함께 잡아 오자는 말일세."

"사람이 먹고 싶으면 어딜 가건 몇 놈이야 잡지 못하겠어요?

그깟 중이야 어디로 가건 내버려둬요."

"모르는 소리! 내가 하늘나라를 떠나올 때 사람들이 하는 얘길 들은 적 있어. 당나라 중은 금선장로金蟬長老가 아래 세상으로 내려간 자인데, 열 세상[十世]을 돌며 수행한 훌륭한 사람이라 원양元陽˚이 조금도 새지 않았다는 거야. 그래서 그의 고기를 먹으면 불로장생할 수 있다더군."

"그놈 고기를 먹기만 하면 불로장생할 수 있다니, 그럼 무슨 좌선이니, 입공立功이니, 용과 범을 단련한다느니, 자웅을 짝지은다느니[4] 할 필요도 없는 거잖아요? 그렇다면 당연히 잡아먹어야지. 내 가서 잡아 오리다!"

"동생, 성미도 급하긴. 서두르지 말게. 문밖에 나가 닥치는 대로 아무 중이나 잡아 왔다가, 만약 그 당나라 중이 아니라면 이름값도 못 하는 거야. 내가 당나라 중을 기억하고 있어서 그들 일행의 모습을 그려놓은 게 있으니까, 가져가서 중을 만나면 잘 대조해보도록 하시게."

그러면서 금각대왕은 그림 속의 인물이 누가 무슨 이름인지 세세히 일러주었어요. 은각대왕은 초상화를 받아 이름을 외우자 곧 동굴을 나와, 졸개 서른 놈을 추려 거느리고 산을 순찰하러 나갔어요.

한편, 운수 사나운 저팔계는 한창 길을 가다가 요괴 무리와 딱 마주치게 되었어요. 요괴들은 앞을 가로막으며 말했어요.

"어디서 오는 웬 놈이냐?"

멍텅구리가 이 말에 머리를 들고 귀를 번쩍 젖히고 보니 요괴들이 눈앞에 있었지요. 당황한 저팔계는 속으로 이렇게 생각했

4 네 가지 모두 도교의 수련 방법이다.

어요.

'경전을 가지러 가는 중이라고 하면 날 잡아갈 거야. 그냥 지나가는 사람이라고 하자.'

졸개 요괴가 은각대왕에게 보고했어요.

"대왕님, 지나가는 사람이라는데요."

서른 명 졸개들 가운데엔 삼장법사 일행에 대해 아는 놈도 있고 모르는 놈도 있었는데, 옆에서 보고를 듣던 한 놈이 저팔계를 손가락질하며 이렇게 말했어요.

"대왕님, 이 중이 아무래도 그림 속의 저팔계와 비슷합니다."

은각대왕이 이 말에 초상화를 내걸어 보이라고 명령했어요. 저팔계가 그걸 보고 깜짝 놀라 중얼거렸어요.

"요새 어째 기운이 없다 했더니! 저놈이 내 얼굴을 그려 갖고 있어서 그랬구나."

졸개가 창으로 그림을 받쳐 보이자, 은각대왕이 손으로 가리키며 말했어요.

"이게 백마를 탄 당나라 중이고, 이 털북숭이가 손오공이고······"

저팔계가 이 말을 듣더니 입속으로 중얼중얼 빌었어요.

"서낭신이시여! 제발 전 빼주십시오. 돼지머리에 소며 양이며 있는 대로 다 차려드리겠습니다."

그때 은각대왕이 다시 말했어요.

"이 거무튀튀하고 키가 큰 놈이 사오정이고, 긴 주둥이에 큰 귀를 가진 놈이 저팔계야."

멍텅구리는 자기 이름이 나오자 주둥이를 쑥 집어넣었어요. 그러자 은각대왕이 소리쳤어요.

"이봐, 중놈! 주둥이 좀 꺼내봐!"

"날 때부터 이 모양이라 꺼낼 수가 없습니다."

은각대왕이 졸개더러 갈고리로 잡아 끌어 내라고 명령했어요. 당황한 저팔계는 주둥이를 내밀면서 말했어요.

"쩨쩨하긴. 관두자! 이러면 됐지? 보면 될 것이지 갈고리로 뭘 어쩌려고?"

은각대왕은 그가 저팔계임을 알아보고 보도寶刀를 꺼내 달려 나와 내리쳤어요. 멍텅구리는 쇠스랑을 들어 칼을 막으며 말했어요.

"이 자식, 까불지 마라. 쇠스랑 맛을 좀 보여주마!"

은각대왕이 웃으며 말했어요.

"이 중놈은 도중에 출가한 녀석이군."

"이 자식이 제법 똑똑한데! 어떻게 이 어르신이 도중에 출가했단 걸 알았지?"

"쇠스랑을 쓸 줄 아는 걸 보니, 분명 남의 집 밭에서 땅이나 갈다가 훔쳐 나온 것이렸다?"

"이놈아, 네깟 놈이 이 어르신의 쇠스랑에 대해 뭘 안다고 그래? 이건 밭이나 가는 쇠스랑에 댈 게 아냐. 이건 말이야,"

거대한 이는 용의 발톱처럼 주조하고
금을 흘려 넣어 장식하니 호랑이 모양이로다.
적수를 만나면 찬바람이 쏴 일고
겨룰 만한 놈을 만나면 불꽃이 피어나지.
당나라 스님을 위해 온갖 장애를 없애고
서천으로 가는 길에 요괴를 잡지.
빙글빙글 휘두르면 뿌연 노을빛이 해와 달을 가리고
검은 구름을 일으켜 별빛을 어둡게 하지.
태산을 찍어 무너뜨리니 호랑이가 겁을 먹고

대해를 쑤셔 뒤집어놓으니 늙은 용이 두려워하지.
네까짓 요괴 아무리 재주가 있어봤자
이 쇠스랑 한 방이면 아홉 구멍으로 피가 솟을걸?

巨齒鑄來如龍爪　　滲金粧就似虎形
若逢對敵寒風洒　　但遇相持火焰生
能替唐僧消瘴礙　　西天路上捉妖精
輪動烟霞遮日月　　使起昏雲暗斗星
築倒泰山老虎怕　　耙翻大海老龍驚
饒你這妖有手段　　一鈀九箇血窟窿

　은각대왕이 이 말을 듣고 어디 가만있겠어요? 그놈은 칠성검
七星劍을 빼들고 휙휙 휘두르며 달려들었어요. 주거니 받거니 저
팔계와 싸움을 벌였지만, 스무 합이 지나도록 승부가 나지 않았
어요. 저팔계는 분통이 치밀어 죽어라고 맞서 싸웠지요. 은각대
왕은 그가 귀를 곤두세우고 걸쭉한 침을 뿜으며 쇠스랑을 휘두
르면서 무섭게 기합을 지르는 소리를 듣자 좀 겁이 나서, 졸개 요
괴들에게 일제히 덤비라고 명령했어요.

　일대일로 싸웠다면 사실 괜찮았을 텐데, 졸개들이 한꺼번에 덤
벼들자 당황한 저팔계는 허둥대다가 제대로 막지 못하고 머리를
돌려 도망치기 시작했어요. 하지만 길이 고르지 못한데다가 아는
길도 아니어서, 난데없이 나타난 나무 덩굴에 발이 걸렸어요.

　간신히 덩굴을 떼어내고 일어나 도망치는데, 거기서 자고 있던
졸개 요괴 한 놈에게 발이 걸리는 바람에 푹 똥개처럼 대가리를
땅바닥에 처박으며 엎어지고 말았지요. 이어 요괴 무리가 몰려와
그를 붙들었어요. 그놈들은 갈기를 잡아당기고, 귀를 꼬집어 뜯
고, 다리를 붙잡고 늘어지고, 꼬리를 잡아끌고 하더니, 결국 저팔

계를 번쩍 둘러메고 동굴 속으로 들어갔지요. 허허! 이야말로,

한몸에 닥친 액운은 없애기 어렵고
만 가지 재난은 제거하기 힘들다.

一身魔發難消滅　萬種災生不易除

는 격이지요. 결국 저팔계의 목숨이 어찌 되었는지는 아직 알 수
없으니, 이에 대해서는 다음 회를 들어보시라.

손오공, 속임수로 요괴의 보물을 빼앗다

한편, 은각대왕은 저팔계를 잡아 동굴 안으로 들어가며 말했
어요.

"형님, 한 놈을 잡아 왔어요."

금각대왕은 기뻐하며 말했어요.

"이리 데려와라, 좀 보게."

"바로 이놈입니다."

"동생, 잘못 잡아 왔네. 이놈의 중은 쓸모가 없네."

저팔계는 바로 불쌍한 척 꾸미며 말했어요.

"대왕님, 쓸모없는 중이니 내쫓아버리십시오. 사람 구실도 못
하는 놈입니다!"

그러자 은각대왕이 말했어요.

"형님, 놔줄 필요 없습니다. 비록 쓸모는 없지만 저놈은 당나라
중의 일행으로, 저팔계라는 놈입니다. 잠시 저놈을 뒤뜰의 맑은
연못 물에 불려 털을 다 벗겨버린 다음, 소금에 절여 햇볕에 말려
두었다가 먹을 게 없을 때 술안주로나 씁시다."

저팔계가 그 말을 듣고 말했어요.

"운수도 사납지! 건어물과 육포 파는 요괴를 만났구나."

그 요괴가 저팔계를 메고 가 물속에 던져둔 일에 대해선 더 이상 얘기하지 않겠어요.

한편, 삼장법사는 언덕 앞에 앉아 귀가 뜨거워지고 눈이 튀어나올 듯 몸이 편치 않아서 이렇게 소리쳤어요.

"오공아! 어째서 오능은 산을 둘러보러 가더니 이렇게 오래도록 돌아오지 않는 게냐?"

"사부님은 아직 그 녀석의 속내를 모르시는군요."

"무슨 속내 말이냐?"

"사부님, 이 산에 만약 요괴가 있다면 그 녀석은 반걸음도 가기 어려워서, 틀림없이 허장성세를 부리다가 달려 돌아와 제게 알렸을 겁니다. 아마 요괴도 없고 길도 평안하니까 계속 간 모양이지요."

"정말 갔다면 어디서 만나지? 여긴 산과 들만 한없이 펼쳐진 곳이라 도시의 저잣거리에 비할 수 없는데."

"사부님, 염려 마시고 말에 오르세요. 그 멍청이는 좀 게으른 데가 있어서 분명 걸음걸이가 느릴 겁니다. 말을 좀 몰고 가다 보면 금방 따라잡을 테니, 함께 가보지요."

삼장법사는 말에 오르고, 사오정은 짐을 메고, 손오공이 앞장서 산을 올랐어요.

한편, 금각대왕은 또 은각대왕을 불러 이렇게 말했어요.

"동생, 자네가 저팔계를 잡아 왔으니 분명 당나라 중이 어디 있을 거야. 다시 가서 산을 둘러보고 오게. 절대 그자를 놓쳐서는 안 돼."

"당장 갈게요, 당장!"

자, 보세요. 그놈은 급히 쉰 명의 졸개 요괴를 뽑아서, 산에 올라 순찰을 돌았어요. 한참 가고 있는데, 멀리 상서로운 구름이 떠 있고 상서로운 기운이 감돌고 있는 것이 보였어요.

"당나라 중이 오는구나."

그러자 여러 요괴들이 말했어요.

"어디 있어요?"

"훌륭한 사람의 머리 위에는 상서로운 구름이 비치고, 못된 놈의 머리 위에는 검은 기운이 하늘로 솟구치는 법이다. 저 당나라 중은 원래 금선장로가 인간세계로 내려온 몸으로, 열 세상을 돌며 수행한 훌륭한 사람이기 때문에 이렇게 상서로운 구름이 떠 있는 거야."

그래도 졸개들이 그것을 보지 못하자, 은각대왕이 손가락으로 가리키며 말했어요.

"저게 아니냐?"

그러자 삼장법사는 말 위에서 몸이 오싹 떨렸어요. 요괴가 또 그를 가리키자 또 오싹했어요. 그렇게 연달아 세 번을 가리키자 삼장법사도 세 번 오싹했어요. 그는 심신이 불안해져서 이렇게 말했어요.

"얘들아, 어째서 이렇게 내 몸이 오싹오싹 떨리지?"

그러자 사오정이 말했어요.

"몸이 오싹거린다면 아마 잡수신 게 체했나봅니다."

손오공이 말했어요.

"말도 안 되는 소리! 사부님께선 이 깊은 산 험한 고개를 가고 있으니 틀림없이 조바심이 나고 놀라셨을 거야. 겁내지 마십시오! 이 몸이 여의봉을 휘둘러 길을 열어서 사부님의 놀란 마음을 진정시켜드리겠습니다."

멋진 손오공! 그는 여의봉을 꺼내 말 앞에서 몇 차례 실력을 선보였어요. 위로 세 번, 아래로 네 번, 왼쪽으로 다섯 번, 오른쪽으로 여섯 번. 모두 저 '육도삼략六韜三略'에 따라 신통력을 일으킨 것이지요. 삼장법사가 말 위에서 그것을 보니, 정말 우주에 보기 드물고 인간 세상에는 없는 묘기였어요. 그렇게 길을 열며 나아가니 기세가 제법 살벌해서, 그 괴물을 깜짝 놀라게 했어요. 그놈은 산꼭대기에서 그걸 보더니 혼비백산해서 얼떨결에 이렇게 말했어요.

"몇 해 동안 손오공에 관해 소문만 들었는데, 오늘에야 헛소문이 아니었다는 걸 알겠구나. 과연 정말이었어."

그러자 요괴들이 나아가 물었어요.

"대왕님, 어째서 남의 기개를 키워주고 자신의 위풍을 깎아내리십니까? 도대체 누굴 그렇게 칭찬하십니까?"

"손오공의 신통력이 넓고 크니, 저 당나라 중은 잡아먹을 수 없겠다."

"대왕님, 방법이 없으시다면, 저희 몇 명이 가서 큰대왕님께 보고하겠습니다. 그분더러 동굴에 있는 크고 작은 병사들을 선발하여 진세를 펼치게 하고 힘과 마음을 합치시면, 저놈은 어디로 도망갈 것인지나 걱정하게 될 것입니다."

"너희들은 저자의 저 쇠몽둥이에 만 명이 덤벼도 당해내지 못할 용맹이 들어 있음을 보지 못했을 게다. 우리 동굴엔 기껏 사오백 명의 병사가 있을 뿐인데, 저자의 몽둥이 하나를 어찌 막을 수 있겠느냐?"

"그렇다면, 당나라 중은 잡아먹을 수 없고 저팔계만 잘못 잡아오신 게 아닙니까? 지금 그자를 돌려보내 버리지요."

"잡아 온 것이 잘못된 것도 아니고, 돌려보내기도 쉬운 게 아니다. 당나라 중을 결국 잡아먹긴 해야겠는데, 다만 지금 당장은 불가능할 뿐이다."

"그렇다면 아직 몇 년을 더 지나야 한다는 말씀이십니까?"

"몇 년이랄 것까진 없다. 내 보아하니, 저 당나라 중은 계획을 잘 세워 잡아먹어야 함부로 붙잡을 수는 없는 것 같다. 기세를 믿고 잡으려 들다간 냄새도 못 맡아볼 것이니, 그저 잘 구슬려 감동시켜 그자의 마음과 우리 마음이 맞는 것처럼 속여 좋은 관계를 유지하면서 계책을 내야만 해볼 수 있을 것이다."

"대왕님, 계책을 써서 그자를 잡는 데 저희들이 필요한가요?"

"너희들은 모두 본채로 돌아가라. 하지만 큰대왕께 알려서는 안 된다. 그분을 놀라게 하면 틀림없이 소문이 퍼져서 내 계책을 망치게 될 것이다. 나도 나름대로 신통력으로 변화를 부릴 줄 아니, 그놈을 잡을 수 있느니라."

요괴들이 흩어져 돌아가자, 은각대왕은 혼자 산 아래로 뛰어내려와 길가에서 몸을 한 번 흔들어 나이 많은 도사로 변신했어요. 그가 어떻게 변신했는지 볼까요?

별무늬 모자 번쩍번쩍
학처럼 하얀 머리 덥수룩
우의엔 수놓은 허리띠 둘렀고
구름 밟는 신은 누런 종려 잎으로 엮었네.
정신은 맑고 눈은 밝아 마치 신선 나라에서 온 손님인 듯
체구는 건장하고 몸은 가벼워 마치 장수하는 노인인 듯
무슨 푸른 소 탄 도사라고도 할 수 있고
책이나 끼고 사는 서생書生보다 낫네.

가짜 모습을 마치 진짜처럼 꾸몄고
허튼 분위기를 마치 진짜처럼 지어냈네.

星冠晃亮　鶴髮蓬鬆
羽衣圍繡帶　雲履綴黄棕
神清目朗如仙客　體健身輕似壽翁
說甚麼清牛道士　也强如素券先生
粧成假像如眞像　捏作虛情似實情

그는 큰길가에서 다리가 부러져 절뚝거리는 도사로 변장해, 다리에는 피를 줄줄 흘리고 입으로는 그저 "사람 살려! 살려주시오!" 하고 끙끙거리며 소리쳤어요.

한편 삼장법사는 손오공과 사오정을 의지하며 즐겁게 앞으로 나아가고 있었어요. 한참 가던 차에 "스님, 살려주시오!" 하는 소리를 듣고 이렇게 말했어요.

"저런, 저런! 이 허허벌판 산속에 사방으로 마을도 없는데, 누가 저리 소리치고 있는 게지? 틀림없이 호랑이나 표범 같은 사나운 짐승에게 놀라 넘어진 모양이로구나."

삼장법사는 준마의 말 머리를 돌리며 소리쳐 물었어요.

"거기 봉변을 당한 사람은 누구시오? 이제 나오셔도 됩니다."

요괴는 풀숲에서 기어 나와 삼장법사의 말 앞에서 쿵쿵 소리가 나도록 땅에 닿게 머리를 조아렸어요. 말에 타고 있던 삼장법사는 그가 나이 많은 도사임을 알고 무척 미안한 마음이 들어서, 황급히 말에서 내려 부축해 일으키며 말했어요.

"어서 일어나십시오."

"아이고! 아이고 아파!"

삼장법사가 보니 그의 다리에 피가 흐르고 있는지라, 깜짝 놀라 물었어요.

"선생, 어디서 오셨습니까? 무슨 일로 발을 다치셨습니까?"

요괴는 교묘하게 말을 꾸며 거짓으로 둘러댔어요.

"스님, 이 산 서쪽에 청정하고 조용한 도관道觀이 하나 있는데, 저는 거기 있는 도사라오."

"거기서 향불이나 올리고 경전이나 익히시지 않고, 어째서 한가하게 이런 곳을 다니십니까?"

"전날 산 남쪽에 사는 어느 시주의 집에서 도사들을 불러 별의 신들에게 기도를 올려 재앙을 물리쳐달라고 했소이다. 그런데 날이 저물어서야 일을 마치고 돌아오게 되었소. 제자 하나와 함께 오다가 큰길에서 얼룩무늬의 사나운 호랑이 한 마리를 만났는데, 그놈이 내 제자를 물어 가버렸소. 나는 벌벌 떨며 죽어라 도망쳤는데, 돌덩이가 널린 산비탈에서 넘어져 다리를 다치고 말았고, 돌아갈 길도 모르겠소이다. 오늘 큰 인연이 있어 스님을 만났으니, 제발 큰 자비를 베풀어 이 한 목숨을 구해주시구려. 도관에 도착하면 몸을 맡기고 목숨을 팔아서라도 깊은 은혜에 후히 보답하겠소."

삼장법사는 그 말을 진짜라고 여겼어요.

"선생, 선생이나 나나 모두 목숨이 하나밖에 없는 사람입니다. 저는 승려이고 선생은 도사라서 옷차림은 비록 다르지만, 수행의 이치는 같습니다. 제가 선생을 구해드리지 않으면 출가한 사람이 아니지요. 구해드리긴 해야겠는데, 보아하니 걸어가실 수가 없겠구려."

"일어설 수도 없는 마당에 어떻게 걸을 수 있겠소이까?"

"됐습니다, 됐어요. 저는 걸어갈 수 있으니 말을 선생께 양보하겠습니다. 선생의 도관에 도착하거든 돌려주십시오."

"스님, 두터운 정을 베풀어주셔서 고맙소이다. 하지만 내가 다리를 다쳐서 말을 탈 수가 없소이다."

"정말 그렇군요."

이에 삼장법사가 사오정에게 말했어요.

"오정아, 봇짐을 내 말에 싣고, 네가 저분을 업어드려라."

"그러지요."

요괴는 급히 머리를 돌려 눈을 굴리더니, 이렇게 말했어요.

"스님, 제가 호랑이에게 놀란 차에 얼굴이 거무튀튀한 이 스님을 보니 더 무서워져서 감히 저분께 업혀 가지 못하겠습니다."

그러자 삼장법사가 말했어요.

"오공아, 네가 업어드려라."

손오공은 즉각 대답했어요.

"예, 제가 업지요."

요괴는 손오공을 알아보고 두말없이 순순히 업혔어요. 그러자 사오정이 웃으며 말했어요.

"참 눈썰미도 없는 도사 영감일세! 내가 업겠다는 건 마다하고 도리어 저 양반한테 업히다니. 저 양반은 사부님이 안 보실 때, 세 갈래로 갈라진 창처럼 뾰족한 돌에다 당신을 패대기쳐버릴게요."

손오공은 요괴를 업으러 가며 입속으로 웃으며 중얼거렸어요.

"이 못된 요괴놈! 감히 나를 약올리다니! 이 손 어르신 연세가 몇이나 되는지 물어봐라. 네놈의 이런 허튼 거짓말은 스님을 속이기 좋겠지만, 그걸로 나를 속이겠다고? 난 네놈이 이 산속의 괴물인 줄 알아봤다. 아마 내 사부님을 잡아먹으려는 모양인데, 그분 또한 예사 분이 아니시니 너 같은 놈에게 잡아먹히시겠냐?

그분을 잡아먹으려 해도, 절반 이상은 이 손 어르신께 바쳐야 할 게다."

요괴는 손오공이 입속으로 중얼거리는 소리를 듣고 이렇게 말했어요.

"스님, 저는 좋은 집안의 자손으로 도사가 되었소이다. 오늘 운이 나빠서 사나운 호랑이를 만나는 액운을 당했을 뿐, 요괴는 아니외다."

그러자 손오공이 말했어요.

"호랑이나 이리가 무서웠다면 어째서 『북두경北斗經』을 외지 않았나?"

그때 말 위에 단정히 앉아 이 말을 들은 삼장법사가 손오공을 꾸짖었어요.

"이 못된 원숭이 녀석! '사람 목숨 하나 구하는 게 칠 층 불탑을 만드는 것보다 낫다(救人一命 勝造七級浮屠)'고 했다. 그분을 업어 드리기나 할 일이지 무슨 『북두경』이니 『남두경南斗經』이니 하는 걸 들먹이는 게냐?"

그러자 손오공 대답했어요.

"이놈 운도 좋구나! 우리 사부님은 자비롭고 선을 좋아하시는 분이고, 남에게는 온화하지만 자기 사람에겐 가혹한 분이시지. 내가 널 업지 않으면 저분은 날 탓하실 게야. 업긴 하겠지만 꼭 얘기해둘 게 있어. 대소변이 마려우면 먼저 나한테 얘기하라고. 등에다 적셔버리면 냄새도 참기 어려울 테고, 또 내 옷을 더럽혀놓으면 빨아줄 사람도 없거든."

"이만한 나이에 어찌 당신의 말을 알아듣지 못하겠소?"

손오공은 그제야 요괴를 붙잡아 일으켜 등에 업고, 삼장법사 및 사오정과 함께 큰길로 서쪽을 향해 갔어요. 산의 울퉁불퉁한 곳에 이르자 손오공은 조심조심 천천히 걸으며 삼장법사더러 앞서 가게 했어요. 사오 리도 채 못 가서 삼장법사와 사오정은 움푹한 골짜기 속으로 내려가 버렸고, 손오공은 그들이 보이지 않자 마음속으로 원망을 늘어놓았어요.

'사부님은 그만큼이나 연세를 잡수시고도 도무지 물정을 모르신단 말이야. 이렇게 먼 길은 맨몸으로 가기에도 손이 무겁게 느껴질 판인데, 또 이 요괴를 업고 가게 하시다니! 요괴라면 말할 필요도 없고, 좋은 사람이라 해도 이 나이면 죽을 때도 됐으니, 내팽개쳐 죽여버리자! 업고 가면 뭐해?'

손오공이 내팽개칠 궁리를 하고 있을 때, 요괴는 그것을 알아챘어요. 그놈은 산을 부리는 재주도 있어서 '산을 옮기고 바다를 뒤집는 술법[移山倒海]'을 부렸어요. 그는 손오공의 등 위에서 손가락을 구부려 결을 맺고 주문을 외어 수미산須彌山을 공중으로 불러내 손오공의 머리를 눌러버렸어요. 손오공은 급히 머리를 피해 왼쪽 어깨로 산을 받아메고 웃으며 말했어요.

"아가야, 무슨 '몸을 무겁게 하는 술법[重身法]'을 써서 손 어르신을 누르느냐? 이따위는 무섭지도 않고, 그저 '똑바로 짊어지면 좋은데 한쪽만 짊어지면 불편하다(正擔好挑 偏擔兒難挨)'는 정도란다."

그러자 요괴가 속으로 중얼거렸어요.

"산 하나로는 이놈을 눌러버릴 수 없군."

그놈은 또 주문을 외어 아미산峨眉山을 공중으로 불러 손오공을 누르려 했어요. 그러자 손오공은 또 머리를 피해 오른쪽 어깨로 산을 받아 멨어요. 자, 보세요. 그는 양어깨에 두 개의 큰 산을 메고 유성처럼 빠르게 삼장법사를 따라갔어요. 요괴는 그걸 보고 너무 놀라 온몸이 땀으로 젖었어요.

'이놈은 산도 떠메는 재주가 있구나!"

그러다가 그는 다시 마음을 가다듬고 주문을 외어, 태산泰山을 공중으로 불러내서 손오공의 머리를 눌렀어요. 손오공은 힘도 빠지고 근육도 뻣뻣해진 상태에서 태산으로 정수리를 내리누르는 요괴의 술법을 당해 삼시신三尸神들이 비명을 지를 정도로 압력이 가해지자, 눈, 코, 입 등 일곱 구멍으로 붉은 피를 내뿜었어요.

대단한 요괴! 그놈은 신통력을 부려 손오공을 눌러버린 후, 거센 바람을 급히 몰고 삼장법사를 쫓아갔어요. 그놈은 구름 속에서 손을 내뻗어 말에 탄 삼장법사를 움켜잡으려 했어요. 깜짝 놀란 사오정은 봇짐을 팽개치고 항요장으로 삼장법사의 머리 위에서 막아냈어요. 그러자 요괴가 칠성검을 뽑아 들고 정면으로 덤벼들었어요. 이 싸움은 정말 살벌했어요.

칠성검과 항요장
만 갈래 금빛 번쩍이네.
이쪽의 부리부리한 눈은 검은 살육의 신[黑殺神] 같고
저쪽의 강철 같은 얼굴은 정말 하늘의 권렴장군일세.
저 괴물은 산 앞에서 한껏 재주를 드러내며
오로지 한마음으로 삼장법사를 잡으려 하고
이쪽은 훌륭한 스님 보호하려 애쓰며
오로지 한마음으로 죽어도 놓아주려 하지 않네.
그 둘이 내뿜는 구름과 안개 하늘궁전을 어둡게 하고
뒤집어 일으킨 흙먼지 별자리도 가려버리네.
너무 살벌해서 붉은 해도 빛을 잃고
하늘과 땅도 어둠침침하네.
왔다 갔다 여덟아홉 차례를 겨루다가

뜻밖에 사오정이 지고 말았네.

七星劍　降妖杖　萬映金光如閃亮

這箇圓眼兒如黑殺神　那箇鐵臉眞是倦簾將

那怪山前大顯能　一心要捉唐三藏

這箇努力保眞僧　一心寧死不肯放

他兩箇噴雲噯霧黯天宮　播土揚塵遮斗象

殺得那一輪紅日淡無光　大地乾坤昏蕩蕩

來往相持八九回　不期戰敗沙和尚

　이 요괴는 몹시 흉악해서 보검을 휘둘러 유성처럼 재주를 펼치며 달려드니, 싸우다 힘이 부쳐 감당하기 어려워진 사오정은 머리를 돌려 달아나려 했어요. 그러나 요괴는 어느새 항요장을 막고 큰 손을 펼쳐 사오정을 붙잡아 왼쪽 겨드랑이에 끼고, 오른손으로는 말 위의 삼장법사를 낚아채더니, 뾰족한 발끝을 쇠갈퀴처럼 구부려 봇짐을 걸고, 입을 벌려 말 갈기를 물었어요. 그리고 술법[攝法]을 써서 그들을 한 줄기 바람에 휘말아 모두 연화동 안으로 데려가서는 사나운 소리로 외쳤어요.

"형님, 여기 중들을 모두 잡아 왔어요."

금각대왕은 그 말을 듣고 매우 기뻐했어요.

"이리 가져와서 보여주게."

"이게 아닙니까?"

"동생, 또 잘못 잡아 왔구먼."

"당나라 중을 잡아 오라 하셨잖소?"

"이게 당나라 중이긴 하지만, 아직 저 재주 많은 손오공을 잡진 못했지 않은가? 그놈을 잡아야 당나라 중을 맛있게 먹을 수 있단 말일세. 그놈을 잡지 못했다면 절대 그놈 일행을 건드려선 안 돼.

그 원숭이 왕은 신통력이 넓고 큰데다, 변신술도 다양하단 말이야. 우리가 그놈의 사부를 잡아먹어 버리면 그놈이 가만있겠어? 저 문 앞에 와서 난리를 칠 테니, 편히 살 생각은 말아야 할 거야."

그러자 은각대왕이 웃으며 말했어요.

"형님도 남을 지나치게 추켜세우는구려. 형님이 부풀려 칭찬한 대로라면, 그런 자는 하늘에도 드물고 땅에는 전혀 없을 게요. 내가 보기엔 그저 그럴 뿐이지 별 재간도 없습니다."

"자네가 붙잡았는가?"

"그놈은 이미 내가 부린 세 개의 큰 산에 깔려서 반 발자국도 움직이지 못하는 신세가 되었소. 그러니 조금 전에 저 당나라 중과 사오정, 심지어 말과 봇짐까지 모두 잡아 오게 된 것이라오."

금각대왕은 그 말을 듣고 무척 기뻐했어요.

"다행이로다! 운도 좋지! 그놈을 붙잡아두었다면 당나라 중은 이제 우리 입안의 밥일세!"

그리고 그는 졸개 요괴들에게 명령했어요.

"얼른 술자리를 마련하고, 너희 둘째 대왕의 공로를 축하하는 술을 한 잔 올려라!"

"형님, 잠시 술은 접어두고, 졸개들을 시켜 저팔계를 물에서 건져내 걸어두라 하십시오."

이렇게 해서 저팔계는 동쪽 회랑에, 사오정은 서쪽 회랑에, 삼장법사는 중간에 매달아두었어요. 그리고 말은 마구간으로 보내고, 봇짐은 챙겨 들여가게 했어요. 일이 끝나자 금각대왕이 웃으며 말했어요.

"동생, 재주도 좋네그려! 두 번에 걸쳐 중 셋을 잡아 오다니. 하지만 손오공이 비록 산 아래 깔려 있긴 하지만 틀림없이 술법을 부리려 할 테니, 어떻게든 그놈을 잡아와 찜을 쩌버리는 게 좋겠어."

"형님은 앉아 계시오. 손오공을 잡아 오는 데 우리가 몸을 움직일 필요는 없으니까요. 그저 졸개 둘을 시켜 보물 두 개를 가져가 그놈을 담아 오게 하면 됩니다."

"무슨 보물을 가져간단 말인가?"

"제 자금홍호로紫金紅葫蘆와 형님의 양지옥정병羊脂玉淨瓶이지요."

그러자 금각대왕이 보물을 내주며 말했어요.

"어느 둘을 보내지?"

"정세귀精細鬼와 영리충伶俐蟲을 보냅시다."

그리고 그들에게 분부했어요.

"너희 둘은 이 보물을 가지고 곧장 높은 산꼭대기에 가서, 바닥은 하늘로 향하게 하고 주둥이는 땅을 향하게 한 다음 "손오공!" 하고 불러라. 만약 그놈이 대답을 하면 바로 이 안에 담기게 된다. 그때 재빨리 '태상노군급급여율령봉칙太上老君急急如律令奉敕'•이라고 적힌 딱지를 붙여라. 그러면 그놈은 두 시간 사십오 분 후에 녹아서 고름으로 변할 것이다."

두 요괴가 고개 숙여 절하고 그 보물을 지닌 채 손오공을 잡으러 간 데 대해서는 더 이상 얘기하지 않겠어요.

한편, 손오공은 요괴의 술법에 걸려 산 아래 깔린 채, 재난의 괴로움을 당해 성승聖僧 삼장법사를 그리워하며, 크게 소리쳤어요.

"사부님, 옛날 양계산에 이르러 오행산에 붙인 부적을 떼어내어 이 몸을 큰 재난에서 벗어나게 해주시고, 또 제게 불교의 가르침을 주셨지요. 관음보살께서 내리신 뜻에 감화되어 사부님과 함께 지내며 더불어 수양했고, 같은 인연으로 함께 현실[相]을 경험했고, 함께 보고 함께 지혜를 깨달았지요.

이 지경에 이르러 요괴의 방해를 받고 또 그놈이 부린 산에 깔리게 될 줄 어찌 알았겠요? 불쌍하구나! 불쌍해라! 사부님이 돌아가시는 것은 당연하다 하더라도, 사오정과 저팔계, 그리고 말로 변한 어린 용이 한꺼번에 죽는 것은 견디기 어렵구나. 이는 바로 '나무가 크면 바람을 불러와 바람이 나무를 흔들고, 사람의 명성이 높으면 명성이 사람을 다치게 한다(樹大招風風撼樹 人爲名高名喪人)'는 꼴이구나!"

손오공은 탄식을 하며 구슬 같은 눈물을 비처럼 쏟았어요. 그런데 이 소리는 산신과 토지신, 오방게체五方揭諦의 여러 신들을 놀라게 만들었어요. 그때 금두게체金頭揭諦가 말했어요.

"이 산은 누구 것이오?"

그러자 토지신들이 대답했어요.

"우리들 것입니다."

"당신들 산 아래 깔린 이는 누구요?"

"누군지 모르겠습니다."

"당신들은 모르고 계셨구려. 여기 눌려 있는 분은 오백 년 전에 하늘궁전에서 큰 소동을 피운 제천대성 손오공이시오. 지금은 정과에 귀의해서 당나라 승려의 제자 노릇을 하고 있소. 당신들은 어쩌다 요괴에게 산을 빌려주어 그분을 깔리게 만들었소? 당신들은 이제 죽었소. 그분이 몸을 빼 벗어나는 날이면, 당신들을 용서하실 것 같소? 가볍게 처벌한다 해도 토지신께선 역참驛站에서 힘든 심부름이나 하셔야 할 것이고, 산신께서는 군대에 끌려가 노역을 하셔야 할 것이고, 우리들까지도 호된 꾸지람을 듣게 될 것이오."

산신과 토지신은 그제야 겁을 먹었어요.

"사실 저희들은 몰랐습니다, 몰랐어요. 저희들은 그저 그 요괴가 산을 부리는 주문을 외는 소리만 듣고 산을 옮겨온 것뿐입니다. 산에 깔린 이가 제천대성 손오공일 줄 누가 알았겠습니까?"

"겁내지 마시구려. 법률에도 '모르고 지은 죄는 벌하지 않는다(不知者 不坐罪)'고 했소. 내 당신들을 위해 계책을 마련해서, 그분을 풀어주더라도 그분이 당신들에게 손을 쓰지 않도록 해주겠소."

그러자 토지신이 말했어요.

"그런 법이 어디 있습니까? 풀어주는 사람에게 손을 쓰려 하다니요!"

"당신이 잘 모르시는 모양인데, 그분의 여의봉은 무지무지 무시무시해서 맞으면 죽음이요, 빗맞아도 중상이며, 부딪치기만 해도 힘줄이 끊어지고, 스치기만 해도 살갗이 벗겨지오."

토지신과 산신은 두려운 마음에 오방게체와 상의한 후, 세 산의 입구에 찾아와 소리쳤어요.

"제천대성님, 산신과 토지신, 오방게체가 뵈러 왔습니다."

대단한 손오공! 그는 호랑이가 말라도 용맹한 마음은 남아 있는 것처럼 타고난 기개가 드높아, 낭랑한 소리로 말했어요.

"어쩐 일로 날 보러 왔느냐?"

그러자 토지신이 말했어요.

"제천대성님께 알려드릴 일이 있습니다. 산을 치워드릴 테니 나오시어, 저희들의 불경죄를 용서해주십시오."

"산을 치워라. 너희들을 때리진 않겠다."

"들려라!"

마치 관청에서 명령을 내리듯, 여러 신들은 주문을 외어 산들을 본래 자리로 돌려보내고 손오공을 풀어주었어요.

손오공은 벌떡 일어나 흙을 털고 치마를 단정히 매더니, 귀 뒤

요괴가 삼장법사를 납치하고, 손오공은 산신들을 꾸짖다

에서 여의봉을 꺼내들고 산신과 토지신에게 소리쳤어요.

"모두들 발바닥을 내밀어라. 먼저 각기 두 대씩 쳐서 손 어르신의 화를 풀어야겠다!"

여러 신들은 깜짝 놀라며 말했어요.

"조금 전에 제천대성님께선 저희들의 죄를 용서해주신다고 하셨잖습니까? 어떻게 나오시자마자 말씀을 바꾸고 때리려 하십니까?"

"잘난 토지신에 잘난 산신이로구나! 너희들은 손 어르신은 무섭지 않고 요괴만 무서웠던 모양이지?"

그러자 토지신이 말했어요.

"그 요괴는 신통력이 넓고 큰데다 술법 또한 대단해서, 주문을 외어 저희들을 구속해 부리면서, 자기 동굴 안에서 하루에 하나씩 돌아가며 당번을 서게 했습니다."

손오공도 '당번을 서게 했다'는 말에 속으로 놀라면서, 하늘을 바라보며 크게 소리쳤어요.

"하늘이여, 높은 하늘이여! 저 혼돈이 처음 나뉘어 천지가 개벽하고, 화과산花果山이 나를 낳았을 때부터 일찍이 훌륭한 스승을 두루 찾아다니며 불로장생의 비결을 전수받았노라. 그러나 바람 따라 변화를 일으키고, 호랑이와 용을 굴복시키고, 하늘궁전을 크게 헤집어 제천대성이라 불렸건만, 산신과 토지신을 속여 부리진 못했노라. 이제 이 무례한 요괴는 어찌 감히 산신과 토지신을 하인으로 삼아 자기를 위해 돌아가며 당번을 서게 만들었단 말인가? 하늘이여! 이 몸을 낳으시고, 또 어찌 이런 무리를 태어나게 했단 말인가?"

제천대성이 이렇게 탄식하고 있을 때, 산 움푹한 곳에서 노을 빛이 타는 듯 피어났어요. 제천대성이 그걸 보고 말했어요.

"산신과 토지신, 너희들은 동굴 안에서 당번을 섰다고 했는데, 저 빛나는 것은 무슨 물건이냐?"

그러자 토지신이 대답했어요.

"저건 요괴의 보물에서 나는 빛입니다. 아마 어떤 요괴가 보물을 가지고 와서 당신을 잡아가려는 모양입니다."

"이건 그래도 재미있는 놀이가 되겠구나! 그런데 한 가지 물어보자. 이 동굴에서 그놈은 누구와 왕래하며 살고 있느냐?"

"그 자는 단약丹藥 만드는 것을 좋아해서 전진도인全眞道人과 친하게 지냅니다."

"어쩐지 그놈이 도사로 변해서 내 사부님을 잡아가더라니! 그렇다면 너희들은 매 맞을 빚이 있다는 것을 기억하고 돌아가거라. 손 어르신께서 혼자 그놈을 잡겠다."

신들이 모두 공중으로 뛰어올라 흩어지자, 제천대성은 몸을 흔들어 늙은 도사로 변신했어요. 그가 어떻게 변장했는지 볼까요?

> 머리엔 두 쪽 상투를 틀어 매고
> 몸에는 도복을 걸쳤다.
> 손에는 어고漁鼓와 간판簡板[1]을 두드리며
> 허리엔 강태공姜太公의 띠를 맸다.
> 큰길 아래 비스듬히 기대
> 오로지 졸개 요괴들만 기다린다.
> 순식간에 요괴들 찾아오니
> 원숭이 왕은 몰래 짓궂은 짓을 한다.

頭挽雙髽髻　身穿百衲衣

1　길이 60센티미터쯤 되는 대나무 두 쪽을 맞대어 만든 악기로서, 왼손에 끼고 두드려 소리를 내는 것이다. 대개 어고漁鼓와 함께 사용한다.

手敲漁皷簡　腰繫呂公縧

斜倚大路下　專候小魔妖

頃刻妖來到　猴王暗放刁

　　얼마 지나지 않아서 졸개 요괴 둘이 도착했어요. 손오공이 여의봉을 쑥 내밀자, 미처 방비를 하지 못한 요괴들은 발이 걸려 쿵 넘어져버렸어요. 그들은 기어 일어나다가 그제야 손오공을 발견하고 투덜거렸어요.

　　"고약하게 이게 무슨 짓이오! 우리 대왕께서 당신 같은 도사들을 존중하시지 않는다면, 당신과 한판 붙었을 게요."

　　그러자 손오공은 웃으며 말했어요.

　　"한판 붙어 무얼 겨루게? 도인이 도인을 만났으니, 모두 한집안 식구들이지."

　　"당신은 어떻게 여기서 잠자다가 우릴 걸려 넘어지게 한 거요?"

　　"어린 도동道童들이 나 같은 높은 도인을 만났으니, 한 번 넘어진 걸로 얼굴 뵌 값을 치러야지."

　　"우리 대왕님 얼굴을 뵙는 값도 은자 몇 냥이면 되는데, 당신은 어째서 한 번 넘어지는 걸로 얼굴 뵌 값을 받는 게요? 그건 다른 고장 풍속인 모양이니, 당신은 절대 이곳의 도사가 아니로군요."

　　"정말 아니지. 난 봉래산蓬萊山에서 왔거든."

　　"봉래산은 신선들이 사는 바다의 섬이잖아요?"

　　"내가 신선이 아니면 누가 신선이겠냐?"

　　요괴들은 화를 풀고 기뻐하며, 손오공에게 다가와 말했어요.

　　"신선 어른, 신선 어른! 저희들이 평범한 세속의 눈을 가진 터라 알아뵙지 못하고 말을 함부로 했사오니, 너무 꾸짖지 마십시오."

　　"내 너희들을 탓하는 게 아니다. 속담에도 '신선은 속세를 밟지 않는다(仙體不踏凡地)'고 했는데, 너희들이 어찌 그걸 알았겠느냐? 내 오늘 너희들이 사는 산에 가서 신선이 되어 도를 깨우칠 훌륭한 사람 하나를 건져주려 한다. 누가 나랑 같이 가겠느냐?"

그러자 정세귀가 대답했어요.

"사부님, 제가 따라가겠어요."

영리충도 말했어요.

"사부님, 제가 따라가겠어요."

손오공은 잘 알면서도 일부러 물었어요.

"너희 둘은 어디서 왔느냐?"

"연화동에서 왔습니다."

"어디로 가던 참이냐?"

"저희 대왕님의 명령을 받들어 손오공을 잡으러 가요."

"누굴 잡아?"

"손오공이요."

"당나라 승려와 경전을 가지러 가는 그 손오공 말이냐?"

"맞아요, 맞아! 사부님도 그를 아십니까?"

"그 원숭이가 좀 버릇이 없긴 하지. 내 그놈을 안다. 나도 그놈한테 화나는 일이 좀 있지. 내 너희들과 함께 그놈을 잡으러 가서, 너희들이 공을 세우도록 도와주마."

"사부님, 도와주실 필요 없어요. 저희 둘째 대왕님이 술법을 조금 부릴 줄 아셔서 큰 산 세 개를 부려 그자를 눌러놓아 반 발자국도 움직이기 어렵게 해놓았거든요. 그리고 저희들더러 두 개의 보물을 가져가서 그 자를 담아 오라고 시켰어요."

"무슨 보물 말이냐?"

그러자 정세귀가 대답했어요.

"제가 가진 것은 홍호로이고, 쟤가 가진 것은 옥정병이에요."

"거기다 어떻게 그놈을 담는다는 게냐?"

"이 보물의 바닥을 하늘로 향하게 하고 주둥이는 땅을 향하게 한 후, 그놈을 부르면 돼요. 그놈이 대답하면 바로 이 속에 들어오게 되지요. 그때 위에다 '태상노군급급여율령봉칙'이라고 적힌 딱지를 붙이면, 그놈은 두 시간 사십오 분 후에 녹아 고름으로 변해버리지요."

손오공은 그 말을 듣고 속으로 놀라 중얼거렸어요.

'엄청 살벌하군! 전에 일치공조가 알려주길 다섯 가지 보물이 있다더니, 이게 그 가운데 두 개인 모양이구나. 그런데 그 나머지 세 개는 또 어떤 물건이지?'

손오공은 짐짓 웃으며 말했어요.

"애들아, 그 보물을 나한테도 좀 보여다오."

그 졸개 요괴들이 무슨 술법의 비결 따위를 알겠어요? 그놈들은 즉시 소매 속에서 두 보물을 꺼내어 두 손으로 손오공에게 바쳤어요. 손오공은 그걸 보고 속으로 기뻐하며 생각했어요.

'멋지군! 멋진 물건이야! 내가 만약 꼬리를 드러내고 훌쩍 뛰어 바람처럼 쌩 달아나버리면, 이건 이 손 어르신께 바친 선물이 돼버리는 셈이로군.'

그러다 갑자기 다시 이렇게 생각했어요.

'아냐, 안 돼! 빼앗으려면야 그럴 수 있지만, 그러면 손 어르신의 명예를 망칠 뿐이지. 이런 걸 대낮에 강도질한다고 하는 거야.'

그는 보물들을 다시 돌려주면서 이렇게 말했어요.

"너희들은 아직 내 보물을 보지 못했겠구나."

"사부님께는 무슨 보물이 있어요? 저희 같은 평범한 사람에게도 좀 보여주세요, 재앙을 물리치게."

멋진 손오공! 그가 손을 아래로 뻗어 꼬리 위의 털 하나를 뽑아 손가락으로 비비면서 "변해라!" 하고 중얼거리자, 털은 즉시 한 자 일곱 치 길이의 커다란 자금홍호로로 변했어요. 그는 그걸 허리춤에서 꺼내며 말했어요.

"너희들 내 호로가 보이냐?"

그러자 영리충이 받아 들고 살펴보더니, 이렇게 말했어요.

"사부님, 이 호로는 길이도 길고 큰데다 겉모양이 멋들어지긴 하지만, 쓸모가 없어요."

"어째서?"

"저희들이 가진 이 두 보물은 각기 하나에 천 명을 담을 수 있어요!"

"사람이나 담는 이딴 게 뭐 그리 희한하다는 게냐? 나의 이 호로는 하늘도 담을 수 있다!"

"하늘을 담을 수 있다고요?"

"정말이야."

"에이, 거짓말 같아요. 저희들에게 담는 걸 보여주시면 믿지요. 안 그러면 절대 믿지 않을 거예요."

"하늘이 만약 나를 화나게 하면 한 달에 예닐곱 번이라도 계속 담아놓을 수 있어. 하지만 날 건드리지 않는다면 반년에 한 번도 담지 않아."

그러자 영리충이 말했어요.

"형, 하늘을 담는 보배라니, 저분 것과 바꿉시다."

하지만 장세귀가 이렇게 말했어요.

"하늘을 담는 것을 사람을 담는 것과 어떻게 바꾸려 하시겠어?"

"바꾸려 하지 않으시면, 이 정병을 덤으로 드려버리지 뭐."

손오공은 속으로 기뻐 중얼거렸어요.

'호로와 호로를 바꾸고, 덤으로 정병까지? 이거야말로 일거양

득이라는 말이 딱 맞는군.'

그는 즉시 영리충을 덥석 붙잡으며 말했어요.

"하늘을 담으면 바꾸겠냐?"

"그걸로 하늘을 담을 수만 있다면 바꾸겠어요. 안 바꾸면 제가 당신의 자식입니다!"

"됐다, 됐어. 내 하늘을 담아서 너희들에게 보여주마."

멋진 손오공! 그는 머리를 숙이고 손가락을 구부려 결을 맺더니, 주문을 외어 일유신日遊神과 야유신夜遊神, 오방게체신을 불러 이렇게 지시했어요.

"당장 가서 옥황상제께 이렇게 아뢰어라. 손 어르신이 정과에 귀의하여 당나라 승려를 보호하고 서천으로 경전을 가지러 가는데, 높은 산이 길을 막고 사부님은 고통스러운 횡액을 만나셨다. 내 저 요괴들을 꾀어 보물을 바꾸려 하니, 제발 내가 한 시간 동안만 하늘을 담을 수 있도록 해주어서, 공을 이루도록 도와달라고 해라. 만약 안 되겠다는 말의 '안' 자라도 벙긋하면, 내 당장 영소보전靈霄寶殿으로 올라가 휘저어버리겠다고 전해라!"

일유신이 곧장 남천문 안으로 들어가 영소보전 아래에서 옥황상제께 앞의 일을 자세히 아뢰니, 옥황상제께서 말씀하셨어요.

"이 못된 원숭이놈은 말버릇도 고약하구나! 저번에 관음보살께서 와서 그놈을 풀어주며 당나라 승려를 보호하게 했다고 알려주었고, 나도 오방게체와 사치공조를 파견하여 돌아가면서 보호하도록 해주었지. 그런데 지금 또 하늘을 담도록 해달라니, 도대체 하늘이 담을 수나 있는 것인고?"

막 하늘을 담을 수 없다고 말하려는 차에 대열 가운데서 나타태자哪吒太子가 쑥 나서며 아뢰었어요.

"폐하, 하늘도 담을 수 있사옵니다."

"어떻게 담는단 말인고?"

"혼돈이 처음 나뉠 때, 가볍고 맑은 것은 하늘이 되고, 무겁고 탁한 것은 땅이 되었사옵니다. 하늘은 한 덩어리 맑은 공기로 이루어져 보석 같은 하늘의 궁궐을 지탱하고 있사오니, 이치로 따지자면 사실 담기 어렵습니다. 하지만 손오공이 당나라 승려를 보호하고 서천으로 경전을 가지러 가는 것은 정말 태산같이 복된 인연이요, 바다처럼 깊은 선하고 경사로운 일인지라, 오늘 마땅히 그가 공을 이루도록 도와주어야 하옵니다."

"경은 어떻게 그를 도와주겠다는 것인고?"

"어지를 내리셔서 북천문北天門의 진무군眞武君에게 검은색에 장식이 달린 조조기皂雕旗를 빌려달라고 하여 그것을 남천문 위에서 펼쳐 해와 달과 별을 가리면, 바로 앞에 있는 사람도 볼 수 없을 것이요, 손에 붙잡아도 흰 것인지 검은 것인지도 알아보지 못할 것이옵니다. 이때 그 요괴들을 속여 하늘을 담았다고 말하게 하면 되는 것이니, 이걸로 손오공이 공을 이루는 것을 도울 수 있을 것이옵니다."

"경의 말대로 하라."

나타태자가 어지를 받들어 북천문으로 가서 진무군에게 앞의 일을 자세히 말하니, 진무군은 장군의 깃발을 나타태자에게 주었어요.

일유신은 급히 제천대성의 귓가로 내려와 일러주었어요.

"나타태자께서 공을 이루도록 도와주실 것입니다."

손오공이 고개를 들어 보니, 상서로운 구름이 얽혀 감도는 것이 과연 신이 거기에 있는 듯했어요. 그는 고개를 돌려 요괴의 졸개들에게 말했어요.

"하늘을 담아 넣겠다."

"담을 테면 당장 담으시지, 어째 시간만 질질 끄십니까? 똥을 싸듯 질질 끌기만 해서 어쩌자는 거예요?"

"방금 정신 집중해 주문을 외었느니라."

졸개 요괴들은 눈을 동그랗게 뜨고 그가 어떻게 하늘을 담는지 지켜보았어요. 손오공은 가짜 호로를 하늘로 던졌어요. 생각해보세요. 이건 터럭 하나로 만든 것인데, 그게 무게가 얼마나 나가겠어요? 산꼭대기에 부는 바람에 이리저리 휘날리다가 거의 한 시간이나 되어서야 떨어져 내렸지요. 그때 남천문에서 나타 태자가 검은 조조기를 착 펼쳐 해와 달과 별을 모두 가려버렸어요. 정말 하늘과 땅이 모두 먹물을 들인 듯했고, 우주에 짙은 남색 물감을 칠해놓은 듯했어요. 그러자 두 졸개 요괴가 놀라 소리쳤어요.

"조금 전에 말할 때는 한낮이 다 돼가고 있었는데, 어떻게 갑자기 황혼이 돼버린 거지?"

"하늘을 담아버려서 때를 분간할 수 없게 되었는데, 어찌 황혼이 되지 않겠느냐!"

"어떻게 이렇게 깜깜하죠?"

"해와 달과 별이 모두 안에 담겨서 밖에는 빛이 없어졌으니, 어찌 깜깜하지 않겠느냐?"

"사부님, 어디에서 말씀하고 계시는 거예요?"

"너희들 앞에 있지 않느냐?"

졸개 요괴들은 손을 내밀어 더듬으며 말했어요.

"말소리만 들리고 얼굴은 보이지 않네요. 사부님, 여기가 어디지요?"

손오공은 또 그들을 속였어요.

"움직이지 마라. 여긴 바로 발해의 바닷가이니라. 발을 헛디디면 떨어져버릴 텐데, 칠팔 일 동안 떨어져도 바닥에 닿을 수 없느니라."

"아이고! 됐어요! 됐다니까요! 하늘을 내놓아버리세요. 이렇게 담는다는 걸 알았으니까요. 까딱 잘못해서 바다로 떨어지면 집에 돌아갈 수 없잖아요."

대단한 손오공! 그는 그들이 진짜로 믿는 걸 보고 또 주문을 외었어요. 깜짝 놀란 나타태자가 깃발을 말아 거두자, 한낮의 햇빛이 다시 나타났어요. 그러자 졸개 요괴들이 웃으며 말했어요.

"정말 오묘하군요! 이렇게 멋진 보물을 바꾸지 않는다면 정말 살림꾼이 못 되지 않겠어요?"

그래서 정세귀는 호로를 내밀고 영리충은 정병을 꺼내서 함께 손오공에게 건네주었어요. 손오공은 가짜 호로를 그 요괴들에게 주었지요. 손오공은 보물을 바꾸고서, 영리하게 일을 마무리하려 했어요. 그는 배꼽 아래에서 작은 터럭을 한 가닥 뽑아서는 입으로 신선의 기운을 불어 넣어 동전 한 닢으로 만든 후, 이렇게 말했어요.

"얘, 이 돈 가져가서 종이 한 장 사 오너라."

"어디에 쓰게요?"

"내 너희들과 계약서를 써야겠다. 너희들은 사람을 담는 두 개의 보물을 하늘을 담는 나의 보물 하나와 바꿨다. 그런데 사람 마음이 일정하지 않은지라 나중에 시일이 한참 지나면 무슨 후회나 불편한 생각이 들지 모르니까, 이걸 써서 각자 증거로 삼자는 것이야."

"여기엔 붓과 먹도 없는데 무슨 문서를 어떻게 써요? 저희가 사부님께 다짐을 하겠어요."

"어떻게 다짐을 해?"

"사람을 담는 저희들의 두 보물을 하늘을 담는 사부님의 보물 하나와 바꿨는데, 만약 후회한다면 일 년 사시사철 내내 돌림병에 걸릴 겁니다."

그러자 손오공이 웃으며 말했어요.

"난 절대 후회 안 한다. 만약 후회하면 너희들처럼 사시사철 돌림병에 걸릴 거다."

다짐을 마치자 손오공은 풀쩍 뛰어올라 의기양양 꼬리를 치켜세운 채 남천문 앞으로 달려가 깃발을 휘둘러 도와준 나타태자의 공로에 감사했어요. 나타태자가 하늘궁전으로 돌아가 보고하고, 깃발을 진무군에게 돌려준 일은 더 이상 얘기하지 않겠어요.

손오공은 공중에 서서 졸개 요괴들을 살펴보고 있었어요. 결국 일이 어떻게 해결될지는 아직 모르는데, 이에 대해서는 다음 회를 들어보시라.

제34회
손오공, 꾀를 써서 곤경에서 벗어나다

한편, 두 졸개 요괴는 가짜 호로를 손에 들고 다투어 한 번씩 살펴보다가, 문득 고개를 들어 보니 손오공이 보이지 않았어요. 그러자 영리충이 말했어요.

"형, 신선도 거짓말을 하네? 보물을 바꾸면 우리를 신선으로 만들어주겠다더니, 어째서 작별 인사도 없이 가버렸지?"

그러자 정세귀가 말했어요.

"우리가 훨씬 싸게 산 셈인데, 그분이 가버릴 수 있겠어? 호로 좀 이리 줘봐. 내가 하늘을 집어넣어볼게. 한번 시험해보자고."

그가 호로를 위로 던져보았지만, 툭 하고 그냥 떨어져 내릴 뿐이었어요. 영리충이 깜짝 놀라 말했어요.

"어떻게 된 거야? 담아지지 않잖아? 설마 손오공이 신선으로 변장해서 가짜 호로를 우리의 진짜 호로와 바꿔간 건 아니겠지?"

"말도 안 되는 소리! 손오공은 세 개의 산에 깔려 있는데, 어떻게 나올 수 있겠어? 이리 줘봐. 내가 그 신선이 읊조린 주문을 외어서 담아볼게."

정세귀는 호로의 주둥이를 하늘로 향해 던지며 입으로 주문을

魔頭
刁巧弄乾坤
心猿施慧性
勝那騙寶
貝

손오공이 도사로 변신해 속임수로 보물 호로병을 얻다

외었어요.

"만약 안 되겠다는 말의 '안' 자라도 벙긋하면, 당장 영소보전으로 올라가 휘저어버리겠다!"

하지만 주문을 다 외기도 전에 호로는 툭 떨어져버렸어요. 그러자 두 요괴는 떠들었어요.

"안 되네! 안 담아져! 틀림없이 가짜야!"

그들이 그렇게 떠들고 있을 때, 손오공은 그 소리를 들었어요. 장난친 시간이 너무 오래되어서 비밀이 탄로 날까 봐, 손오공은 몸을 흔들어 호로로 변한 털을 거둬들여서 두 요괴의 손을 빈털터리로 만들어버렸어요.

정세귀가 말했어요.

"동생, 호로를 이리 줘봐."

"형이 가졌잖아요? 세상에! 어째서 보이지 않는 거죠?"

그들은 땅바닥을 여기저기 더듬고, 풀 속을 뒤지고, 소매를 뒤집고, 허리춤을 만져보았지만 어디서 호로를 찾을 수 있었겠어요? 두 요괴는 깜짝 놀라 멍청한 표정으로 말했어요.

"어쩌면 좋지? 어쩌면 좋아? 대왕님이 우리에게 보물을 주시며 손오공을 담아 오라 하셨는데, 이제 손오공은 잡지도 못하고 보물까지 잃어버렸으니, 어떻게 돌아가서 보고하지? 이번엔 정말 맞아 죽을 거야! 어떡하지? 어떡해!"

그러다가 영리충이 말했어요.

"우리 도망쳐버려요."

"어디로 도망간단 말이야?"

"어디로든 도망쳐요. 돌아가서 보물을 잃어버렸다고 하면, 틀림없이 목숨이 날아갈 거야."

"안 돼. 그래도 돌아가야 돼. 둘째 대왕님께서 평소에 널 아껴주셨으니까, 모든 걸 네 탓으로 돌릴게. 그분이 그런 대로 참아주신다면 목숨을 보존할 수 있을 거고, 그분을 설득하지 못하면 맞아죽겠지만, 그래도 여기에 남아 있어야 해. 종적도 없이 도망쳐버릴 순 없어. 가보자! 돌아가 보자!"

요괴들은 상의를 마치고 걸음을 옮겨 산으로 돌아갔어요.

손오공은 공중에서 그들이 돌아가는 것을 보고, 또 몸을 흔들어 한 마리 파리로 변해서 졸개 요괴들을 따라갔어요. 그가 파리로 변했다면 그 보물은 어디에 두었을까요? 길에 두거나 풀 속에 숨겨두었다면 누군가 발견하고 가져가버릴 테니, 애만 쓰고 얻은건 없는 셈이 되지 않겠어요? 그러니 아직 몸에 지니고 있었겠지요. 몸에 지니고 있었다면, 파리는 콩알 정도의 크기밖에 안 되는데 어떻게 그걸 지니고 다닐 수 있었을까요?

원래 그 보물은 여의봉처럼 '여의불보如意佛寶'라고 불리는 것이라, 지니는 사람의 몸에 따라 크게도 작게도 변할 수 있었기 때문에, 파리로 변한 후에도 몸에 지니고 다닐 수 있었던 것이지요. 그는 앵 하고 날아 그 요괴들을 따라가, 얼마 지나지 않아 동굴에 도착했어요. 우두머리 요괴 두 놈은 거기에 앉아 술을 마시고 있었지요. 졸개 요괴들이 나아가 무릎을 꿇자 손오공은 문틈에 앉아 그놈들의 대화에 귀를 기울였어요.

졸개 요괴들이 "대왕님!" 하고 부르자, 은각대왕이 술잔을 내려놓고 말했어요.

"돌아왔느냐?"

"예."

"손오공은 잡아 왔느냐?"

그러자 졸개 요괴들은 머리를 조아린 채 감히 입을 열지 못했어요. 금각대왕이 다시 물어도 대답하지 못하고 그저 머리만 조아릴 뿐이었어요. 두세 번 묻자 졸개 요괴들은 땅에 엎드리며 말했어요.

"제발 저희들의 죽을죄를 용서해주십시오, 제발! 저희들이 보물을 가지고 산 중턱에 이르렀을 때, 문득 봉래산에서 오신 신선한 분을 만났습니다. 그분이 저희더러 어딜 가느냐고 묻기에, 손오공을 잡으러 간다고 대답했습니다. 그 신선은 손오공이라는 말을 듣자 자기도 그놈 때문에 화가 나 있다고 하면서, 저희들을 도와주겠다고 했습니다. 저희는 도움을 청하지 않고 보물을 가지고 잡으면 된다고 얘기해주었습니다.

그 신선도 호로를 하나 가지고 있었는데, 하늘도 담을 수 있다고 했습니다. 저희들은 허튼 생각이 들어 집안 살림에 보탬이 돼보려는 마음으로 하늘을 담는 그의 호로를 사람을 담는 저희들의 호로와 바꾸려고 했습니다. 원래 호로를 서로 바꿀 생각이었는데, 영리충이 거기에 정병을 덤으로 붙여주었습니다. 하지만 누가 알았겠습니까? 그 신선의 보물은 보통 사람의 손을 견딜 수 없었나봅니다. 막 시험을 해보려던 차에 호로는 물론 그 신선마저도 사라져버렸습니다. 제발 저희들의 죽을죄를 용서해주십시오."

금각대왕은 그 말을 듣고 벼락처럼 소리쳤어요.

"끝장이다! 틀렸어! 이건 바로 손오공이 신선으로 변장해서 속임수로 빼앗아간 것이다. 그 원숭이는 신통력이 넓고 커서 곳곳에 아는 사람이 많으니, 아마 어떤 빌어먹을 놈이 그놈을 구해줘서 그놈이 속임수로 보물을 빼앗게 한 모양이다."

그러자 은각대왕이 말했어요.

"형님, 고정하셔요. 이 못된 원숭이놈은 정말 버릇이 없군요. 재주가 있다면 도망치면 그만이지, 어째서 속여 보물을 빼앗는단 말입니까? 제가 만약 그놈을 잡을 재간이 없다면 서방으로 가는 길에서 요괴 노릇하는 걸 영원히 그만두겠소."

"그놈을 어떻게 잡지?"

"우리한테는 다섯 가지 보물이 있으니, 두 개를 잃어버렸지만 아직 세 개가 남아 있소. 그러니 틀림없이 그놈을 잡을 수 있을 게요."

"남은 세 가지가 무엇인가?"

"우리한테 칠성검과 파초선芭蕉扇이 있고, 어머님이 계시는 압룡산壓龍山 압룡동壓龍洞에 황금 밧줄[幌金繩]이 있잖아요? 지금 졸개 둘을 보내 어머님께 당나라 중의 고기를 잡수러 오시라 청하면서, 그 김에 황금 밧줄을 가져오시게 해서 손오공을 잡읍시다."

"누굴 보내지?"

"이런 쓸모없는 놈들을 보낼 순 없소."

그리고 은각대왕은 정세귀와 영리충에게 소리쳐 일어나라고 하니, 두 놈이 말했어요.

"다행이다, 다행이야! 매도 때리지 않으시고 욕도 하지 않으신 채, 그냥 용서해주시는구나."

그러자 은각대왕이 말했어요.

"늘 데리고 다니던 파산호巴山虎와 의해룡倚海龍을 불러오너라."

둘이 달려와 무릎을 꿇자, 은각대왕이 이렇게 분부했어요.

"너희들은 조심해야 하느니라."

"알겠습니다."

"그래도 정신을 단단히 차려야 돼."

"예."

"너희들은 우리 어머님 댁이 어딘지 아느냐?"

"예, 압니다."

"그럼 빨리 움직여라. 어머님 댁에 가거든 정중히 인사를 올리고, 당나라 중의 고기를 잡수러 오시라고 청해라. 그리고 손오공을 잡게 황금 밧줄을 좀 가지고 오시라고 해라."

두 요괴는 명령을 받고 재빨리 달려나갔어요.

하지만 손오공이 옆에서 모두 엿듣고 있었다는 걸 어찌 알았겠어요? 손오공은 날개를 펴고 날아가 파산호의 몸에 착 달라붙었어요. 이삼 리쯤 지나서 그 둘을 죽여버릴까 하다가 다시 이렇게 생각했어요.

'이놈들을 죽여버리는 거야 뭐 어려운 일이겠어? 하지만 그놈어미가 가지고 있다는 그 황금 밧줄이 어디 있는지 모르니까, 그거나 물어보고 때려죽이자.'

멋진 손오공! 그는 앵 하고 졸개 요괴의 몸을 떠나 그놈들보다 백 걸음쯤 뒤로 가서, 다시 몸을 흔들어 졸개 요괴로 변신했어요. 머리에는 여우 가죽 모자를 쓰고, 호랑이 가죽 치마는 거꾸로 뒤집어 입고, 그놈들을 따라가며 말했어요.

"거기 가는 친구들, 좀 기다려봐."

그러자 의해룡이 머리를 돌리며 물었어요.

"어디서 오는 놈이냐?"

"형제, 한집안 식구도 몰라 보나?"

"우리 집안에는 너 같은 자가 없는데?"

"그게 무슨 소리야? 다시 잘 보라고."

"모르는 얼굴이야. 낯설어. 만난 기억이 없는걸?"

"맞아! 형제들은 날 본 적이 없을 거야. 난 바깥 반에 속해 있거든."

"바깥 반 대장은 본 적이 없어. 넌 어디 가냐?"

"대왕님 말씀이, 당나라 중의 고기를 잡수러 오시라고 노마님을 모시러 두 형제를 보내며, 그 김에 손오공을 잡도록 황금 밧줄을 가져오라 하셨다는데, 두 형제의 걸음이 느려서 일을 그르칠까 봐 걱정되어 날 보내어 두 형제를 재촉하라 하셨지."

의해룡은 손오공의 말을 전혀 의심하지 않고 손오공을 자기네 집안 식구로 여겼어요. 그리고 급히 서둘러 나는 듯이 앞으로 내달리니, 단숨에 팔구 리나 지났어요. 그러자 손오공이 말했어요.

"엄청 빨리 왔는데, 우리 집에서 얼마나 멀리 온 걸까?"

"십오륙 리는 될 거다."

"아직 얼마나 가야 하나?"

그러자 의해룡이 손가락을 들어 가리키며 말했어요.

"저기 검은 숲속이야."

손오공이 머리를 들어 보니, 멀지 않은 곳에 검은 숲이 보였어요. 그는 늙은 요괴가 그 숲 언저리에 있으려니 생각했어요. 해서 걸음을 멈춰 두 요괴를 앞서가게 하고는, 여의봉을 꺼내 달려가며 요괴들의 뒷다리를 후려쳐버렸어요. 불쌍하게도 두 졸개 요괴들은 매를 견디지 못하고 고깃덩어리로 변해버렸지요. 손오공은 그놈들을 끌어다 길가 깊숙한 풀숲에 숨겨놓고, 터럭 하나를 뽑아 입으로 신선의 기운을 불어 넣으며 "변해라!" 하고 소리쳤어요. 그러자 터럭은 파산호로 변했고, 자신은 의해룡으로 변신했어요.

이렇게 두 요괴로 변신한 채 그는 곧장 압룡동으로 늙은 요괴를 데리러 갔지요. 이래서 그를 일컬어 일흔두 가지 변화의 신통력이 크고, 물건을 찍으면 바꿔치는 수단이 뛰어나다고 하는 것이지요. 서너 걸음 걸어서 숲속에 이르러 찾아보니, 두 쪽 돌문이 보이는데, 한쪽은 열려 있고 다른 한쪽은 닫혀 있었어요. 그는 감히 멋대로 들어가지 못하고 그저 소리 높여 이렇게 불렀지요.

"이봐요, 문 열어요!"

문을 지키던 여자 요괴가 깜짝 놀라서 나머지 한쪽 문을 열며
물었어요.

"어디서 오셨어요?"

"평정산 연화동에서 노마님을 모시러 왔소."

"들어오세요."

손오공이 삼 층 문 아래에 이르러 머리를 돌려 안을 살펴보니,
그곳 중앙의 높은 자리에 한 노파가 앉아 있었어요. 여러분, 그 모
습이 어땠는지 아세요?

눈 같은 살쩍 덥수룩하고

별빛 같은 눈동자 반짝이네.

붉고 윤기 나는 얼굴 가죽엔 주름이 가득하고

이빨은 드물지만 정신과 기세는 굳세다네.

용모는 서리 속의 시든 국화 같고

체구는 비에 젖은 늙은 소나무 같네.

머리에는 흰 비단으로 띠를 둘렀고

귀에는 보석 박은 황금 귀걸이 늘어뜨렸네.

雪鬢蓬鬆　星光幌亮

臉皮紅潤皺文多　牙齒稀疎神氣壯

貌似菊花霜裡色　形如松樹雨餘顏

頭纏白練攢絲帕　耳墜黃金篏寶環

제천대성은 그 모습을 보고 감히 들어가지 못하고, 그저 문밖
에서 얼굴을 가린 채 엉엉 울었어요. 여러분, 그가 왜 울었을까

요? 설마 그녀가 두려웠기 때문일까요? 무서웠다 해도 울지는 않았겠지요. 게다가 먼저 요괴의 보물을 속여 빼앗고, 졸개 요괴들을 때려죽였는데, 어째서 울었을까요? 일찍이 기름이 펄펄 끓는, 다리 아홉 개 달린 솥에 떨어져 칠팔 일 동안 튀겨지면서도 그는 눈물 한 방울 흘리지 않았지요. 하지만 경전을 가지러 가는 삼장법사의 고뇌를 생각하자, 창자가 끊어질 듯 가슴이 아프고 눈물이 흘러서 이렇게 통곡하게 된 것이었어요. 그는 속으로 생각했지요.

'이 몸이 이미 재주를 부려서 졸개 요괴로 변해 이 늙은 요괴를 데리러 왔으니, 뻣뻣이 서서 얘기할 수는 없겠지. 저걸 보면 머리를 조아려야 할 거야. 하지만 나처럼 멋진 사나이는 오직 세 사람에게만 절을 했을 뿐이다. 서천의 부처님과 남해의 관음보살, 그리고 사부님이 양계산兩界山에서 날 구해주셨을 때 그분께 절을 네 번 올렸지. 그리고 사부님을 위해 여섯 갈래 허파가 다 부서지고 일곱 구멍에 세 가닥 털이 난 심장이 다 없어지도록 애써왔어.[1] 그런데. 경전 한 권이 도대체 몇 푼이나 나간다고 오늘 내가 이런 요괴에게 절까지 해야 하는 거야? 하지만 무릎을 꿇고 절하지 않으면 비밀이 탄로 나버릴 테니, 정말 괴롭군! 따져 보면, 사부님이 곤경에 처했기 때문에 내가 남한테 이런 모욕을 당하게 된 거야.'

여기까지 생각해도 별 도리가 없자 그는 안으로 쑥 들어가 무릎을 꿇고 말했어요.

"마님께 인사 올립니다."

---

[1] 『사기史記』「편작창공열전扁鵲倉公列傳」에 대한 당나라 장수절張守節의 주석인 『정의正義』에 따르면, 폐는 무게가 세 근 석 냥이고, 여섯 잎사귀에 두 귀가 달렸다고 했다. 또 심장은 무게가 열두 냥인데, 가운데 일곱 개의 구멍과 세 가닥 털이 있다고 했다.

그러자 요괴가 말했어요.

"내 새끼야, 일어나라."

손오공은 몰래 중얼거렸어요.

'옳지, 잘한다! 아주 제대로 부르는구나!'

그러자 늙은 요괴가 물었어요.

"넌 어디서 왔느냐?"

"평정산 연화동에서 두 분 대왕님의 명을 받들어 마님께 당나라 중의 고기를 잡수러 오시라고 청하러 왔습니다. 그리고 손오공을 잡게 황금 밧줄도 가져오라고 하셨습니다."

늙은 요괴는 무척 기뻐하며 말했어요.

"정말 효성스러운 아이들이로구나."

그리고 당장 가마를 준비하라 이르자, 손오공이 속으로 중얼거렸어요.

'맙소사! 요괴도 가마를 타는군.'

뒤쪽에서 여자 요괴 둘이 향긋한 등나무로 만든 가마 한 대를 메고 나와 문밖에 내려놓고 푸른 비단으로 만든 휘장을 쳤어요. 늙은 요괴는 몸을 일으켜 동굴 밖으로 나가 가마에 앉았어요. 그 뒤로는 어린 계집 요괴들 몇이서 화장 상자를 받쳐 들고, 거울을 들고, 수건을 걸치고, 향 상자를 손에 받친 채 좌우에서 따라왔어요. 그러자 늙은 요괴가 말했어요.

"너희들은 뭣 하러 오느냐? 내 아들네에 가는데 거기 시중들이가 없을까 보냐? 너희들이 따라가 봐야 알랑거리며 수다나 떨게 아니냐? 모두 돌아가거라! 대문 잠그고 집이나 잘 봐라."

어린 요괴들은 모두 돌아가고, 가마를 메는 두 요괴만 남았어요. 그러자 늙은 요괴가 말했어요.

"거기 심부름 온 아이들아, 너희들은 이름이 무엇이냐?"

손오공이 얼른 대답했어요.

"쟤는 파산호이고, 저는 의해룡입니다."

"너희 둘이 앞장서서 길을 안내해라."

손오공은 속으로 생각했어요.

'정말 재수 없군! 경전은 얻지도 못했는데 저따위 것의 종노릇이나 하고 있다니.'

하지만 감히 그 말을 따르지 않을 수도 없는지라 앞에서 길을 이끌며 사방으로 "물렀거라!" 하고 소리쳤어요.

오륙 리 정도 가자 그는 돌벼랑에 앉아 가마를 멘 요괴들이 오기를 기다렸다가 이렇게 말했어요.

"좀 쉬는 게 어떻소? 어깨도 아프실 텐데."

졸개 요괴들이 무슨 비결 따위를 어찌 알겠어요? 그들은 곧 가마를 내려놓고 쉬었어요. 손오공은 가마 뒤에서 가슴의 터럭을 하나 뽑아 큼직한 밀가루 떡을 만들어서, 움켜쥐고 뜯어 먹었어요. 그러자 가마를 메던 요괴 가운데 하나가 물었어요.

"이봐요. 뭘 먹고 있는 거죠?"

"말하기 곤란한데? 마님을 모시러 이렇게 먼 길을 왔는데 무슨 상을 주시는 것도 아니고 배는 고프고 해서, 가지고 온 마른 식량을 먹는 거요. 좀 먹고 나서 다시 갑시다."

"우리도 좀 줘요."

그러자 손오공이 웃으며 말했어요.

"그럽시다. 모두 한집안 식구인데, 뭐 따질 게 있겠소?"

졸개 요괴들은 멋도 모르고 손오공을 둘러싸고 떡을 얻어먹으려고 했어요. 하지만 손오공이 여의봉을 꺼내들고 대갈통을 한 대씩 문질러주니, 제대로 맞은 한 놈은 묵사발이 되어버렸고, 스쳐 맞은 한 놈은 죽지는 않았지만 신음을 내질렀어요. 늙은 요괴가 신음 소리를 듣고 가마 밖으로 머리를 내밀어 살펴보았는데, 가마 앞으로 풀쩍 달려온 손오공에게 머리를 한 대 얻어맞아 머리에 구멍이 뚫리면서 뇌수가 흘러나오고 붉은 피가 철철 흘렀어요. 가마 밖으로 끌어내 보니, 늙은 요괴는 원래 꼬리가 아홉 개 달린 여우였어요. 손오공은 웃으며 말했어요.

"이 못된 짐승! 무슨 노마님이라고? 네가 노마님이면 이 몸은 태조 할아버님이시다."

멋진 원숭이 왕! 그는 요괴의 황금 밧줄을 찾아 소매 속에 넣고 기뻐하며 중얼거렸어요.

"그 못된 요괴놈에게 설사 무슨 재간이 있다 하더라도 이 세 가지 보물은 이미 내 것이 되었다."

그리고 그는 터럭 두 개를 뽑아 파산호와 의해룡으로 변신시키고, 다시 두 개를 뽑아 가마를 메는 요괴로 만들더니, 자신은 노마님으로 변신해 가마 안에 앉았어요. 그리고 가던 길을 계속 갔지요.

얼마 지나지 않아 연화동 입구에 도착하자 터럭이 변한 졸개 요괴들이 일제히 소리쳤어요.

"여봐라, 문 열어라!"

그러자 안에서 문을 지키던 요괴가 문을 열며 물었어요.

"파산호와 의해룡이 왔나?"

"그래."

"모시러 간 노마님은?"

그러자 요괴로 변신한 터럭이 손가락으로 가리키며 말했어요.

"저기 가마 안에 계시잖아?"

"잠깐 기다려. 내가 들어가서 먼저 보고할게."

그리고 이렇게 보고했어요.

"대왕님, 노마님께서 오셨습니다."

두 우두머리 요괴는 그 말을 듣고는 향불을 피운 탁자를 마련하고 맞이하게 했어요. 손오공은 그 소리를 듣고 속으며 기뻐하며 중얼거렸어요.

"운도 좋지! 내가 사람 노릇을 할 차례로구나. 먼젓번엔 졸개 요괴로 변해 늙은 요괴를 모시러 가서 머리를 조아렸는데, 이번에는 내가 늙은 요괴로 변해 저놈들의 어미가 되었으니, 마땅히 절을 네 번 받아야지. 별건 아니지만 어쨌든 절 두 번은 이익을 본 셈이로군."

멋진 제천대성! 그는 가마에서 내려 옷을 털고 네 가닥 터럭을 몸에 다시 거둬들였어요. 문을 지키던 졸개 요괴가 빈 가마를 안으로 메고 들어가자, 그는 뒤에서 천천히 걸어갔어요. 교태롭게 살랑살랑 늙은 요괴의 행동을 흉내 내며 곧장 안으로 들어갔지요. 크고 작은 요괴들이 모두 나와 무릎을 꿇고 맞이했어요. 음악이 한바탕 연주되고, 박산로博山爐[2] 안에서 자욱하게 향 연기가 피어났어요. 그가 대청 위에 올라 남쪽을 바라보고 앉자, 두 우두머리 요괴가 나란히 무릎을 꿇고 머리를 조아리며 말했어요.

"어머님, 아들들의 절을 받으십시오."

"일어나렴, 내 새끼들아."

한편 대들보에 매달려 있던 저팔계가 깔깔 웃어대자, 사오정이 물었어요.

"둘째 형, 그렇게 매달리고도 웃음이 나와요?"

"동생, 내가 웃는 이유가 있어."

---

2 표면에 여러 겹 산을 조각해 장식한 옛날 향로의 이름이다. 『서경잡기西京雜記』1권의 기록에 따르면, 솜씨 좋은 장인匠人이 만든 아홉 겹 박산 향로에는 기괴한 들짐승과 날짐승들이 조각되어 있는데, 무척 신령하고 뛰어나서 모두 자연스럽고 생동감이 넘친다고 했다.

"무슨 이유 말이오?"

"우린 노마님이 올까 봐 걱정했지. 그럼 당장 우릴 쪄 먹어버릴 테니까 말이야. 그런데 알고 보니, 노마님이 온 게 아니라 예전에 말한 그놈이 왔다, 이 말일세."

"옛날에 말한 그놈이라니요?"

그러자 저팔계가 웃으며 말했어요.

"필마온이 왔다네."

"어떻게 그분이란 걸 알아봤소?"

"허리를 굽히며 '일어나렴, 내 새끼들아'라고 말할 때, 뒤에서 원숭이 꼬리가 들썩했거든. 내가 자네보다 높이 매달려 있어서 분명히 볼 수 있었어."

"잠자코 계시구려. 뭐라고 하나 들어봅시다."

"그래, 그러세."

제천대성은 가운데 앉아 물었어요.

"내 새끼들아, 무슨 일로 나를 불렀느냐?"

"어머님, 저희들이 며칠 문안도 드리지 못하고 불효막심했습니다. 이제 저희 형제가 동녘 땅에서 온 당나라 중을 잡았는데, 감히 함부로 먹어버릴 수 없어서 어머님을 모셔 와 산 채로 바치고, 잘 쪄서 함께 먹으며 어머님의 장수를 축하할까 합니다."

"내 새끼야, 당나라 중의 고기는 먹지 않겠다. 듣자 하니, 저팔계의 귀가 아주 맛이 좋다 하니 그걸 베어 와 잘 요리해서 내 술안주로나 삼자꾸나."

그러자 저팔계가 그 말을 듣고 깜짝 놀라며 말했어요.

"제기랄! 네가 내 귀를 베러 왔구나! 내가 큰 소리로 다 불어버릴 거야!"

허! 비밀을 누설하는 멍텅구리의 말 한마디 때문에 원숭이 왕이 변신한 것이 들통나고 말았어요. 산을 순찰하던 졸개 요괴들과 문을 지키던 여러 요괴가 모두 달려 들어와 그 사실을 보고했어요.

"대왕님, 큰일 났습니다! 손오공이 노마님을 때려죽이고 변장해서 들어왔습니다!"

우두머리 요괴들이 이 말을 듣고 어찌 가만있었겠어요? 당장에 칠성검을 들고 손오공의 얼굴을 내리쳐왔어요. 멋진 손오공! 그가 몸을 한 번 흔들자 동굴 가득 붉은빛이 가득해졌고, 그는 그틈에 잽싸게 도망쳐버렸어요. 이거야말로 정말 재미있는 놀이였어요. 그건 바로 '모이면 형체를 이루고 흩어지면 기가 된다(聚則成形 散則成氣)'는 것이었지요. 깜짝 놀란 우두머리 요괴들은 혼비백산하고, 다른 요괴들은 무서워서 손가락을 깨물며 머리를 흔들어댔어요. 그러자 금각대왕이 말했어요.

"동생, 당나라 중과 저팔계, 사오정, 백마, 그리고 봇짐까지 몽땅 손오공에게 돌려주고 시빗거리를 없애버리세."

"형님, 그게 무슨 말씀이요? 내가 얼마나 고생해서 이 계책을 써서 저 중들을 모두 잡아 왔는데 그러시오? 지금 형님이 손오공의 속임수를 이렇게 무서워하며 모두 돌려보내자고 하는 것은 이른바 칼이 무서워 피하는 이나 하는 말이지, 어디 대장부가 할 말이오? 겁내지 마시고 좀 앉아 계시오. 형님 말씀이 손오공의 신통력이 넓고 크다던데, 내 그놈과 한 번 만나긴 했어도 겨뤄보진 못했소. 얘들아, 갑옷을 가져오너라! 내 그놈을 찾아가 세 합을 겨뤄보고 오겠소. 만약 그놈이 세 합 만에 나를 이기지 못하면 당나라 중은 우리 밥이 될 것이고, 세 합을 싸워서 내가 그놈을 이기지 못하면 그때 당나라 중을 돌려보내도 늦지 않소."

"자네 말이 맞네."

그러면서 금각대왕은 졸개들에게 명령했어요.

"갑옷을 가져오너라."

요괴들이 갑옷을 내오자 은각대왕은 단단히 걸쳐 매었어요. 그리고 보검을 들고 문밖으로 나와 소리쳤어요.

"손오공! 어디로 도망쳤느냐?"

이때 제천대성은 이미 구름 속에 있었는데, 자기 이름을 부르는 소리를 듣고 급히 머리를 돌려 바라보니 은각대왕이었어요. 그가 어떻게 차려입었는지 볼까요?

머리에 쓴 봉황 장식 투구는 섣달 눈보다 희게 반짝이고
몸에 걸친 갑옷에는 잘 단련된 단철이 찬란하네.
허리에 둘러맨 것은 이무기와 용의 힘줄이요
고운 가죽 장화에는 매화 모양 주름 접었네.
얼굴은 관강灌江 입구의 이랑신二郎神을 닮았고
용모는 거령신巨靈神과 다를 바 없네.
칠성검 손에 들고
하늘 찌를 듯한 노기에 위세도 등등하네.

頭戴鳳盔欺臘雪　身披戰甲幌鑌鐵
腰間帶是蟒龍觔　粉皮靴靿梅花摺
顏如灌口活眞君　貌比巨靈無二別
七星寶劍手中擎　怒氣沖霄威烈烈

은각대왕은 사납게 외쳤어요.

"손오공! 어서 우리 보물과 어머님을 돌려다오. 그러면 너희 당나라 중이 경전을 가지러 가게 해주겠다."

그러자 제천대성이 참지 못하고 욕을 퍼부었어요.

"이 못된 요괴야! 네놈이 외할아버지이신 이 손 어르신을 몰라보는구나! 얼른 내 사부님과 사제들, 백마, 그리고 봇짐을 돌려보내고 서천으로 갈 노잣돈도 좀 내놔라. 만약 이빨 사이로 안 된다는 말의 '안' 자만 내뱉어도 오랏줄로 스스로 몸을 묶는 게 좋을 게다. 그렇지 않으면 이 외할아버지께서 직접 손을 쓰실 것이니라."

은각대왕이 그 말을 듣고 급히 구름을 타고 공중으로 올라가 칼을 휘둘러 찌르려 하니, 손오공은 여의봉을 들고 맞섰어요. 허공에서 벌인 이 싸움은 정말 무시무시했어요.

바둑에 적수 만났고
장수가 인재를 만났네.
바둑에 적수 만났으니 흥을 감추기 어렵고
장수가 인재 만나니 공을 세우는 데 쓰겠구나.
두 신장이 서로 겨루니
남산의 호랑이가 싸우는 듯
북해의 용이 다투는 듯
용이 싸우는 곳에선
비늘 갑옷 찬란하게 빛나고
호랑이 싸울 때는
발톱과 이빨 어지럽게 난무하네.
발톱과 이빨 난무하니 은빛 갈고리를 뿌리는 듯하고
비늘 갑옷 반짝이니 강철 잎이 뻗어 나오는 듯
이쪽이 이리저리 몸을 뒤집으며 온갖 초식을 펼치면
저쪽은 왔다 갔다 조금도 틈을 주지 않네.
여의봉은

정수리에서 겨우 세 푼 떨어지고
칠성검은
거의 심장을 찌를 듯
저쪽이 위풍 떨치며 하늘의 별들도 오싹하게 압박해오면
이쪽의 노기는 벼락보다 더 험하게 일어나네.

棋逢對手　將遇良才

棋逢對手難藏興　將遇良才可用功

那兩員神將相交　好便似南山虎鬪　北海龍爭

龍爭處　鱗甲生輝

虎鬪時　爪牙亂落

爪牙亂落撒銀鉤　鱗甲生輝支鐵葉

這一箇翻翻復復　有千般解數

那一箇來來往往　無半點放閑

金箍棒　離頂門只隔三分

七星劍　向心窩惟爭一躧

那個威風逼得斗牛寒　這箇怒氣勝如雷電險

　그들은 서른 합을 싸웠지만 승부를 가리지 못했어요. 손오공은
속으로 즐거워하며 중얼거렸어요.
　'이 요괴놈이 그래도 이 몸의 여의봉을 막아낼 줄은 아는구나!
이미 저놈의 보물 세 가지를 얻었는데, 이렇게 힘들게 맞붙는 건
시간 낭비 아냐? 차라리 호로나 정병으로 저놈을 잡아넣어버리
는 게 훨씬 낫겠어.'
　그러다가 다시 이렇게 생각했어요.
　'아냐, 아냐! 속담에도 '무슨 물건이건 주인이 써야 편하다(物
隨主便)'고 했듯이, 내가 만약 저놈의 이름을 불렀는데 저놈이 대

답하지 않으면 그 또한 일을 망치게 될 거 아냐? 그래, 황금 밧줄로 저놈을 묶어버리자.'

멋진 제천대성! 그가 한 손으로 요괴의 칠성검을 막으며 다른 한 손으로 황금 밧줄을 집어 던지자, 밧줄은 쉭 하고 날아가 은각대왕을 묶어버렸어요. 그런데 그 은각대왕은 밧줄을 죄는 주문인 '긴승주緊繩咒'와 밧줄을 푸는 주문인 '송승주鬆繩咒'를 알고 있었어요. 만약 다른 사람을 묶으면 바로 긴승주를 외어 벗어나지 못하게 하고, 자기가 묶이면 바로 송승주를 외어 몸이 다치지 않게 하지요. 그놈은 그게 자기네 보물인 것을 알아보고 즉시 송승주를 외어 밧줄을 풀어 벗어나더니, 오히려 손오공을 향해 밧줄을 던져 묶어버렸어요.

손오공은 몸을 홀쭉하게 만드는 술법인 '수신법瘦身法'을 써서 몸을 빼내려 했지만, 그 요괴가 긴승주를 외어서 단단히 묶어버리니 어떻게 벗어날 수 있었겠어요? 목 아래까지 황금 올가미에 꽁꽁 묶여버렸지요. 은각대왕은 밧줄을 밑으로 잡아당기고 손오공의 머리를 향해 칠성검을 예닐곱 차례 내리쳤지만, 손오공의 머리에는 붉은 멍조차 들지 않았어요.

"이놈의 원숭이! 머리가 이렇게 단단하니 베어버리지 못하겠구나. 데려가서 다시 두들겨 패주마. 내 두 가지 보물이나 얼른 돌려줘라."

"내가 네놈의 무슨 보물을 가져갔다고 돌려달라는 거냐?"

은각대왕은 손오공의 몸을 샅샅이 뒤져서 호로와 정병을 모두 찾아냈어요. 그리고 손오공을 끌고 동굴 안으로 들어와 말했어요.

"형님, 잡아 왔습니다."

"누굴 잡아 왔단 말인가?"

"손오공 말이에요. 어서 와서 보세요."

금각대왕은 손오공을 알아보고 만면에 기쁜 웃음을 지으며 말했어요.

"맞아, 그놈일세. 그놈을 긴 밧줄에 묶어서 기둥 꼭대기의 두공[枓]에 매달아 놓고 놀려주세."

그러더니 두 우두머리 요괴는 정말 손오공을 묶어 매달아 놓고 뒤쪽 방 안에 들어가 술을 마셨어요.

제천대성이 기둥 발치에 묶여 버둥거리자 저팔계가 보고 놀랐어요. 그 멍텅구리는 대들보에 매달려 낄낄 웃으며 말했어요.

"형님, 귀는 못 잡숫게 되셨구려."

"멍청아! 매달려 있으니 편안하냐? 내가 이제 빠져나가서 기필코 너희들을 구해주마."

"창피한 줄도 모르시는구려! 자기 몸도 빠져나가기 어려운 지경이면서 남을 구해줄 생각을 하셔? 됐네요, 됐어요! 스승과 제자들이 모두 함께 죽을 지경에 처했으니, 저승에서 길 찾기는 좋겠소."

"허튼소리 마라! 내가 빠져나가는 거나 구경해."

"어떻게 빠져나가나 봅시다."

제천대성은 입으로는 저팔계와 말을 나누면서 눈으로는 요괴들을 살펴보았어요. 보아하니 그들은 안에서 술을 마시고 있었는데, 몇몇 졸개 요괴들이 안주가 담긴 쟁반과 술잔을 나르고, 술병을 들고 술을 따르며 쉬지 않고 이리저리 뛰어다니느라 감시가 약간 소홀해졌어요. 손오공은 앞에 사람이 없는 걸 보고 신통력을 발휘했어요. 여의봉을 꺼내 입으로 신선의 기운을 불어 넣으며 "변해라!" 하고 소리치니, 여의봉은 금방 강철 줄[銼]로 변했어요. 그것으로 목을 감고 있던 올가미를 잡아당겨 서너 차례 썰어 두 동강을 낸 다음, 잘린 부분을 벌려서 탈출했어요. 그리고 터럭 한 가닥을 뽑아 가짜 몸을 만들어 그곳에 묶어두고, 진짜 몸을 슬쩍 흔들어 졸개 요괴로 변신해서 그 옆에 서 있었어요. 그때 저팔계가 또 대들보에서 소리쳤어요.

"야단났다! 야단났어! 묶여 있는 건 가짜고 매달려 있는 건 진짜야!"

금각대왕이 술잔을 멈추고 물었어요.

"저팔계가 뭐라고 소리 지르는 게지?"

이미 졸개 요괴로 변한 손오공이 나아가 말했어요.

"저팔계가 손오공더러 변신술을 써서 도망치자고 꼬드겼는데, 손오공이 그럴 생각을 않자 저렇게 떠들고 있습니다."

그러자 은각대왕이 말했어요.

"그래도 저팔계는 솔직한 놈인 줄 알았는데, 알고 보니 솔직하지 못한 놈이로군. 그놈 주둥이를 스무 대 때려라!"

손오공이 즉시 몽둥이를 들고 때리려 하자 저팔계가 말했어요.

"좀 살살 때리시오. 조금만 세게 때리면 또 소리 지를 거요. 난 형님을 알아볼 수 있어요."

"이 몸이 변신술을 쓴 것도 오로지 너희들을 위해서다. 그런데 넌 어째서 비밀을 누설하는 것이냐? 요괴들은 모두 알아보지 못하는데, 어째서 너만 알아볼 수 있다는 게냐?"

"얼굴은 변해도 엉덩이는 변하지 못했습디다. 엉덩이 두 짝이 빨갛잖아? 그걸 보고 형님인 줄 알아봤지."

손오공은 뒤편 부엌으로 가서 솥 바닥의 검정을 한 움큼 긁어 양쪽 볼기를 시커멓게 칠하고 왔어요. 저팔계가 그걸 보고 또 웃으며 중얼거렸어요.

"저 원숭이가 한참 어딜 갔나 했더니, 엉덩이를 시커멓게 만들어가지고 왔구나."

손오공은 여전히 요괴들의 보물을 훔치려 했어요. 그는 정말 꾀가 많아서 대청으로 달려가 요괴의 다리를 붙잡고 이렇게 말했어요.

"대왕님, 저기 좀 보세요. 손오공이 기둥에 묶인 채 이리저리 버둥거리며 황금 밧줄을 갈아 끊어버리려 하고 있어요. 좀 더 두꺼운 밧줄로 바꿔야 할 것 같습니다."

그러자 금각대왕이 말했어요.

"맞는 말이야."

그리고 즉시 사자 얼굴이 장식된 허리띠를 풀어 손오공에게 주었어요. 손오공은 허리띠를 받아 가짜 손오공을 묶었어요. 그리고 황금 밧줄을 바꿔치기해서 돌돌 말아 소매 속에 집어넣고, 터럭 한 가닥을 뽑아 신선의 기운을 불어 넣어 가짜 황금 밧줄을 만들어 금각대왕에게 두 손으로 바쳤어요. 금각대왕은 술에 정신이 팔려 그걸 자세히 보지도 않고 받았어요. 이렇게 물건을 바꿔치는 것이 제천대성의 재주이니, 터럭 하나로 또 황금 밧줄과 바꾼 것이지요.

그는 이 보물을 얻고 나자 급히 몸을 돌려 동굴 밖으로 나와 본래 모습을 드러내고 크게 소리쳤어요.

"요괴야!"

문을 지키던 졸개 요괴가 물었어요.

"너는 누구이길래 여기서 소리를 지르고 있느냐?"

"빨리 들어가서 너희 못된 두목에게 알려라. 공오손께서 오셨느니라."

졸개 요괴가 들은 대로 보고하자, 금각대왕이 깜짝 놀라며 말했어요.

"손오공을 잡아두었는데 또 어떻게 공오손이라는 놈이 있지?"

그러자 은각대왕이 말했어요.

"형님, 무서워하실 게 뭐 있소? 보물은 모두 제 손에 있으니, 제가 호로를 들고 나가 그놈을 잡아넣고 오겠소."

"동생, 조심하게."

은각대왕이 호로를 들고 동굴 문을 나오니, 손오공과 생김새는 같은데 단지 키가 좀 작아 보이는 녀석이 있었어요.

"넌 어디서 온 놈이냐?"

"나는 손오공의 형제인데, 듣자 하니 네놈이 우리 형을 잡아갔다고 해서 알아보러 왔다."

"그놈은 내가 잡아 동굴 안에 가둬두었다. 네가 지금 왔으니 틀림없이 싸우고 싶겠지만, 나는 너와 싸우고 싶지 않다. 내 너의 이름을 한 번 부를 텐데, 대답할 용기가 있느냐?"

"네가 천 번 부르면 만 번이라도 대답해주마."

그러자 은각대왕은 보물을 들고 공중으로 뛰어올라 바닥은 하늘로 향하고 주둥이는 땅을 향하게 한 채 손오공을 불렀어요.

"공오손!"

손오공은 얼른 대답하지 못하고 속으로 생각했어요.

'대답하면 바로 빨려 들어가버릴 텐데.'

"어째서 대답을 하지 않는 게냐?"

"내가 귀가 약간 어두워서 듣지 못했다. 좀 더 크게 불러봐라."

그러자 은각대왕이 다시 소리쳐 불렀어요.

"공오손!"

손오공은 아래에서 손가락을 꼽으며 궁리했어요.

'내 진짜 이름은 손오공이고, 공오손은 지어낸 가짜 이름이야. 진짜 이름이라면 빨려 들어가겠지만, 가짜 이름으로는 잡아넣을

수 없을 게야.'

해서 결국 손오공은 대답을 했는데, 쉭 하면서 호로 안으로 빨려 들어가고 말았어요. 은각대왕은 얼른 부적을 붙여버렸지요. 원래 그 보물은 이름이 진짜건 가짜건 가리지 않고, 대답만 하면 빨려 들어가버리는 것이었어요.

제천대성이 호로 안에 들어가 보니 온통 칠흑처럼 어두웠어요. 위쪽을 머리로 들이받아 보았지만 어디 꿈쩍이나 했겠어요? 입구가 아주 단단히 막혀버린지라 마음이 초조해지기 시작했어요.

'저번에 산에서 졸개 요괴들을 만났을 때 그놈들 말이 호로건 정병이건 사람을 안에 담으면 두 시간 사십오 분 만에 녹아서 고름으로 변해버린다고 했는데, 설마 나까지 녹일 수 있단 말이야?'

그러면서 또 이런 생각이 들었어요.

'별일 아냐! 나를 녹일 순 없지. 이 몸이 오백 년 전 하늘궁전에서 소란을 피우다가 태상노군의 팔괘로에서 사십구 일 동안 단련되는 바람에, 심장과 간은 금으로 변하고, 허파는 은으로, 머리는 구리로, 등은 쇠로 변하고, 불같은 눈에 금빛 눈동자를 갖게 되었어. 그런데 어떻게 두 시간 사십오 분 만에 나를 녹일 수 있겠어? 어쨌든 잠시 이놈을 따라 들어가서 어떻게 하나 보자.'

은각대왕은 호로를 들고 안으로 들어와 말했어요.

"형님, 잡아 왔소."

"누굴 잡아 왔는가?"

"공오손이라는 놈인데, 호로 속에 잡아넣어 왔소."

금각대왕이 기뻐하며 말했어요.

"동생, 앉게. 뚜껑 열지 말고. 흔들어서 찰랑이는 소리가 나거든, 그때 딱지를 떼세."

손오공은 그 말을 듣고 이렇게 중얼거렸어요.

'이런 몸으로 어떻게 흔들어 찰랑거리는 소리를 내지? 녹아서 국물이 되어야 흔들면 찰랑거릴 게 아냐? 그래, 오줌을 싸놓자. 저놈이 만약 흔들어 찰랑이는 소리가 나면 틀림없이 딱지를 뗄 테니까, 그 틈에 제기랄, 뺑소니를 쳐버려야지.'

그러다 다시 이렇게 생각했어요.

'아냐, 아냐! 오줌이 찰랑거리긴 하겠지만, 이 승복을 더럽힐 뿐이지. 저놈이 흔들면 양치질할 때처럼 입에 침을 모아두었다가 보글보글 소리를 내고, 저놈이 딱지를 떼면 도망치자.'

제천대성은 준비를 마쳤지만, 요괴는 술에 정신이 팔려 호로를 흔들 생각을 하지 않았어요. 손오공은 그놈더러 호로를 흔들어보게 할 속셈으로 갑자기 소리를 내질렀어요.

"아이고! 발바닥이 모두 녹아버렸네!"

그래도 요괴가 흔들지 않자, 제천대성이 소리쳤어요.

"엄마야! 허리뼈까지 다 녹아버렸다!"

그러자 금각대왕이 말했어요.

"허리까지 녹았으면 거의 다 녹은 걸세. 부적을 떼어내고 한번 보세."

제천대성은 그 말을 듣고 터럭 한 가닥을 뽑아 "변해라!" 하고 소리쳐서, 반쯤 녹은 몸을 만들어 호로 바닥에 놓아두었어요. 그리고 진짜 몸은 모기 눈썹 사이에 붙은 작은 벌레로 변신해서 호로 주둥이 근처에 착 달라붙어 있었어요. 그리고 은각대왕이 부적을 떼고 살펴볼 때, 제천대성은 이미 날아서 호로를 빠져나와 몸을 한 바퀴 굴려서는, 다시 의해룡으로 변신했어요. 원래 노마님을 모시러 갔던 그 졸개 요괴 말이에요. 그가 변신한 채 옆에 서 있을 때, 금각대왕이 호로의 마개를 잡아당겨 벌리고 안을 살펴보니, 반쯤 녹은 몸이 꿈틀거리고 있었어요. 그 역시 진짜와 가짜를 구별하지 못하고 다급히 소리쳤어요.

"동생, 얼른 닫게! 얼른! 아직 완전히 녹지 않았네."

은각대왕이 본래대로 부적을 붙이자, 제천대성은 옆에서 몰래 비웃었어요.

'이 몸은 벌써 여기 계신 걸 모르는군!'

금각대왕은 술병을 들고 한 잔 가득 따라 은각대왕에게 다가가 두 손으로 건네며 말했어요.

"동생, 한잔 받게."

"형님, 벌써 한참 마셨는데 또 무슨 잔을 받으라는 게요?"

"자네가 당나라 중과 저팔계, 사오정을 잡은 것만 해도 대단한데, 또 손오공을 잡고 공오손까지 호로에 담아버렸으니, 이런 공로로 치자면 몇 잔 더 받아야 마땅하네."

형님의 이런 공손한 태도를 보고 은각대왕이 어찌 감히 받지 않을 수 있겠어요? 하지만 한 손으로 호로를 잡은 채 한 손으로 술잔을 받을 수는 없는 노릇이라, 호로를 의해룡에게 건네주고 두 손으로 술잔을 받았어요. 그 의해룡이 바로 손오공이 변신한 것임을 몰랐던 거지요. 여러분 보세요. 손오공은 호로를 받쳐 들고 공손히 서 있었어요. 은각대왕은 술잔을 받아 마시고 다시 돌려주며 한 잔을 바쳤어요. 그러자 금각대왕이 말했어요.

"술잔 돌려줄 필요 없네. 여기 있는 잔으로 자네와 같이 한잔 마시겠네."

두 놈이 줄곧 겸손을 떨고 있을 때, 손오공은 호로를 받들고 서서 눈동자도 돌리지 않은 채 그들을 지켜보았어요. 그리고 그 둘이서 이리저리 술잔을 권하며 주위에 신경을 전혀 쓰지 않자, 그는 호로를 소매 안에 집어넣고, 터럭 하나를 뽑아 똑같은 모양의 가짜 호로를 만들어 손에 받들고 있었어요. 요괴들은 한참 술을 주고받다가 역시 진짜인지 가짜인지 살펴보지도 않고 덥석 보물을 받아 들더니, 각자 윗자리에 편안히 앉아서 계속 술을 마셨어요. 제천대성은 몸을 빠져나오고 보물을 얻게 되자, 속으로 기뻐서 중얼거렸어요.

'이 요괴놈들이 재주가 있다 해도 결국 호로는 다시 내 것이 되었다.'

결국 이 뒤에 손오공이 어떤 재간을 펼쳐 삼장법사를 구하고 요괴를 물리치는지는 아직 알 수 없는데, 이에 대해서는 다음 회를 들어보시라.

태상노군이 요괴를 거두어 가다

본성을 온전히 밝히면 도는 절로 통하게 되니
몸을 뒤집어 그물망 속에서 벗어나리라.
변화술을 수련하는 것은 쉬운 일이 아니며
수련하여 불로장생을 얻는 것이 어찌 범속한 것과 같겠
는가?
맑고 탁한 기운 몇 번이나 운수에 따라 돌았고
천지가 열린 후 몇 겁의 세월이 동서의 운행에 따라 흘렀
던가?
헤아릴 수 없는 무수한 시간을 떠돌다가
한 점 신묘한 광채 영원히 공으로 흘러 들어갔네.

> 本性圓明道自通　翻身跳出網羅中
> 修成變化非容易　煉就長生豈俗同
> 淸濁幾番隨運轉　闢開數劫任西東
> 逍遙萬億年無計　一點神光永注空

이 시는 제천대성의 오묘한 도와 은밀히 부합되는 점이 있어

요. 그는 요괴의 진짜 보물을 얻어서 소매 속에 넣고 기뻐하며 중얼거렸어요.

"그 못된 요괴놈이 갖은 애를 써서 나를 잡으려 해봤자, 그건 정말 물속에서 달을 건져내려는 것처럼 부질없는 짓이라고 할 수 있지. 그렇지만 만약 이 몸이 네 녀석을 사로잡으려 한다면, 그건 마치 불 위에 얼음을 얹어놓는 것처럼 금방 해치울 수 있지."

그는 호로를 숨긴 채 문밖으로 몰래 빠져나와 본래의 모습으로 돌아와 사나운 목소리로 크게 외쳤어요.

"요괴야, 문 열어라."

옆에 있던 졸개 요괴가 말했어요.

"너는 또 어떤 놈이기에 감히 이곳에 와서 고함을 치느냐?"

"빨리 너희 못된 대장 요괴한테 알려라. 나는 바로 오공손이다."

그 졸개 요괴는 급히 안으로 들어가 보고했어요.

"대왕님, 문밖에 무슨 오공손이란 자가 찾아왔습니다."

금각대왕은 매우 놀라며 물었어요.

"동생, 큰일 났다. 벌집을 건드린 꼴이 되었구나. 지금 황금 밧줄로 손오공을 묶어놓았고 호로 속에는 공오손을 잡아넣은 상태인데, 무슨 오공손이란 놈이 또 있다는 것이냐? 아마도 그놈의 형제놈들이 모두 왔나 보다."

은각대왕이 대답했어요.

"형님, 마음 놓으세요. 제 이 호로는 천 명의 사람을 담을 수 있습니다. 제가 공오손을 잡아넣었는데 오공손을 두려워할 것이 뭐가 있습니까? 제가 나가 보고 같이 담아 오겠습니다."

금각대왕이 당부의 말을 했어요.

"동생, 조심하게."

여러분, 보세요. 은각대왕은 가짜 호로를 가지고 다시 전처럼 기세등등하게 문밖으로 걸어나가더니, 큰 소리로 말했어요.

"너는 어디서 온 놈이기에 감히 여기서 고함을 치느냐?"

손오공이 대답했어요.

"너는 나를 모르느냐? 나는,"

화과산에 살고 있으며

본적은 수렴동이다.

하늘궁전에서 소란을 피운 적이 있지만

싸움은 그만둔 지 오래되었다.

지금은 다행히 재난에서 벗어나

거짓된 도를 버리고 스님을 따르게 되었다.

불법을 지키며 뇌음사로 올라가

경전을 구하고 부처님께 귀의하려고 한다.

산속의 못된 요괴를 만날 때만

신통력을 부린다.

우리 사부님을 돌려보내어

서천으로 가서 부처님께 참배하게 해드려라.

둘이 싸움을 그만두고

각자 편안하게 살자.

이 손 어르신을 화나게 하여

남은 목숨 해치게 하지 마라.

家居花果山　祖貫水簾洞

只爲鬧天宮　多時罷爭競

如今幸脫災　棄道從僧用

秉教上雷音　求經歸覺正

相逢野潑魔　却把神通弄

還我大唐僧　上西參佛聖
兩家龍戰爭　各守平安境
休惹老孫焦　傷殘老性命

　　은각대왕이 말했어요.

　　"이쪽으로 와라. 나는 너와 싸우고 싶지 않다. 다만 내가 네 이름을 부를 테니 네가 대답을 하겠느냐?"

　　손오공이 웃으며 대답했어요.

　　"네가 나를 부르면 내가 바로 대답하마. 그런데 내가 너를 부른다면 너는 대답할 수 있겠느냐?"

　　"내가 너를 부르는 것은 나한테 사람을 담을 수 있는 보물 호로가 있기 때문이다. 너도 무슨 물건이 있어서 나를 부르는 것이냐?"

　　"내게도 호로가 있다."

　　"그럼 한번 꺼내봐라."

　　손오공은 소매 속에서 호로를 꺼내 보이며 말했어요.

　　"못된 요괴야, 봐라."

　　손오공은 한 번 호로를 흔들어 보이고는 다시 소매 속에 숨겼어요. 그 요괴가 와서 빼앗을까 겁났기 때문이지요. 그 요괴는 호로를 보더니 깜짝 놀라 중얼거렸어요.

　　"저놈의 호로는 어디서 난 거지? 어째서 내 것과 똑같은 걸까? 같은 등나무에 맺힌 것이라 해도 크기가 다르고 생김새도 똑같지 않은 법인데, 어떻게 이렇게 똑같을까?"

　　그는 정색을 하며 물었어요.

　　"오공손, 네 호로는 어디서 난 거냐?"

　　손오공은 사실 그 호로의 내력을 몰랐어요. 그래서 묻는 말을 받아서 그에게 다시 물었지요.

"네 호로는 어디서 난 거냐?"

그 요괴는 눈치가 없어서 호로의 근본을 처음부터 사실대로 말하기 시작했어요.

"이 호로는 혼돈의 세계가 처음 나뉘어 천지가 열리던 때로 거슬러 올라간다. 그때 태상노군이 여왜女媧라는 이름으로 변신하여 돌을 단련하여 하늘을 보수하고 인간 세상을 널리 구제하고자 하셨다. 하늘을 보수하다가 건궁乾宮[1]의 터진 부분[2]에 이르렀는데, 곤륜산 자락에 자라는 신령한 등나무 덩굴에 이 자금홍호로가 매달려 있는 것이 보였다. 바로 이것을 태상노군이 전하여 지금까지 내려온 것이다."

제천대성은 이 말을 듣고서 그의 말투를 흉내를 내 이렇게 말했어요.

"내 호로도 거기서 나온 것이다."

"어찌 그럴 수가?"

"맑고 탁한 기운이 처음에 나뉠 때 하늘에는 서북쪽이 채워지지 않았고 땅에는 동남쪽이 채워지지 않았다. 태상노군이 여왜로 변하여 하늘의 터진 부분을 다 보수하고 나서 곤륜산 아래 이르렀는데, 신령한 등나무 덩굴에 호로 두 개가 매달려 있었다. 내가 가지고 있는 것은 수놈이고, 네 것은 암놈이다."

"암놈이고 수놈이고 간에 사람을 담을 수 있는 것이 바로 훌륭한 보물이다."

"네 말이 옳다. 그러면 네가 먼저 담아봐라."

그 요괴는 매우 기뻐하며 급히 몸을 솟구쳐 뛰어올라 공중에

---

1 구궁九宮의 하나로 위치가 서북쪽이다.
2 여기에서는 두 가지의 중국 신화가 하나로 통합되어 있다. 하나는 중국의 신화 속 인물인 공공共工이 화가 나 부주산不周山을 들이받아 하늘이 서북쪽으로 기울어지게 되었다는 이야기이고, 다른 하나는 여왜가 돌을 단련하여 하늘을 기웠다는 이야기이다.

서 호로를 들고 외쳤어요.

"오공손!"

제천대성은 이 소리를 듣고 숨도 안 쉬고 연이어 여덟아홉 번을 대답했어요. 하지만 잡혀 들어가지 않았지요. 요괴는 땅으로 내려오더니 털썩 주저앉아 가슴을 치며 말했어요.

"하느님 맙소사! 인정人情은 변하지 않는다더니! 이 보물도 남편을 무서워하여 암컷이 수컷을 보자 감히 저놈을 담지 못하는군."

손오공이 웃으며 말했어요.

"네 호로는 잠시 거둬두고, 이번에는 이 손 어르신이 너를 불러야겠다."

손오공은 급히 근두운을 몰아 공중으로 뛰어오르더니, 호로 바닥을 하늘로 향하게 하고 병 주둥이를 땅쪽 요괴를 바라보게 한 채 그를 불렀어요.

"은각대왕!"

요괴가 입을 다물고 있을 수 없어서 어쩔 수 없이 대답을 하자, 순식간에 병 속으로 빨려 들어가버렸어요. 손오공은 '태상노군 급급여율령봉칙'이라고 적힌 부적을 붙이며 기뻐했어요.

"사랑스런 호로야, 너 오늘도 새로운 맛을 좀 보겠구나."

그는 구름을 내려 호로를 들고 오로지 사부님을 구할 일념으로 다시 연화동 입구로 갔어요. 그 산꼭대기는 모두 울퉁불퉁 평탄치 않은 길이었지요. 게다가 그는 안짱다리여서 어기적어기적 걸으니 호로가 흔들려 출렁거리는 소리가 끊이질 않았어요. 여러분, 어째서 그 병에서 그런 소리가 났는지 아세요? 원래 제천대성은 불로 단련된 몸이어서 짧은 시간에 녹을 수가 없었어요. 그 요괴는 구름과 안개를 탈 수 있었다고는 하지만 자잘한 술법에 불과할 뿐 근본은 범속한 태를 벗어나지 못한 상태여서, 그 보물 속에 들어가자 바로 녹아버린 것이었지요. 손오공은 그때까지도 그가 녹아버렸을 것이라고는 생각지 못하고 웃으며 중얼거렸어요.

"얘야, 오줌을 싸는 건지 양치질을 하는 건지 모르겠구나. 그것은 이 손 어르신이 해봤던 장난이다. 칠팔 일 정도 지나 멀건 즙이 되기 전까지는 내가 뚜껑을 열어보지 않겠다. 뭐 바쁘거나 급할 게 있겠냐? 방금전 내가 쉽게 빠져나왔던 것을 생각하면 천 년 동안 열어보지 않아야 되지."

그는 호로를 들고 이렇게 중얼거리며 어느새 동굴 입구에 도착했어요. 호로를 흔들어보니 더 큰 소리가 나는지라, 그는 이렇게 중얼거렸어요.

"이것이 꼭 점치는 대나무 통같이 생겨 점을 치기도 좋겠구나. 이 손 어르신이 점을 한번 쳐 사부님이 언제나 빠져나오게 될지 봐야겠다."

그는 손으로 쉬지 않고 호로를 흔들며 입으로 계속 중얼거렸어요.

"주周 문왕文王,[3] 성인 공자孔子, 도화녀桃花女선생,[4] 귀곡자鬼谷子선생."

동굴 안에 있던 졸개 요괴가 이 광경을 목격하고 보고했어요.

"대왕님, 큰일 났습니다. 오공손이 둘째 대왕님을 호로 속에 담

---

3 성은 희씨姬氏이고 이름은 창昌이다. 은나라 제후로 서방 제후의 수장으로 서백西伯이라 불렸다. 그 아들 무광武王이 은나라 주왕紂王을 정벌하고 주 왕조를 세웠다.

4 중국 고대 민간 전설에 따르면, 점술에 능통한 여자로 술법을 깨는 고수였다. 낙양촌洛陽村이란 곳에 주공周公이란 사람이 있었는데, 점을 아주 잘 쳐서 사람들의 생사화복을 판단하는 것이 정확하고 착오가 없었다. 그 마을 임이공任二公이란 사람에게는 도화녀라는 딸이 있었는데 액막이를 풀어버리는 술법에 능통하여 주공이 점을 쳐도 효험이 없도록 만들었다. 주공은 마음속에 한을 품고 있다가 계책을 써서 강제로 도화녀를 며느리로 맞았다. 시집오던 날 시아버지와 며느리는 서로 술법을 겨루어 결국 도화녀가 주공에게 굴복하게 되었다. 『원곡선元曲選』가운데 무명씨 작품인「도화녀파법가주공桃花女破法嫁周公」에 들어 있는 이야기이다.

아 점을 치고 있습니다."

금각대왕은 이 말을 듣고 깜짝 놀라 혼비백산하고 뼈는 흐물거리고 근육이 마비될 정도였어요. 그는 철퍼덕 땅바닥에 주저앉더니 대성통곡을 했어요.

"동생, 내가 자네와 함께 몰래 하늘나라를 떠나 속세로 내려올 때는 부귀영화를 함께 누리고 영원히 이 산 동굴의 주인 노릇을 하려고 했지. 그런데 이 중놈 때문에 자네가 목숨을 잃어 형제의 정이 끊어지게 될 줄을 어찌 알았겠는가?"

온 동굴의 졸개 요괴들도 일제히 통곡했지요. 저팔계는 대들보 위에 매달려 동굴의 요괴들이 일제히 통곡하는 소리를 듣고 참을 수가 없어서 소리쳤어요.

"요괴야, 잠시 울음을 멈추고 이 몸이 하는 말을 좀 들어봐라. 맨 처음 온 손오공, 두 번째로 온 공오손, 그리고 맨 나중에 온 오공손은 세 글자를 뒤집어놓은 것으로 모두 우리 형님 한 분이시다. 그분은 일흔두 가지 변화술을 갖고 있어서, 이곳으로 숨어들어와 그 보물을 훔쳐 네 동생을 잡아넣은 것이다. 네 동생은 이미 죽어버렸으니 굳이 그렇게 모여 곡하고 있을 필요 없다. 빨리 솥을 깨끗이 씻고 표고버섯, 느타리버섯, 찻잎, 죽순, 두부, 국수, 목이버섯, 채소 등을 마련해서 우리 스승님과 제자들을 모셔다가 네 동생을 위해서 『수생경受生經』[5]이나 읽어줘라."

금각대왕은 이 말을 듣고 몹시 화가 났어요.

"저팔계놈이 진실한 줄로만 알았는데, 알고 보니 정말로 진실치 못한 놈이구나! 이런 상황에서 우스갯소리로 나를 놀리다니."

그러더니 졸개 요괴들에게 소리쳤어요.

"잠시 곡을 멈춰라. 저팔계놈을 끌어 내려 밧줄을 풀고 야들야

5   이 경전을 읽어주면 저승에서 환생할 수 있다.

들하게 삶아 배불리 먹고 나서 손오공을 잡아 원수를 갚겠다."

사오정은 저팔계를 원망했어요.

"잘한다! 내가 형님더러 쓸데없는 소리 하지 말라고 했잖소? 그렇게 떠들어대니까 먼저 삶아 먹히게 됐잖소!"

그 멍텅구리도 약간 두려워졌어요. 그런데 옆에 있던 졸개 요괴가 이렇게 말하는 것이었어요.

"대왕님, 저팔계는 잘 쪄지지 않을 것 같은데요?"

저팔계가 그 말을 받아서 말했어요.

"아미타불! 어떤 형님이 음덕을 쌓는 걸까? 나는 정말 잘 쪄지지 않는다오."

그러자 또 다른 졸개 요괴가 말했어요.

"그놈의 껍질을 벗기면 잘 쪄질 겁니다."

저팔계는 당황했어요.

"나는 잘 쪄진다오. 잘 쪄져요. 껍질과 뼈가 두껍기는 하지만, 펄펄 끓이면 바로 익을 거요. 야들야들하게 잘 익을 거요."

이렇게 한참 떠들고 있는데 대문 밖에 있던 졸개 요괴가 보고를 올렸어요.

"오공손이 또 찾아와 욕을 하고 있습니다."

금각대왕은 매우 놀라며 말했어요.

"그 못된 놈이 나를 완전히 무시하는구나. 얘들아, 저팔계놈은 잠시 그대로 매달아두고, 보물이 몇 개나 남아 있는지 조사해 봐라."

집안을 관리하는 졸개 요괴가 대답했어요.

"동굴 안에 아직 세 개 남았습니다."

"어떤 세 개냐?"

"칠성검과 파초선, 그리고 정병입니다."

"그 정병은 끝까지 사용하지 않겠다. 원래 누구를 불렀을 때 그가 대답하면 바로 그 속에 담기게 되는 건데, 오히려 그 손오공에게 구결을 가르쳐주는 꼴이 되어 내 동생이 담기게 되었다. 그건 쓰지 말고 집에 두고 빨리 가서 칼과 부채를 가져오너라."

집안을 관리하는 졸개는 즉시 두 보물을 금각대왕에게 바쳤어요. 금각대왕은 파초선을 목 뒤 옷깃에 찔러 넣고 칠성검을 손에 들었어요. 그리고 크고 작은 졸개 요괴들을 점검하니 삼백 명 남짓이었어요. 금각대왕은 그들에게 제각기 창과 곤봉, 밧줄과 칼로 무장하도록 했어요. 그리고 자신도 투구를 쓰고, 갑옷을 입고, 빛나는 붉은 도포를 걸쳤어요. 졸개 요괴들은 진을 펼쳐 제천대성을 붙잡으려 했지요. 제천대성은 은각대왕이 호로 속에서 이미 녹아버린 것을 알고, 그 뚜껑을 단단히 닫아 허리에 묶어 매고, 손에는 여의봉을 들고서 이 싸움에 대비했지요. 금각대왕이 붉은 깃발을 흔들며 문밖으로 뛰어나오는데, 그가 어떻게 차려입었는지 볼까요?

머리에 쓴 투구 끈 반짝반짝 빛나고
허리띠는 아름다운 노을처럼 빛나는구나.
몸에 입은 갑옷에는 용 비늘 촘촘하고
그 위에 걸친 붉은 도포는 불길이 사납게 타는 듯하네.
동그란 눈 크게 뜨니 번개 치듯 빛나고
강철 같이 뻣뻣한 수염 나부끼니 연기처럼 어지럽게 날리네.
칠성검 가볍게 손에 들고
파초선은 어깨 위로 반쯤 보이네.
발걸음은 떠다니는 구름이 바다와 산을 넘어가는 듯
목소리는 벼락이 산천을 진동하는 듯

위풍당당한 모습은 하늘 장수를 능가하니
성난 대장과 졸개 요괴들이 동굴 밖으로 나오는구나.

頭上盔纓光焰焰　腰間帶束彩霞鮮
身穿鎧甲龍鱗砌　上罩紅袍烈火燃
圓眼睜開光掣電　鋼鬚飄起亂飛烟
七星寶劍輕提手　芭蕉扇子半遮肩
行似流雲離海嶽　聲如霹靂震山川
威風凜凜欺天將　怒帥群妖出洞前

　금각대왕은 급히 졸개 요괴들에게 진세를 벌이도록 하면서 욕
설을 퍼부었어요.
　"이 원숭이놈, 정말 무례하구나! 내 동생을 해치다니! 정말 가
증스럽구나!"
　손오공도 맞받아 욕을 했어요.
　"이 죽으려고 환장한 요괴놈아! 너는 요괴 한 놈의 목숨도 그
렇게 아쉬워하는데, 우리 사부님과 동생들, 말까지 모두 네 생명
이 아무 이유 없이 동굴 속에 매달려 있는 지금 내 심정은 어떻겠
느냐? 인정상 어찌 가만히 있겠느냐? 빨리 그들을 나한테 돌려
보내고 노잣돈이나 두둑하게 얹어주어 기분 좋게 이 몸을 떠나
보내거라. 그렇게 한다면 내 늙어빠진 네놈의 하찮은 목숨 정도
는 살려주겠다."
　요괴는 대꾸할 것도 없이 보검을 들어 손오공의 머리를 정면
으로 내리쳤어요. 제천대성도 여의봉을 들고 맞서 싸웠지요. 동
굴 문 밖에서 벌어진 이 싸움은 정말 대단했어요. 와!

　여의봉과 칠성검이

서로 부딪쳐 번개 치듯 섬광을 내뿜네.
아득히 차가운 기운 사람에게 엄습하고
둥실둥실 어둑한 구름 산과 강을 뒤덮네.
저쪽은 형제의 정 때문에
조금도 봐주려 하지 않고
이쪽은 경전 가지러 가는 스님 때문에
조금도 공격을 늦추려 하지 않는구나.
둘 다 똑같이 원수처럼 미워하고
양쪽 다 분노와 원망을 품고 있구나.
이 처절한 싸움으로 천지가 어두워지고 귀신들은 놀라며
햇빛 옅어지고 안개 짙어지니 용과 호랑이 벌벌 떠는구나.
이쪽이 옥 못 같은 이빨 뿌드득 갈면
저쪽 성난 눈에서는 금빛 불꽃 번쩍이네.
일진일퇴 영웅의 기개 뽐내며
쉴 새 없이 봉과 검을 휘두르네.

金箍棒與七星劍　對撞霞光如閃電
悠悠冷氣逼人寒　蕩蕩昏雲遮嶺堰
那個皆因手足情　些兒不放善
這個只爲取經僧　毫釐不容緩
兩家各恨一般仇　二處每懷生怒怨
只殺得天昏地暗鬼神驚　日淡煙濃龍虎戰
這個交牙剉玉釘　那個怒目飛金焰
一來一往逞英雄　不住翻騰棒與劍

　금각대왕과 제천대성은 스무 합을 싸웠지만 승부가 나지 않았어요. 금각대왕은 칼끝으로 손오공을 가리키며 졸개 요괴들에게

愼宇猿虹戰栖外
魔伏魔心正歎道

손오공이 파초선을 휘두르는 금각대왕과 싸우다

소리쳤어요.

"애들아, 일제히 덤벼라."

그러자 삼백 남짓한 요괴들이 일제히 솟아올라 손오공을 가운데 놓고 포위했어요. 멋진 제천대성! 그는 조금도 두려워하지 않고 여의봉으로 이리저리 막아냈어요. 하지만 졸개 요괴들도 모두 재주가 있어서 때릴수록 덤벼들어, 솜이 몸에 감기듯 허리를 잡아당기고 다리를 잡아끌며 조금도 물러나려 하지 않았어요. 제천대성은 당황하여 즉시 신외신身外身 술법을 써서 왼쪽 겨드랑이 아래의 털을 한 움큼 뽑아 입으로 잘게 씹어 내뿜으며 "변해라!" 하고 외쳤어요. 그러자 한 가닥 한 가닥이 모두 손오공으로 변했어요.

여러분, 한번 보세요. 그들 가운데 큰 놈은 여의봉을 휘두르고, 좀 작은 놈은 주먹을 휘두르며, 아주 작은 놈들은 손쓸 방법이 없자 요괴의 발목을 끌어안고 힘줄을 물어뜯었어요. 졸개 요괴들은 모두 별이 떨어지고 구름이 흩어지듯 달아나며 일제히 고함을 쳤어요.

"대왕님, 안 되겠습니다. 일이 어렵게 됐어요. 온 천지가 모두 손오공입니다."

이 신외신 술법으로 졸개 요괴들을 물리치자 금각대왕만 중간에 포위된 채 남겨졌어요. 금각대왕은 이리저리 달아나보려 했지만 빠져나갈 길이 없었어요. 그는 당황하여 왼손으로는 보검을 들고 오른손을 목 뒤로 뻗어 파초선을 꺼내더니, 동남쪽 불의 방향을 바라보고 이궁離宮[6]을 정면으로 마주하여 펄럭펄럭 부채질을 하기 시작했어요. 그러자 그 부채질하는 곳에서 활활 불길이 타오르는 것이었어요.

6 구궁의 하나로 방위가 남쪽에 속하며 괘상卦象은 불이다.

알고 보니 이 보물은 아무것도 없이 부채질만 해서 불을 일게 할 수 있는 것이었어요. 요괴가 정말로 인정사정없이 연이어 예닐곱 번이나 부채질을 하자 천지를 태워버릴 듯 사나운 불길이 솟아올랐는데, 엄청났지요.

그 불은 하늘의 불이 아니고
화로 속의 불도 아니며
산꼭대기 불도 아니고
아궁이의 불이 아니며
바로 오행 속에서 절로 얻어진 신령한 불이라네.
이 부채 또한 평범한 인간 세상에 항시 있는 물건이 아니고
사람이 인공적으로 만들어낸 물건도 아니며
바로 혼돈이 나뉘어 천지가 열릴 때 만들어진 진귀한 물건이라네.
이 부채로
불길을 일으키면
환하게 타오르는 모습이
마치 붉은 비단에 번개 치는 듯하고
활활 타오르는 모습이
마치 붉은 비단에 노을이 휘날리는 듯하네.
한 줄기 푸른 연기도 없이
온 산이 모두 붉게 타오르는구나.
고개 위 소나무는 타서
불나무로 변했고
절벽 앞 잣나무는
등롱같이 변해버렸네.

산 움푹한 곳에서 달아나는 짐승들은
목숨을 건지려고 이리저리 부딪치며 내달리고
숲속의 날짐승은
털이 타지 않도록 높이 멀리 날아가네.
이 신령한 불길은 하늘까지 번져 태워버릴 기세네.
이 불길은 돌멩이도 익히고 시냇물도 말리며 온 세상을 붉게
태우네.

那火不是天上火　不是爐中火
也不是山頭火　也不是竈底火
乃是五行中自然取出的一點靈光火
這扇也不是凡間常有之物　也不是人工造就之物
乃是自開闢混沌以來產成的珍寶之物
用此扇　搧此火
煌煌燁燁　就如電掣紅綃
灼灼輝輝　卻似霞飛絳綺
更無一縷青烟　盡是滿山赤焰
只燒得嶺上松　翻成火樹
崖前柏　變作燈籠
那窩中走獸　貪性命西撞東奔
這林內飛禽　惜羽毛高飛遠去
這場神火飄空燎
只燒得石爛溪乾徧地紅

제천대성은 이런 험악한 불길을 보자 놀라서 오금이 저렸어요.
"안 되겠는데! 내 본래 모습은 대처할 수 있겠지만 털로 만든
분신은 안 되겠어. 이 불길 속으로 떨어지면 머리카락 타듯 홀랑

다 타버리겠어."

손오공은 몸을 흔들어 털을 몸으로 거두었어요. 하지만 한 가닥만은 남겨 가짜 손오공으로 만들어놓고 불의 재난을 피하도록 조치를 취했어요. 그리고 그의 진짜 몸은 손가락을 구부려 불을 피하는 결을 맺고서 근두운을 타고 솟구쳐 올라 큰 불길 속에서 벗어났지요. 그는 사부님을 구할 생각으로 곧장 연화동으로 내달아, 문 앞에 이르러 구름을 내렸어요. 그런데 동굴 문 밖에 또 백여 마리의 졸개 요괴들이 보였어요. 모두들 머리가 터지고 다리가 잘리고 살갗이 까지고 살이 터져 나온 상태였어요. 그들은 모두 손오공의 분신들에 맞아 다친 놈들로, 이곳에서 아우성을 치며 고통을 참고 있는 것이지요.

제천대성은 그들을 보자 포악한 본성과 나쁜 버릇을 억누를 수 없어 여의봉을 휘두르며 곧장 치고 들어갔어요. 가엾게도 인간의 몸을 얻으려고 힘써 수련하던 공과는 모두 끝장나, 요괴들은 전처럼 가죽과 털을 가진 짐승의 모습을 한 채 죽게 되었어요.

제천대성이 졸개 요괴들을 몰살시키고 사부님을 풀어주려고 동굴 안으로 쳐들어가는데, 동굴 속에서 환한 불빛이 비치는 것이었어요. 그는 깜짝 놀라 허둥지둥 말했어요.

"큰일 났군, 큰일 났어! 이 불길은 동굴 뒷문에서부터 타들어오고 있으니, 이 몸이 사부님을 구하기 어렵겠는데?"

그가 두려워하면서 자세히 살펴보니 그것은 불빛이 아니라 한 줄기 금빛이었어요. 정신을 가다듬고 안을 살펴보니, 양지옥정병에서 빛이 나오고 있었어요. 그는 혼자서 기뻐하며 중얼거렸어요.

"훌륭한 보물이야! 이 정병은 전에 졸개 요괴가 산 위로 가져왔을 때도 빛이 났지. 이 몸이 빼앗았다가 그 요괴가 도로 빼앗아가 버렸는데, 이곳에다 숨겨놓고 있었군. 이 정병은 원래 빛을 내는 물건이었어."

여러분, 보세요. 손오공은 이 정병을 훔치고 너무 기분이 좋은 나머지 삼장법사도 구하지 않고 잽싸게 동굴 밖으로 빠져나갔어요. 그가 막 문을 나서는데, 금각대왕이 보검과 부채를 들고 남쪽에서 오는 모습이 보였어요. 제천대성이 미처 피하지 못하고 있는데, 금각대왕이 소리쳤어요.

"어딜 도망가느냐?"

금각대왕은 보검을 들고 손오공의 머리를 향해 내려쳤어요. 제천대성은 급히 근두운을 솟구쳐 종적도 없이 달아났는데, 그 얘기는 더 이상 하지 않겠어요.

한편, 금각대왕이 문 앞에 도착해서 보니 시체가 땅바닥에 온통 즐비했어요. 모두 그의 밑에 있던 요괴들이었지요. 그는 놀라 하늘을 우러러 길게 탄식하며 한없이 통곡했어요.

"아아, 괴롭고 애통하구나!"

이를 증명하는 시가 있지요.

원숭이 같은 교활함과 말 같은 우둔함이여!
신령한 태를 버리고 속세에 내려왔구나.
잘못 생각하여 하늘 궁궐을 떠났기에
본모습을 잃고 이 산에 떨어졌구나.
무리 잃은 기러기처럼 마음이 처절하고
친족 잃은 요괴 병사 눈물을 줄줄 흘리네.
언제나 죗값이 다 차서 죄의 쇠사슬에서 풀려나
원래로 돌아가 하늘궁전에 오를 수 있을까?

可恨猿乖馬劣頑　靈胎轉托降塵凡
只因錯念離天闕　致使忘形落此山
鴻雁失群情切切　妖兵絕族淚潺潺
何時孽滿開愆鎖　返本還原上御關

　금각대왕은 부끄럽고 당황하여 걸음을 옮길 때마다 통곡을 하
며 동굴 안으로 들어갔어요. 일상 가구와 집기들은 모두 그대로
인데, 쓸쓸히 누구 하나 보이지 않아 더욱 마음이 처참했어요. 그
는 혼자 동굴 안에 앉아 있다가 돌 탁자 위에 엎드려 보검을 탁자
옆에 비스듬히 세워놓고 부채를 어깨 뒤에다 꽂은 채로 깊이 잠
이 들었어요. 바로 '사람이 기쁜 일을 만나면 정신이 상쾌해지고
고민스런 생각이 들면 잠이 많아진다(人逢喜事精神爽 悶上心來瞌
睡多)'는 것이었지요.

　한편, 제천대성은 근두운을 타고 산 앞에 멈춰 서서 삼장법사
를 구할 생각을 하며, 그 정병을 허리에 단단히 붙들어 맨 채 곧장
동굴 입구로 가 염탐해보았어요. 그는 동굴 문이 양쪽으로 활짝
열려 있고 쥐 죽은듯 아무 소리도 들리지 않는 걸 보고, 살금살금
걸음을 옮겨 동굴 속으로 잠입했지요. 들어가 보니 금각대왕은
돌 탁자에 기대어 쿨쿨 잠자고 있는데, 파초선은 어깨 위 옷 밖으
로 삐져나와 뒤통수를 반쯤 덮고 있고, 칠성검은 돌 탁자 옆에 비
스듬히 세워져 있었어요.

　손오공은 살금살금 다가가 부채를 잡아 빼서 급히 되돌아서서
휙 소리를 내며 뛰어나갔어요. 그런데 부채의 자루가 금각대왕의
머리카락을 스치는 바람에 그가 놀라 깼어요. 요괴는 고개를 들
어 손오공이 부채를 훔치는 걸 보더니, 황급히 칼을 들고 쫓아왔

어요. 제천대성은 벌써 문 앞까지 뛰어나가 부채를 허리춤에 찔러 넣고, 두 손으로 여의봉을 휘두르며 요괴와 대적했지요. 이번 싸움은 정말 대단했어요.

괴로워하던 못된 요괴 왕은
화가 머리끝까지 치밀었구나.
손오공을 붙잡아 통째로 삼켜
분을 풀지 못하는 것이 한스럽구나.
흉측한 입으로 원숭이에게 욕하기를
"네놈이 정말로 나를 놀리는구나.
무수한 내 부하들의 생명을 해치고
또 내 보물을 훔치러 왔구나.
이번에는 결코 용서치 않겠다.
반드시 결판을 내고야 말겠다."
제천대성도 요괴에게 소리치기를
"눈치 없는 놈 같으니라고!
제자뻘 되는 놈이 이 어르신과 싸우려 하니
달걀로 바위를 치는 격이 아니냐!"
보검을 가지고
여의봉을 들고
둘은 사정을 봐주지 않는구나.
치고받으며 승패를 가리려 하고
이리저리 휘두르며 무예를 펼치네.
경전을 가지러 가는 스님이
영산에 가서 부처님께 참배하려는 것 때문에
쇠와 불이 서로 부딪치게 되었구나.

오행이 멋대로 운행하여 조화로운 기운을 해치는구나.
위엄과 무예를 드날리며 신통함을 드러내고
돌, 모래 날리며 재주를 부리네.
칼과 봉이 교차하는 사이 날은 점점 어두워지는데
요마는 힘이 빠져 먼저 달아나는구나.

惱壞潑妖王　怒發沖冠志
恨不過摑來囫圇吞　難解心頭氣
惡口罵猢猻　你老大將人戲
傷我若干生　還來偷寶貝
這場決不容　定見存亡計
大聖喝妖魔　你好不知趣
徒弟要與老孫爭　疊卵焉能擎擊石碎
寶劍來　鐵棒去　兩家更不留仁義
一翻二復賭輸贏　三輪四回施武藝
蓋爲取經僧　靈山參佛位
致令金火不相投　五行撥亂傷和氣
揚威耀武顯神通　走石飛砂弄本事
交鋒漸漸日將晡　魔頭力怯先迴避

　　금각대왕이 제천대성과 삼사십 합을 싸우다 보니 날이 어두워
지기 시작했어요. 금각대왕은 당해내지 못하고 패하여 곧장 서남
쪽 압룡동으로 도망쳐버렸는데, 그 얘기는 잠시 하지 않겠어요.
　　제천대성은 그제야 구름에서 내려와 연화동으로 뛰어들어 가
삼장법사와 저팔계, 사오정을 풀어줬어요. 그들 셋은 위급한 재
난에서 벗어나게 된 데 대해 손오공에게 감사하며 물었지요.
　　"요괴들은 어디 간 거요?"

"둘째 요괴는 호로 속에 붙잡아 넣었는데, 아마 지금쯤 다 녹아버렸을 거야. 첫째 요괴는 방금 싸움에 져서 서남쪽 압룡산으로 도망가버렸어. 동굴의 졸개 요개들은 이 몸의 분신법에 태반은 맞아 죽었고, 패하여 동굴로 돌아왔던 놈들도 이 몸에 몰살되었지. 지금에서야 이곳에 들어올 수가 있어서 너희들을 풀어주는 거야."

삼장법사는 고마워 어쩔 줄 몰라 했어요.

"애야, 네가 고생이 많구나."

그러자 손오공이 웃으며 말했어요.

"정말 고생 많았다고요. 여러분들은 매달린 채 고통을 겪고 있으면 됐지만, 이 몸은 역관의 파발꾼[7]보다 더 바삐 안팎으로 들락날락 분주히 뛰어다녔어요. 그놈의 보물을 훔친 후에야 요괴를 물리칠 수가 있었지요."

저팔계가 물었어요.

"형님, 호로를 꺼내서 좀 보여주시오. 그런데 그 둘째 요괴가 녹아버렸는지 모르겠네요."

제천대성은 먼저 정병을 허리에서 풀고 다시 황금 밧줄과 파초선을 꺼낸 후, 호로를 손에 들고서 말했어요.

"보지 말자! 보지 마! 그놈이 처음 이 몸을 붙잡아 넣었을 때 양치질하는 것으로 그놈을 속여 뚜껑을 열도록 해 도망칠 수 있었거든. 우리는 절대 뚜껑을 열어서는 안 된다. 그놈도 속임수를 써

---

7 원문에는 '급체포急遞鋪'의 포병鋪兵이라고 되어 있다. 중국에서 급체포는 긴급하게 공문을 전달하던 역관을 가리킨다. 당나라 이전에 여기서 일하는 심부름꾼은 모두 그 지역 사람을 징발하여 충당했다. 송대에 이르러서 일반 백성을 병사로 대체하고 '역부驛夫'라 불렀다. 이와 함께 전시戰時에는 급체포병을 두어 '급각체急脚遞'라 불렀으며 긴급한 군사 동향을 전달하는 데만 이용했다. 원대에는 급체포로 발전하여 10리나 15리, 혹은 20리마다 하나의 급체포가 설치되어 문서를 주야로 쉬지 않고 이어받아 전달하도록 했으며, 하루에 400리를 가는 것으로 정해놓았다. 명대에는 역관과 급체포를 하나로 통합했는데, 포병은 없었다.

달아날 수 있으니까."

스승과 제자들은 즐거워하며 동굴 속에 있던 쌀이며 국수, 채소들을 찾아내어 솥을 닦아 불을 피우고 소식을 만들어 먹었어요. 밥을 배불리 먹고 동굴 안에서 잠을 잤는데, 그날 밤은 아무 일 없이 지나가고 어느새 다시 날이 밝아오기 시작했어요.

한편, 금각대왕은 곧장 압룡산으로 도망쳐 크고 작은 여자 요괴들을 모아놓고, 손오공이 어머니를 때려죽이고 동생을 호로 속에 집어넣고, 요괴 병사들을 몰살시키고 보물을 훔쳐 간 일들을 자세히 이야기했어요. 여러 여자 요괴들은 일제히 대성통곡을 했어요. 한참 동안 애통해하더니 금각대왕이 이렇게 말했어요.

"너희들은 슬퍼하지 마라. 나한테는 아직 이 칠성검이 있으니 너희들은 모두 압룡산 뒤쪽에 모이도록 하고, 외가 친척들의 힘을 빌려 기필코 손오공을 붙잡아 원수를 갚도록 하자."

그 말이 채 끝나기도 전에 문밖에 있던 졸개 요괴가 보고했어요.

"대왕님, 산 뒤쪽에 사는 외삼촌 나리가 약간의 병사들을 이끌고 왔습니다."

금각대왕은 이 말을 듣고 급히 흰 상복으로 갈아입고 몸을 굽히며 영접했어요. 원래 이 외삼촌은 그의 모친의 동생으로 호아칠대왕狐阿七大王이라 불렸어요. 그가 산을 순찰하는 요괴 병사의 보고를 들어보니, 누이가 손오공에게 맞아 죽었고 손오공이 누이 동생 모습으로 변하여 외조카의 보물을 훔쳤으며, 외조카는 연일 평정산에서 적을 막아내고 있다는 것이었어요. 그래서 그는 동굴에 있던 요괴 병사 이백여 놈을 거느리고 싸움을 도우러 가다가 먼저 누이 집에 이르러 소식을 전한 것이었어요.

그는 문으로 들어와 금각대왕이 상복을 걸치고 있는 것을 보고는, 함께 대성통곡을 했어요. 한참 동안 곡하고서 금각대왕이 절을 올리며 지금까지의 일을 자세히 얘기했어요. 호아칠대왕은 몹시 화가 나 즉시 금각대왕에게 상복을 벗고 보검을 들게 하고, 몸소 여자 요괴들을 점검하여 집결시키더니 바람과 구름을 타고 곧장 동북쪽으로 갔어요.

한편, 제천대성은 사오정에게 아침 공양을 준비하도록 해서 먹고 길을 떠나려 했어요. 그런데 문득 바람 소리를 듣고 문밖으로 나가 보니, 요괴 병사들이 서남쪽에서 몰려오고 있었어요. 손오공은 너무 놀라 급히 저팔계를 보고 소리쳤어요.

"동생, 요괴놈이 또 구원병을 청해 왔다."

삼장법사가 이 말을 듣고 두려워 얼굴빛이 변했어요.

"애야, 이를 어쩌면 좋으냐?"

손오공이 웃으며 말했어요.

"안심하세요. 그놈의 보물들을 모두 제게 주세요."

제천대성은 호로와 정병을 허리에 묶어 매고, 황금 밧줄은 옷소매 속에 집어넣고, 파초선은 등 뒤에다 꽂고, 두 손에는 여의봉을 들었어요. 그는 사오정에게 삼장법사를 모시고 동굴 안에 편히 앉아 있게 하고, 저팔계한테는 쇠스랑을 들고 동굴 밖으로 나가 함께 적을 맞이하자고 했어요.

괴물들이 진세를 펼치고 있는 걸 보니 우두머리는 호아칠대왕이었어요. 그는 옥 같은 얼굴에 긴 수염이 나 있고, 뻣뻣한 눈썹에 칼날 같은 귀를 가지고 있었어요. 머리에는 강철 투구를 썼고 몸에는 작은 비늘 갑옷을 입은 채, 손에 방천극方天戟[8]을 들고 큰 소리로 욕설을 퍼부었어요.

"이놈의 간 큰 원숭이놈아! 어찌 감히 이토록 남을 멸시한단 말이냐! 보물을 훔치고 친척을 해치고, 병사들을 죽이고 동굴까지 차지하고 있다니. 빨리 한 놈씩 목을 빼고 죽음을 받아라. 내 누이의 원한을 갚겠다!"

손오공도 욕을 했어요.

"스스로 죽을 곳을 찾아온 못된 털북숭이야! 이 외할아버지의 재주를 모르느냐? 도망치지 말고 내 여의봉이나 받아라!"

괴물은 몸을 옆으로 피하더니 방천극을 휘두르며 정면으로 덤벼들었어요. 둘이 산꼭대기에서 왔다 갔다 하며 서너 합을 겨루자 요괴는 힘이 부쳐 패하여 달아났어요. 손오공이 뒤쫓는데 금각대왕이 가로막아, 그와 다시 세 합을 겨루었지요. 그런데 호아칠대왕이 다시 돌아와 공격하는 것이었어요. 이쪽에서는 저팔계가 그걸 보고 급히 아홉 날 쇠스랑을 들고 가로막았어요. 그렇게 하나씩 맡아 한참을 싸웠지만 승부가 나지 않았어요. 그때 금각대왕이 명령을 내리자 요괴 병사들이 일제히 포위하며 올라왔어요.

한편, 삼장법사는 연화동 안에 앉아 있다가 땅이 진동하는 고함 소리를 듣고 말했어요.

"오정아, 나가서 네 사형들의 승부가 어떻게 되었는지 좀 보고 와라."

사오정은 항요장을 꺼내들고 고함을 치며 치고 나가 요괴들을

---

8 고대의 무기로 청동이나 철로 만든다. 과戈와 모矛를 하나로 합쳐놓은 형태로 정면으로 찌를 수도 있고 옆으로 칠 수도 있다.

물리쳤어요. 호아칠대왕은 사태가 불리한 것을 보고 머리를 돌려 달아났어요. 그러나 저팔계가 따라잡아 등 뒤를 쇠스랑으로 내리치니 아홉 가닥 붉은 피가 뿜어져 나왔어요. 가엾게도 신령한 진성眞性 하나가 저세상으로 가게 되었어요.

그를 끌어와 옷을 벗겨보니 여우의 정령이었어요. 금각대왕은 외삼촌이 죽는 것을 보더니, 손오공은 버려둔 채 보검을 들고 저팔계를 내리쳤어요. 저팔계는 쇠스랑으로 막았어요. 한참 싸우고 있는데 사오정이 갑자기 앞으로 치고 나오더니 항요장을 들어 내리쳤어요. 요괴는 당해내지 못하고 바람과 구름을 타고 남쪽으로 달아났어요.

저팔계와 사오정이 그 뒤를 바짝 쫓았어요. 제천대성이 그걸 보고 급히 구름을 솟구쳐 공중으로 뛰어올라 허리에서 정병을 풀더니 금각대왕을 덮어씌우듯 하고 그를 불렀어요.

"금각대왕!"

금각대왕은 자기편 졸개 요괴가 부르는 줄 알고 고개를 돌려 대답했어요. 그러자 쏙 정병 속으로 잡혀 들어갔어요. 손오공은 '태상노군급급여율령봉칙'이라는 부적을 붙였지요. 그런데 금각대왕의 칠성검이 땅바닥으로 떨어지는 것이 보였고, 그것 역시 손오공의 것이 되었지요. 저팔계가 손오공을 맞이하며 물었어요.

"형님, 보검은 형님이 들고 있는데 요괴는 어디 있는 거요?"

손오공이 웃으며 대답했어요.

"다 끝났다. 그놈은 이 병 속에 들어 있다."

사오정은 이 말을 듣고서 저팔계와 함께 몹시 기뻐했어요. 그들은 다시 다른 요괴들을 모조리 다 쓸어버리고 동굴로 돌아와 삼장법사에게 기쁜 소식을 전했어요.

"산도 깨끗해졌고 요괴도 없어졌으니, 사부님께서는 말에 오르셔서 출발하시지요."

삼장법사는 기쁨을 감추지 못했어요. 스승과 제자들은 아침 공양을 마치고 짐과 말을 정리해서 서쪽을 향해 길을 찾아 떠났어요. 한참 가고 있는데, 갑자기 길옆에서 웬 맹인이 나타나 앞으로 다가오더니 삼장법사의 말을 붙들고서 말했어요.

"스님, 어딜 가시오? 내 보물을 돌려주시오."

저팔계가 깜짝 놀라 말했어요.

"큰일 났다, 이건 첫째 요괴가 보물을 찾으러 온 거야!"

손오공이 자세히 보니 태상노군이었어요. 그는 깜짝 놀라 앞으로 다가가 예를 올리고 물었어요.

"영감님, 어딜 가시오?"

태상노군은 급히 옥국보좌玉局寶座°로 솟아올라 공중에 멈춰 서더니 소리쳤어요.

"손오공, 내 보물을 돌려다오."

제천대성도 공중으로 솟아올라 물었어요.

"무슨 보물 말이오?"

"호로는 내가 선단을 담던 것이고, 정병은 물을 담던 것이며, 보검은 요마들을 수련시키던 것이다. 부채는 부채질해서 불을 피우던 것이고, 밧줄은 도포를 졸라매던 띠이다. 저 두 요괴는 한 녀석은 내 금화로를 지키던 동자였고, 또 한 녀석은 내 은화로를 지키던 동자였다. 그놈들이 내 보물을 훔쳐가지고 아래 세상으로 내려가는 바람에 찾지 못하고 있었는데, 네가 지금 붙잡아 공을 세웠구나."

"이 영감탱이가 정말 무례하군! 집안 식구들을 멋대로 방치해 나쁜 짓을 하게 했으니, 마땅히 아랫것들을 엄격히 관리하지 못한 죄를 물어야겠소!"

"나와는 상관없는 일이니 오해하지 마라. 이것은 남해의 관음보살이 나한테 세 번이나 찾아와 저놈들을 빌리자고 해서 그렇게 된 것이다. 관음보살이 그들을 이곳으로 보내 요괴가 되게 하여, 너희 스승과 제자가 진심으로 서쪽으로 갈 생각이 있는지를 시험한 것이다."

제천대성은 이 말을 듣고 말했어요.

"그 보살도 정말 지독하군! 이 몸을 풀어주고 삼장법사를 호위하여 경전을 가지러 가라고 했을 때 내가 길이 험하여 가기 어렵다고 했더니, 다급하고 어려운 상황에 빠지면 직접 와서 구해주겠다고 해놓고, 이제 와서 도리어 요괴들을 시켜 목숨을 위협하다니! 말이 틀리지 않은가? 평생 남편 없이 혼자 사는 것도 당연해! 만약 영감이 직접 오지 않았다면 내 절대 그것들을 주지 않았을 것이오. 그런데 영감이 그렇게 말하니 가져가시구려."

태상노군이 다섯 개의 보물을 받아 호로와 정병의 뚜껑을 여니, 두 줄기 신선의 기운이 흘러나왔어요. 태상노군이 손으로 그것을 가리키자 금동자와 은동자로 변하여 좌우에서 뒤따랐어요. 그때 문득 만 갈래 노을빛이 나타나더니, 아! 그들은,

아득히 함께 도솔궁으로 돌아가고
곧장 멀리 대라천*으로 올라가는구나.

縹緲同歸兜率院　逍遙直上大羅天

결국 이 뒤에 또 무슨 일이 있었고, 제천대성은 어떻게 삼장법사를 보호하여 언제 서천에 도착할지는 알 수 없으니, 이에 대해서는 다음 회를 들어보시라.

제36회

보림사에서 하룻밤을 묵다

한편 손오공은 구름을 내리고 삼장법사께 관음보살이 동자를 빌리고 태상노군이 보물을 찾아간 일을 낱낱이 말씀드렸어요. 삼장법사는 감사의 마음을 금할 수 없어 더더욱 경건하고 성실한 마음으로 일편단심 목숨을 걸고 서방으로 향하게 되었어요. 삼장법사는 말안장에 올랐고, 저팔계는 짐을 둘러멨지요. 사오정은 말고삐를 잡고, 손오공은 여의봉을 쥐고 길을 헤치면서 높은 산을 내려와 앞으로 나아갔어요. 서리와 이슬을 맞으며 풍찬노숙風餐露宿한 것은 이루 말로 다 할 수 없지요.

한참 갔을 때 앞에 다시 산이 길을 막아서자, 삼장법사가 말 위에서 소리쳤어요.

"얘들아, 저 산이 산세가 험하니 조심해야겠다. 또 무슨 요괴가 해칠지 몰라."

손오공이 대답했지요.

"사부님, 또 쓸데없는 걱정이시네요. 마음을 가라앉히고 정신을 바짝 차리면 별일 없을 겁니다."

"얘야, 서천으로 가기가 왜 이렇게 힘드냐? 내 기억에 장안성을

떠나 길 위에서 봄이 가고 여름이 오며 가을이 지고 겨울이 온 것
도 사오 년째인데, 어째서 아직도 도착을 못 한 거냐고?"

손오공은 삼장법사의 말에 푸하하 웃었어요.

"아직 한참이에요, 한참! 아직 대문도 못 나섰다고요."

저팔계가 끼어들었어요.

"형님, 거짓말 마요. 세상에 이렇게 큰 대문도 있소?"

"동생, 우린 아직 집 안에서 맴돌고 있다고!"

이 말에 사오정이 웃었지요.

"형님, 허풍도 적당히 치세요. 설사 이렇게 큰 집이 있다고 쳐
도, 어디서 이렇게 큰 서까래를 구하겠어요?"

"동생, 이 어르신이 보기에 이 하늘은 지붕이요, 해와 달은 창
문, 사산오악四山五嶽이 들보이니, 이 땅은 방이나 마찬가지지."

저팔계는 손오공의 말을 듣고는 말했어요.

"안 되겠어! 안 돼! 우리 얼마 동안 다니다가 그냥 돌아가요."

"함부로 그런 소리 말아. 이 어르신만 따라오면 되니까."

멋진 제천대성! 그는 여의봉을 비껴 메고 삼장법사 앞에 서서
산길을 헤치며 계속 앞으로 나아갔어요. 삼장법사가 말에 앉아
멀리 바라보니, 산 경치가 정말 훌륭했어요.

산꼭대기 높이 솟아 북두성에 닿고
나뭇가지는 하늘에 이어진 듯
푸른 연기 자욱한데
때때로 골짜기의 원숭이 울음소리 들려오고
짙푸른 숲속에서
소나무 사이로 학 우는 소리 들리네.
산도깨비 휙 바람 소리 내며 시내 사이에 버티고 서서

나무꾼을 희롱하고

영험한 여우는 절벽가에 앉아

사냥꾼을 놀라게 하네.

참으로 볼 만하구나!

팔면으로 높이 솟았고

사방은 험준하네.

기괴한 소나무는 푸른 덮개처럼 가지를 펼치고 있고

말라 꺾어진 늙은 나무에는 등나무 덩굴이 늘어져 있네.

샘물 세차게 흘러

서늘한 기운에 머리끝까지 소름이 돋네.

산봉우리 우뚝하니

맑은 바람에 놀라 꿈에서 깨어나고

호랑이 포효 소리 이따금 들리고

때맞춰 우는 산새 울음소리 항상 들리네.

사슴들 떼 지어 가시덤불 가로지르며

껑충껑충 뛰어다니고

노루들 무리 지어 숲의 먹이를 찾아

앞뒤로 마구 뛰어다니네.

풀 언덕에 우두커니 서서

바라보아도 여관 하나 보이지 않고

깊은 골짜기로 들어서니

사방은 모두 이리 승냥이

필시 이곳은 부처의 수행처가 아니고

죄다 새가 날고 짐승들 뛰노는 곳이렷다!

山頂嵯峨摩斗柄　樹稍彷彿接雲霄

青烟堆裡　時聞得谷口猿啼

亂翠陰中　每聽得松間鶴唳

嘯風山魅立溪間　戲弄樵夫

成器狐狸坐崖畔　驚張獵戶

好中看　那八面崔巍　四圍險峻

古怪喬松盤翠蓋　枯摧老樹掛藤蘿

泉水飛流　寒氣透人毛髮冷

巔峰屹立　清風射眼夢魂驚

時聽大蟲哮吼　每聞山鳥時鳴

麂鹿成群穿荊棘　往來跳躍

獐犯結黨尋野食　前後奔跑

竚立草坡　一望並無客旅

行來深凹　四邊俱有豺狼

應非佛祖修行處　盡是飛禽走獸場

　삼장법사는 벌벌 떨다가 이 산에 들어서자 기분이 처량해져서 말을 멈추고는 소리를 질렀어요. 이렇게 말이지요.

"오공아, 난 말이다."

도를 알게 되면서부터 영취산으로 가기로 맹세하니
왕께선 붙잡지 않으시고 성 밖까지 나를 전송하셨다.
길 위에서 세 제자를 만나고
도중에 말을 다그쳐 달려왔단다.
언덕과 시내를 헤매어 깨달음을 구하고
고개를 내달리고 산을 넘어 부처님을 배알하러 가지.
이 한몸 울타리 치듯 굳게 지키니

언제나 고향에 돌아가 황제를 뵐까.[1]

自從益智登山盟　王不留行送出城

路上相逢三稜子　途中催趲馬兜鈴

尋坡轉澗求荊芥　邁嶺登山拜茯苓

防己一身如竹瀝　茴香何日拜朝廷

손오공은 이 말을 듣고 키득키득 웃으며 말했어요.

"사부님, 염려하실 것 없어요. 안심하시고 계속 가시기나 하세요. 공을 들이면 일이 자연히 이루어진다는 말이 있잖아요."

스승과 제자 일행은 산의 경치를 즐기면서 발길 가는 대로 걸었는데, 어느새 붉은 태양이 서쪽으로 떨어지고 있었어요.

십 리 먼 길에 오가는 나그네 없는데
구중 높은 하늘에 별이 보이네.
여덟 줄기 강물의 배들은 모두 항구에 돌아오고
칠천 개 주와 현은 모두 성문을 닫았네.
육궁 오부의 관리들도 집으로 돌아가고
사해와 삼강에서도 낚싯줄 걷네.
두 누각에선 종소리 북소리 울리고
둥그런 밝은 달 하나 천하에 가득하다.

十里長亭無客走　九重天上觀星辰

八河船隻皆收港　七千州縣盡關門

六宮五府回官宰　四海三江罷釣綸

---

1 이 8구절 시구의 원문에 나오는 익지益智, 왕불류행王不留行, 삼릉자三稜子, 마두령馬兜鈴, 형개荊芥, 복령茯苓, 방기防己, 죽력竹瀝, 회향茴香 등은 모두 중국 약재 이름들이다. 이 시는 약재의 이름을 장난스럽게 이용하여 지은 것으로, 삼장법사가 경전을 구하러 가는 도중에 겪는 어려움과 초조하고 불안한 심정을 드러내 보여준다.

　삼장법사가 말 위에서 멀리 바라보니, 산골짜기 안에 누대와 전각이 빽빽이 늘어서 있었어요.

"얘들아, 날이 벌써 저물었지만, 그래도 다행히 저쪽 멀지 않은 곳에 누각이 있구나. 분명히 도관이나 절일 거야. 우리 저리로 가서 하룻밤 신세를 지고 내일 다시 가도록 하자."

"사부님 말씀이 옳습니다. 서두르지 마세요. 제가 사정이 어떤가 보고 오지요."

　제천대성이 공중으로 뛰어올라 자세히 살펴보니 과연 절이 맞았어요.

　　팔 자 모양 벽돌담엔 붉은 가루 발랐고
　　양쪽 문에는 금 못을 박았네.
　　첩첩 누대는 고개 가에 감춰져 있고
　　층층 궁궐은 산속에 숨어 있네.
　　만불각은 여래전을 마주보고
　　조양루는 대웅전 문을 마주보네.
　　칠 층 탑엔 구름과 안개 모여 있고
　　삼존불상엔 성스러운 빛 어리네.
　　문수대는 가람사를 바라보고
　　미륵전은 대자청과 붙어 있네.
　　간산루 밖에는 푸른빛이 춤추고
　　보허각 위에는 자줏빛 구름 일어나네.
　　소나무 문안 대나무 뜰은 하늘하늘 푸르고
　　방장과 선당은 곳곳이 청아하네.

전아하고 조용히 한 곳에서 즐거운 일을 함께하니
굽이굽이 내와 길들은 반겨 맞아주네.
참선하는 곳에서 선승이 경을 논하고
연주하는 방에선 악기 소리 많이 나네.
묘고대 위엔 우담화 떨어지고
설법단 앞에선 다라수 잎[2]이 돋아나네.
바로 저 숲이 삼보의 땅을 가리고
산이 범왕의 궁궐을 감싼 것이로구나.
벽에 걸린 등잔 불빛 찬란하고
한 줄기 향 연기 안개처럼 자욱하네.

八字磚墻泥紅粉	雨邊門上釘金釘
疊疊樓臺藏嶺畔	層層宮闕隱山中
萬佛閣對如來殿	朝陽樓應大雄門
七層塔屯雲宿霧	三尊佛神現光榮
文殊臺對伽藍舍	彌勒殿靠大慈廳
看山樓外靑光舞	步虛閣上紫雲生
松關竹院依依綠	方丈禪堂處處淸
雅雅幽幽供樂事	川川道道喜廻迎
參禪處有禪僧講	演樂房多樂器鳴
妙高臺上曇花墜	說法壇前貝葉生
正是那林遮三寶地	山擁梵王宮
半壁烟煙光爛灼	一行香靄霧朦朧

제천대성은 구름을 내리고 삼장법사에게 아뢰었어요.

---

2 인도의 다라수나무의 잎(Pattra: 貝多羅葉)으로, 물에 담갔다가 종이 대용으로 쓸 수 있다. 고
대 인도인들은 여기에 불경을 많이 썼기 때문에 종종 불경을 '다라수 잎'이라고 했다.

"사부님, 정말 절이네요. 하룻밤 신세 지기 좋겠는데요. 가시지요."

삼장법사는 말을 몰아 곧장 앞으로 나아가, 곧 산문山門 앞에 도착했어요. 손오공이 물었어요.

"사부님, 이 절은 무슨 절인가요?"

"이제 막 말을 세워서 아직 등자鐙子에서 발을 빼지도 않았는데, 다짜고짜 나한테 무슨 절이냐고 물어보느냐? 정말 경우가 없구나."

"아니 사부님은 어려서부터 중이 되셔서, 유가儒家의 책도 읽으셨고 불경도 설법하셨지요. 문리에 뛰어나니까 나중에 당나라 왕의 은혜를 입게 된 것이 아닙니까? 문에 글자가 저렇게 크게 씌어져 있는데 어떻게 못 알아볼 수가 있어요?"

삼장법사는 팩 하고 화를 냈어요.

"못된 원숭이놈 같으니! 무식한 소리하고는! 난 서쪽을 향해 말을 모느라고 햇빛에 눈이 부셨던 거야. 문에 글자가 있는지 보일 게 뭐냐. 또 먼지 때문에 흐릿하지 않아? 그래서 못 본 거야."

손오공은 이 말을 듣고 허리를 한 번 굽혔다가 키를 두 길이나 늘려서는 손으로 먼지를 털었어요.

"사부님, 보세요."

그 위엔 '칙사보림사勅賜寶林寺'라고 크게 다섯 글자가 씌어 있었어요. 손오공은 술법을 거두고 말했지요.

"사부님, 누가 절에 가서 숙소를 구할까요?"

"내가 가마. 너희들은 낯짝이 흉악하고 말투는 거친데다 성질도 잘 내지 않느냐? 만약 여기 스님들 비위를 거스르게 되면 숙소를 빌릴 수 없을 뿐 아니라, 오히려 불미스러운 일이 생길 거야."

"그러면 여러 말할 것 없이 사부님이 들어가 보세요."

삼장법사는 구환석장을 놓고 망토를 벗어놓은 뒤, 옷매무새를 가다듬고 합장한 채 곧 산문 안으로 들어갔어요. 양쪽으로 붉은 칠을 한 난간이 보이고, 안쪽엔 화려한 금강불 한 쌍이 높이 앉아 험상궂게 위엄을 떨치고 있었어요.

하나는 무쇠 얼굴에 강철 수염이 살아 있는 사람 얼굴 같고
또 하나는 불길 같은 눈썹에 둥그런 눈 구슬 같다.
왼쪽 것의 주먹은 뼈가 무쇠처럼 툭툭 튀어나오고
오른쪽 것의 손바닥은 울퉁불퉁한 것이 적동보다 더하네.
금빛 갑옷에 허리띠는 찬란히 빛나고
빛나는 투구 수놓은 허리띠는 회오리바람 속에서 반짝이네.
서방엔 정말 부처님을 모시는 곳 많으니
돌화로 안에 향불이 빨갛게 타는구나.

一個鐵面鋼鬚似活容　一個燥眉圓眼若玲瓏

左邊的拳頭骨突如生鐵　右邊的手掌嶙嶒賽赤銅

金甲連環光燦爛　明盔繡帶映飄風

西方眞個多供佛　石鼎中間香火紅

삼장법사는 이런 광경을 보고 고개를 끄덕이며 길게 탄식했어요.

"우리 동녘 땅에서도 진흙으로 이렇게 큰 보살을 만들어 향을 태워 공양하는 이가 있다면, 나도 서천으로 가지 않을 것을!"

막 이렇게 탄식하는 사이 두 겹의 문이 있는 산문으로 들어섰어요. 그곳에는 지국持國, 다문多聞, 증장增長, 광목廣目 즉, 사대천왕四大天王의 상像이 비바람의 순조로운 운행 이치에 맞게 동서남북으로 서 있었어요. 두 겹의 산문을 지나 안으로 들어왔어요. 또

心猿正处诸缘伏
劈破旁门见月明

손오공 일행, 보림사를 찾아가 묵다

큰 소나무 네 그루가 보였는데, 그루마다 덥수룩하게 초록으로 뒤덮여 마치 우산 같은 모양이었어요. 그러다 문득 고개를 들어 보니 바로 대웅보전이 보이는지라, 삼장법사는 합장하고 큰절을 올렸어요. 절을 올리고서 불대佛臺를 돌아 후문 아래쪽으로 갔지요. 그곳에는 관음보살이 남해에서 널리 제도濟度하는 모습을 담은 조각이 있었어요. 그 벽 위에는 새우, 물고기, 게, 자라가 마음껏 바다 위로 뛰어오르고 파도와 장난치는 모습을 솜씨 좋은 장인이 새겨놓았지요. 삼장법사는 서너 차례 머리를 조아리며 연이어 감탄했어요.

"참으로 안타깝구나! 물고기나 자라 같은 중생들도 부처님을 배알하는데, 사람들은 어찌하여 수행하지 않는 것인가!"

이렇게 찬탄하고 있는 사이 세 번째 문 안쪽에서 불목하니 하나가 걸어 나왔어요. 그 불목하니는 삼장법사의 생김이 특이하고 풍채가 속되지 않은 것을 보고는 빠른 걸음으로 다가와 예를 올리며 물었어요.

"스님, 어디서 오셨나요?"

"저는 동녘 땅 위대한 당나라 황제의 명을 받아 서천으로 가서 부처님을 배알하고 불경을 구하러 가는 사람입니다. 막 이곳에 왔는데, 날이 저물려 하니 여기서 하룻밤 묵었으면 합니다."

"스님, 용서하십시오. 그건 제 맘대로 할 수가 없답니다. 저는 바닥을 쓸고 종을 치는 불목하니니까요. 안쪽에 주지스님이 계시니 제가 들어가 말씀을 올리지요. 주지스님이 받아주시면 제가 나와서 곧 모시겠지만, 받아주지 않으면 저도 머물게 해드릴 수 없답니다."

"제가 폐를 끼치는군요."

불목하니는 급히 방장方丈으로 가 아뢰었어요.

"스님, 밖에 누가 왔습니다."

주지는 일어나서 옷을 갈아입고 비로모毘盧帽를 눌러쓰고 가사를 걸치고는 급히 문을 열어 맞이하면서, 불목하니에게 물었어요.

"어디 왔다는 거냐?"

불목하니는 손으로 가리키며 대답했어요.

"저 정전 뒤에 있지 않습니까?"

삼장법사는 대머리를 드러낸 채 스물다섯 가닥 끈이 늘어진 승복을 입고, 발에는 물에 젖고 진흙이 덕지덕지 묻은 승려의 신을 신은 채, 후문가에 비스듬히 기대 서 있었어요. 주지는 이 꼴을 보고 크게 화를 냈어요.

"이놈이 매가 모자란 모양이구나! 넌 내가 승관僧官이라서 성에서 대부가 향이나 올리러 와야지 나와 영접한다는 걸 모르느냐? 어째서 실속을 분간하지도 못하고 이런 중놈을 나한테 맞으라고 하냔 말이다. 저 낯짝을 보아하니 사기꾼 아니면 틀림없이 떠돌이 땡중이야. 날이 저무니까 잘 곳을 빌리려는 모양인데, 우리 방장方丈에 저런 놈을 들여 분위기를 망칠 순 없어. 저 앞 행랑채 처마 밑에나 쪼그려 앉아 있으라 하지, 나한테 말해 어쩌겠다는 거냐!"

그러고는 휑하니 몸을 돌려 가버렸어요. 삼장법사는 이런 말을 듣자 눈물을 뚝뚝 흘렸어요.

"아, 불쌍타! 이게 바로 '사람이 고향을 떠나면 천덕꾸러기가 된다(人離鄕賤)'는 것이로구나. 내가 어려서 출가해 중이 된 뒤로, 배참의식排懺儀式을 행하면서 고기를 먹거나 나쁜 뜻을 품은 적도 없고, 불경을 읽으며 화를 품어 선심禪心을 그르친 적도 없으며, 또 기와나 벽돌을 떼어 불전을 훼손시키거나 아라한阿羅漢

의 얼굴에서 금을 벗겨낸 일도 없다. 아아! 가련하도다! 어느 전생에서 천지에 죄를 지어 이번 세상에 이렇게 나쁜 사람들을 만나게 됐을까? 스님, 저희들을 재워주지 않으면 그만이지, 왜 또 그런 악담을 하시오? 저 앞 행랑채 처마 밑에 쪼그려 앉아 있으라니요? 이런 말을 손오공이 듣지 않은 게 다행이지, 만약 그랬다면 그 원숭이놈이 달려와서 여의봉으로 당신 다리몽둥이를 단번에 분질러버렸을 거요."

그래도 다시 이렇게 말했어요.

"됐다, 됐어. '사람은 무엇보다 예악을 중시해야 한다(人將禮樂爲先)'는 말도 있지 않은가? 내가 들어가서 어떤가 한번 물어봐야겠다."

그래서 삼장법사는 주지가 간 길을 따라 방장 문 안쪽으로 들어갔어요. 주지는 옷을 벗고 씩씩대며 앉아 있는데, 불경을 읽는지, 아니면 법사法事를 위한 경문을 베껴 쓰고 있는지, 책상 위에 종이 뭉치가 쌓여 있었어요. 삼장법사는 감히 안쪽으로 깊숙이 들어가진 못하고 마당에 서서 허리를 굽혀 절을 올리며 큰 소리로 말했어요.

"주지스님, 소승이 문안드리옵니다."

중은 귀찮지만 어쩔 수 없어 안으로 들어오게 하고는, 대답하는 둥 마는 둥 마주보고 인사를 했어요.

"그래, 당신은 어디서 왔소?"

"저는 동녘 땅 위대한 당나라 황제의 명을 받아 부처님을 뵙고 불경을 구하러 가는 사람입니다. 이곳을 지나다가 날이 저물어 하룻밤 묵어갈 것을 청하고자 합니다. 내일 날이 밝기 전에 바로 떠날 테니, 부디 살펴주시기 바랍니다."

그 중은 그제야 몸을 굽혀 절하고 물었어요.

"당신이 그 당나라 삼장이요?"

"외람되옵니다만, 그렇습니다."

"당신은 서천으로 경전을 가지러 간다면서 어째서 길도 제대로 모르는 거요?"

"제가 이쪽 길은 처음이라 그렇습니다."

"서쪽으로 사오 리만 가면, 삼십리점三十里店이란 곳이 있소. 그곳은 밥도 팔고 묵어가기도 편리하오. 여기는 당신들처럼 멀리서 온 승려들을 재우기가 마땅치 않아요."

삼장법사가 합장을 하며 말했어요.

"주지스님, '암자와 절은 모두 우리 중들의 여관이니, 산문이 보이면 쌀 석 되는 생기는 것(菴觀寺院 都是我方上人的館驛 見山門 就有三升米分)'이라는 옛말이 있지 않습니까? 스님께서 저희를 받아주지 않으시다니, 너무 매몰찬 게 아닙니까?"

주지는 버럭 화를 내며 소리쳤어요.

"이 떠돌이 중놈이 그럴듯하게 말은 잘도 하는구나."

"말을 잘한다니, 그게 무슨 말씀이십니까?"

"'호랑이가 성안에 들어오면 집집마다 문을 닫아거는데, 사람을 물지 않는다 해도 전에 악명을 날렸기 때문이다(老虎進了城 家家都閉門 雖然不咬人 日前壞了名)'는 옛말이 있지."

"전에 악명을 날렸다니요?"

"전에 행각승 몇이 와서 절 문 앞에 주저앉더군. 행색이 초라한 게 너덜너덜한 옷에 신발은 아예 없고 모자도 안 쓰고 발도 맨발이야. 내가 그걸 보고는 그렇게 남루한 모양이 불쌍해서 곧 방장 안으로 청해 와 상좌에 모셔서 공양을 차려주고 입던 옷도 한 벌씩 빌려줬지. 그리고 며칠 묵게 해줬다고. 그런데 그놈들이 여기선 편안히 먹고 입는 게 해결되니까, 떠날 생각을 안 하고 그대로 일고여덟 해나 눌러앉아 있는 거야. 그냥이나 있었으면 몰라. 또 갖가지 못된 짓을 해댔지."

"무슨 못된 짓을 했나요?"

"내 말 좀 들어봐."

심심할 땐 담벼락 따라가며 기왓장을 던지고
답답할 땐 벽의 못을 뽑아버린다.
추운 날엔 창틀을 떼어 불쏘시개로 쓰고
여름철엔 문짝을 끌어다가 햇볕을 막는다.
깃발을 끌어 내려 각대를 만들고
침향을 훔쳐다가 순무랑 바꿔 먹는다.
노상 유리병의 기름을 쏟아버리고
그릇과 솥을 들어내 노름짓이다.

閑時沿墻抛瓦　　悶來壁上扳釘
冷天向火折牖櫺　　夏月拖門攔徑
幡布扯爲脚帶　　牙香偷換蔓菁
常將琉璃把油傾　　奪碗奪鍋賭勝

삼장법사가 그 말을 듣고 마음속으로 생각했어요.

'안타깝구나! 내가 그런 엉터리 중과 같단 말인가?'

삼장법사는 울음이 터져 나오려 했지만 또 그 절의 늙은 중이 비웃을까 봐, 몰래 옷자락을 끌어당겨 눈물을 훔치고 울분을 참으며 황급히 절을 나와 세 제자들한테 왔어요. 손오공은 삼장법사의 얼굴에 노기가 서린 것을 보고 앞으로 다가서며 물었어요.

"사부님, 절의 중들이 사부님을 때리던가요?"

"아니다."

저 팔계가 끼어들었어요.

"분명히 때렸을 거야. 아니면 왜 울먹이시겠어?"

손오공이 다시 물었어요.

"그럼 욕을 하던가요?"

"욕도 안 했다."

"때리지도 않고 욕도 안 했는데, 왜 이렇게 괴로워하세요? 고향 생각이라도 나시는 겁니까?"

"애야, 여긴 안 되겠다."

손오공이 웃으면서 말했어요.

"안에 도사들이 있나 보군요?"

삼장법사는 팩 쏘아붙였어요.

"도관에나 도사가 있지, 절에는 중밖에 없다!"

"사부님은 정말 쓸모가 없다니까요. 그런데 중들이라면 우리도 마찬가지잖아요? '부처 앞에 있는 사람들은 모두 인연이 있다 (既在佛會下 都是有緣人)'고 하지 않습니까? 사부님은 좀 앉아서 기다리세요. 제가 들어가 보지요."

멋진 손오공! 그는 머리에 테를 눌러쓰고, 허리에 치마를 두르고, 여의봉을 들고는 곧바로 대웅전 위까지 가서 삼존불에게 손가락질을 하며 말했어요.

"네가 본래 진흙으로 빚어 금을 입힌 허상이라도 어찌 속에서 느끼는 바가 없겠느냐? 이 어르신이 위대한 당나라의 성승을 모시고 부처님을 뵙고 불경을 가져오려고 서천으로 가는데, 오늘밤 특별히 여기에서 하룻밤 묵을 테니까 빨리 네 이름을 대라! 만약 우리를 재워주지 않으면, 이 몽둥이 한 방으로 네 금칠한 몸뚱이를 산산조각 내서 본래 모습인 진흙이 드러나게 해줄 테니까."

제천대성이 노발대발 화가 나서 닥치는 대로 시비를 걸고 있는데, 저녁 향을 올리는 불목하니 하나가 향 몇 가지에 불을 붙여 불전의 향로에 꽂으려다가 손오공이 버럭 꾸짖는 소리에 놀라서 나자빠지고, 엉금엉금 일어나다가는 손오공의 얼굴을 보고 다시 주저앉았어요. 그는 놀라서 비틀비틀 구르듯이 방장으로 달려가 이 일을 아뢰었어요.

"스님, 밖에 웬 중이 왔습니다."

"너희들이 모두 맞으려고 작정을 한 게냐! 내 저 앞 행랑채 처마 밑에나 가서 있으라고 했는데, 또 뭘 아뢴다는 것이냐! 한 번 더 그러면 스무 대를 맞을 줄 알아라!"

"스님, 이 중은 아까 중과는 다릅니다. 아주 흉악하고 못되게 생겼습니다."

"어떻게 생겼더냐?"

"방울 같은 눈에 뾰족한 귀, 얼굴은 온통 털북숭이에다 벼락신의 입을 하고 있습니다. 손에는 몽둥이를 들고 이를 뿌득뿌득 갈면서 누구든 때리려들 기세였습니다."

"내가 나가보마."

주지가 문을 열자, 손오공이 밀고 들어오는 것이 보였어요. 정말 추하게 생긴 놈이었지요. 울룩불룩한 얼굴에 눈동자는 누렇고, 툭 튀어나온 이마에, 송곳니는 입 밖으로 삐져나와 마치 게처럼 살은 안에 있고 뼈가 밖에 있는 모양이었으니까요. 주지는 놀라서 방장 문을 닫아버렸어요. 손오공은 쫓아가 쾅 하고 문짝을 부수고 말했어요.

"빨리 깨끗한 방 천 칸만 치워놓아라. 이 어르신이 좀 주무시게!"

주지는 방 안에 숨어서 불목하니에게 이렇게 말했어요.

"뭐 저놈이 못생겼다고? 이제 보니 얘기를 잘해준 것이로구나. 이렇게 황당한 꼬락서니라니! 우리 절은 방장, 불전, 종고루鐘鼓

樓, 양쪽 행랑채 합해도 삼백 칸이 안 되는데, 저놈은 잔다고 천 칸을 내놓으라니, 그 방들이 어디서 나온단 말이냐?"

"스님, 저희도 놀라 간이 다 떨어졌다고요. 스님이 대답 좀 잘해 보셔야지요."

주지는 벌벌 떨면서 소리쳤어요.

"잠자리를 청하는 스님, 여긴 작고 황폐한 산중이라 마땅치 않으니 딴 곳에 가서 주무시지요."

손오공은 여의봉을 대야만 한 굵기로 만들어 마당에 똑바로 세우고 말했어요.

"이봐, 마땅치 않으면 자네들이 딴 데로 가라고!"

그러자 주지는 말했어요.

"우리가 어릴 때부터 살던 이 절은 사조께서 사부님에게, 또 사부님이 우리에게 물려주신 것이고, 또 우리도 길이길이 후손에게 전해줄 절이다. 어디서 굴러먹던 놈이 함부로 우리한테 나가라는 게냐?"

그러자 불목하니가 말했지요.

"스님, 정말 곤란하게 됐습니다. 차라리 이사를 가는 게 낫겠습니다. 몽둥이가 방 안까지 쳐들어올 겁니다."

"헛소리 그만해라! 우리 절 스님들이 모두 사오백 명은 되는데 어디로 나간단 말이냐? 나가도 살 곳도 없어."

손오공은 그 소리를 듣고 말했어요.

"이봐, 갈 데가 없으면 한 놈 내보내서 나랑 몽둥이로 겨뤄보지!"

주지가 소리쳤어요.

"이봐 불목하니, 자네가 나 대신 나가서 몽둥이로 한번 겨뤄봐."

그 불목하니는 화들짝 놀랐어요.

"아이고 스님! 몽둥이가 저렇게 큰데 저한테 가서 겨루라고요?"

"'천 일 동안 병사를 먹이지만 군사를 쓰는 것은 아침 한 때(養軍千日 用軍一朝)'인데, 왜 안 나가겠다는 거야?"

"저 몽둥이로 때리는 건 고사하고 밑에 깔리기만 해도 고기 반죽이 되고 말 거예요."

주지가 거들었어요.

"깔리는 건 고사하고 마당에 세워놨으니 밤에 걸어가다 깜박하고 머리를 부딪치면 구멍이 뻥 나겠어."

"스님, 저 몽둥이가 그렇게 대단하단 걸 알면서도 저한테 나가서 겨루라고 했단 말이에요?"

이렇게 자기들끼리 티격태격하기 시작하자, 손오공이 그걸 듣고 말했어요.

"어쩔 수 없다. 만일 한 방으로 한 놈을 때려죽이면 사부님께서 또 내가 흉측한 짓을 했다고 혼내시겠지. 뭐 딴걸 찾아서 대신 때려줘야겠다."

문득 고개를 들어 보니, 방장 문 밖에 돌사자가 보였어요. 그가 여의봉을 들어 한번 통통 치자, 그것은 가루처럼 바스러져버렸지요. 주지는 창문 틈으로 그걸 보고 놀라서 오금이 저려와 황망히 침대 밑으로 헤집고 들어갔고, 불목하니는 아궁이로 파고들며 마구 소리쳤어요.

"나리! 방망이가 대단해요, 대단해! 어쩔 수 없어요! 그대로 해줘요!"

손오공이 대답했어요.

"이봐, 널 때리진 않으마. 그런데 하나 물어보자. 이 절에 중이 몇이나 있냐?"

주지가 벌벌 떨면서 말했어요.

"앞뒤로 이백여든다섯 칸의 방이 있고, 도첩에 이름이 오른 중이 모두 오백 명입니다."

"빨리 가서 중 오백 명을 하나도 남김없이 다 불러서, 긴 옷을 입고 나와 우리 당나라에서 오신 스님을 영접해 들이라고 해라. 그러면 안 때리지."

"나리, 만약 때리지 않는다면 가마로라도 모셔 오지요."

"빨리 가봐!"

주지가 불목하니에게 소리를 질렀어요.

"여봐라, 놀라서 간이 떨어졌든 심장이 터졌든 간에 당장 가서 사람들을 불러 당나라 스님 나리를 모셔 오라고 해라."

불목하니는 어쩔 수 없이 시키는 대로 해야 했지만, 목숨을 걸고 문으로 나가지는 못하고 뒤쪽의 개구멍으로 나갔어요. 곧 대웅전에 도착해서 동쪽에선 북을 치고 서쪽에선 종을 쳤어요. 종과 북이 일제히 울리자 양쪽 행랑채의 여러 스님들이 놀라서 대웅전으로 와서 물었어요.

"아직 시간이 이르잖아? 북을 치고 종을 쳐서 뭐하자는 거야?"

"빨리 옷을 갈아입고 주지스님을 따라 줄을 맞춰 산문 밖으로 나가, 당나라에서 온 나리를 영접하세요."

그 중들은 정말 반듯이 의관을 갖추고 줄을 지어 산문 밖으로 나가 영접했어요. 이들 중 형편이 되는 중들은 가사를 입거나 왼쪽 어깨에서 오른쪽 옆구리에 걸쳐 상반신을 덮는 승복인 편삼偏衫을 걸쳤으며, 여의치 않으면 망토 승복을 입기도 했어요. 정말 가난해서 긴 옷이 없으면 치마 두 벌을 이어서 몸에다 걸쳤지요. 손오공이 그 모습을 보고 물었어요.

"이봐, 당신이 입은 게 무슨 옷이요?"

그 중은 손오공의 흉악한 몰골을 보고는 대답했어요.

"나리, 때리지 말고 제 말을 들어보세요. 이건 제가 성안에서 시주받은 천입니다만, 여기는 재봉사가 없어서 제가 그냥 이 '거지 넝마'를 만들었습니다."

손오공은 이 말에 슬쩍 웃으며 여러 승려들을 이끌고 산문 밖으로 나와 꿇어앉혔어요. 주지는 땅에 머리를 조아리며 큰 소리로 말했어요.

"당나라 나리, 방장 안으로 드시지요."

저팔계가 이 모습을 보고 말했어요.

"사부님은 언제나 도움이 안 된다니까. 사부님이 들어가셨을 땐 눈물을 글썽거리고, 입은 한 뒷박이나 나와 있었잖아요? 형님은 무슨 꾀가 있기에 이 사람들이 머리를 조아리며 마중 나오게 한 거요?"

삼장법사가 말했어요.

"이 멍청아, 정말 버릇이 없구나! '귀신도 악인은 두려워한다(鬼也怕惡人哩)'는 옛말도 있지 않느냐."

삼장법사는 그들이 머리를 땅에 박으며 절을 올리자 매우 난처해져서 앞으로 나아가 이렇게 말했어요.

"여러분 일어나십시오."

여러 중들이 머리를 땅에 대고 절하면서 이렇게 말했어요.

"어르신, 제자분께 잘 말씀드려서 몽둥이를 못 쓰게 해주신다면, 한 달이라도 꿇어앉겠습니다."

"오공아, 때리면 안 된다."

"때린 적 없어요. 만약 때렸다면 지금쯤 이미 흔적도 없을 걸요?"

중들은 그제야 몸을 일으켜 각자 말을 끌고 짐을 메고 또 당나라 스님을 가마로 모시고, 저팔계를 업고, 사오정을 부축해서 모두 절 안으로 들어갔어요. 그리고 뒤편의 방장에 도착하자 순서대로 앉았지요.

스님들은 또 예를 올렸어요. 그러자 삼장법사가 말했어요.

"주지스님, 일어나십시오. 미천한 제게 또 예를 행하실 게 뭐 있습니까? 스님이나 저나 모두 불문佛門의 제자들인데요."

"나리는 큰 나라 사신이신데, 미천한 중놈인 제가 제때 마중 나오지 못해 송구스럽습니다. 오늘 이곳 황폐한 산에 오셨지만, 어찌 속된 눈으로 존귀하신 모습을 알아보고 나리를 만나뵐 수 있었겠습니까? 오시는 동안 소식을 하셨는지 아니면 육식을 하셨는지 여쭤도 되겠습니까? 그래야 맞춰서 상을 올리지요."

"소식을 합니다."

"저 제자분은 육식을 좋아하시겠지요?"

그러자 손오공이 대답했어요.

"우리도 소식을 하지. 우리 모두 날 때부터 깨끗한 몸이었어."

"아이고 나리, 이런 거친 사내도 소식을 하는군요!"

그런데 담이 큰 중 하나가 나서서 물었어요.

"나리, 소식을 하신다면 밥은 얼마나 해야 될까요?"

그 말엔 저팔계가 대답했어요.

"쩨쩨한 중놈 같으니! 그걸 뭘 물어? 한 사람 앞에 한 섬씩은 돼야지."

그러자 중들은 모두 놀라서 부엌과 아궁이를 깨끗이 치우고 각 방에 음식을 차렸어요. 그리고 밝은 등을 켜놓고 탁자를 벌여놓고 삼장법사를 접대했어요.

스승과 제자가 모두 저녁 식사를 마치자 스님들은 그릇을 치웠어요. 삼장법사는 이런 말로 감사를 드렸어요.

"주지스님, 폐를 많이 끼쳤습니다."

"아닙니다. 대접이 소홀했습니다."

"저희들은 어디에서 자야 할까요?"

"나리, 서두르실 것 없습니다. 제가 처리할 테니까요."

주지는 그러더니 불목하니를 불렀어요.

"여봐라, 저쪽에 일 시킬 사람들이 좀 있느냐?"

"있습니다."

"두 명을 보내 여물을 챙겨다 나리의 말에게 먹이도록 하고, 몇 명은 앞쪽으로 보내 선당 세 칸을 깨끗하게 청소해서 이불을 깔아놓으라고 해라. 나리께서 빨리 쉬실 수 있게."

불목하니들은 분부를 받자, 제각기 방을 정돈하고 잠자리 준비를 해놓은 후 삼장법사에게 와서 쉬시라고 청했어요. 삼장법사 일행이 말을 끌고 짐을 지고 방장을 나와 곧바로 선당 문 앞에 와 보니, 환하게 등불이 켜져 있고, 어느새 등나무로 만든 간이침대 네 개가 놓여 있었어요. 손오공은 여물을 맡은 불목하니에게 여물을 날라다 선당 안에 놓게 하고는 말을 비끄러매고 불목하니들을 모두 나가게 했어요. 삼장법사는 방 가운데 앉아 있었는데, 등불 아래로 보니 오백 명의 중이 좌우로 무리를 나누어 늘어서서 분부를 기다리며 감히 곁을 떠나지 못했어요. 삼장법사는 허리를 굽혀 인사하고 이렇게 말했어요.

"여러분 돌아가시지요. 제가 알아서 쉬겠습니다."

승려들이 그래도 감히 물러가지 못하자, 주지가 한 걸음 나서서 모두에게 분부했어요.

"나리가 자리에 드실 때까지 모시고 나서 돌아가자."

삼장법사도 다시 말했지요.

"지금 바로 잘 테니까 모두 돌아가십시오."

그제야 모두들 돌아갔어요.

삼장법사는 소변을 보려고 문밖으로 나오다가 밝은 달이 하늘에 떠 있는 것을 보고 "얘들아" 하고 불렀어요. 손오공, 저팔계,

사오정이 모두 나와 시립했지요. 달은 휘영청 맑게 빛나고, 사방은 그윽하며, 그야말로 둥근 수레바퀴 같은 달이 높이 솟아 대지를 밝게 비추니, 삼장법사는 고향 생각이 일어 달을 보며 고시古詩한 수를 읊었어요.

밝은 달 하늘에 뜨니 보배로운 거울이 걸려 있는 듯
그림자 흔들리는 산과 강 그 모습 뚜렷하네.
달나라 옥 궁전엔 맑은 빛이 가득하고
얼음 거울 은쟁반에 시원한 기운 서렸네.
지금 이 달은 만 리 밖에서도 역시 맑게 빛날 테니
일 년 중 오늘 밤이 제일 또렷하다네.
흡사 서리 떡이 창해에서 빠져나오는 듯하고
얼음 바퀴가 푸른 하늘에 걸려 있는 것 같기도 하네.
별채 싸늘한 창가엔 외로운 나그네 울적하고
산촌 가게엔 늙은이가 잠들었네.
한나라 동산에 가서는 어느새 흰 살쩍에 놀라고
진나라 누대에 이르러서는 저녁 화장 재촉하네.
유량은 시를 남겨 진나라 역사에 전해지고
원굉은 자지 않고 강에 배를 띄웠지.
술잔 위에 달빛이 떠 있으니 가슴 서늘하고
마당에 맑은 빛 어리니 신선의 자태 오롯하다.
곳곳의 누대마다 창가에서 백설을 노래하고
집집마다 방 안에서 얼음 가야금 줄을 튕기네.
오늘 밤 산사에 와서 조용히 노닐지만
언제나 함께 고향으로 돌아갈까?

皓魄當空寶鏡懸　山河搖影十分全

瓊樓玉宇淸光滿　冰鑑銀盤爽氣旋

萬里此時同皎潔　一年今夜最明鮮

渾如霜餅離滄海　卻似冰輪掛碧天

別館寒牕孤客悶　山村野店老翁眠

乍臨漢苑驚秋鬢　纔到秦樓促晚奩

庾亮有詩傳晉史　袁宏不寐泛江船

光浮杯面寒無力　淸映庭中健有仙

處處膽軒吟白雪　家家院宇弄冰絃

今宵靜翫來山寺　何日相同返故園

손오공은 이 시를 듣자 앞으로 한 걸음 나서서 말했어요.

"사부님께선 달빛에 고향 생각만 하실 줄 아셨지, 이 달이 의미하는 것이 자연 삼라만상의 규범인 줄을 모르시는군요. 달은 삼십 일이 되면 양혼陽魂인 금金은 다 없어지고 음백陰魄인 수水가 가득 차, 어둡고 광채가 없어집니다. 그래서 '그믐[晦]'이라고 하지요. 이때 해와 서로 만나게 되는데, 그믐과 초하루[朔] 이틀 동안 햇빛에 감응하여 잉태를 하게 됩니다.

초사흘이 되면 일양一陽이 나타나고, 초여드레가 되면 이양二陽이 생깁니다. 음백에 양혼이 반씩 들어찬 것인데, 먹줄로 그은 것처럼 반듯해서 '상현上弦'이라고 하지요. 지금은 보름날로 삼양三陽이 다 갖추어져 둥글게 되기 때문에 '보름[望]'이라고 합니다. 열엿새 날엔 일음一陰이 생겨나고, 스무이틀에는 이음二陰이 생겨납니다. 이때는 양혼에 음백이 반씩 찬 것으로, 먹줄로 그은 것처럼 평평해서 '하현下弦'이라고 하지요.

삼십 일이 되면 삼음三陰이 다 갖추어져, 또 그믐이 됩니다. 이것이 바로 자연의 기를 받아들여 운행하는 원리입니다. 저희들이 극락에 이르는 열여섯 가지 방도를 잘 수양해 결국 여든한 가지 공을 이루게 되면, 부처님을 만나뵙는 것도 어렵지 않고, 고향으로 돌아가는 것은 더욱 쉬울 겁니다. 이런 시가 있지요."

상현의 다음, 하현 전에 만든 약은
약 맛이 고르고 그 기상은 온전하다네.
약초 캐어 돌아와 화로에서 정련하고
공과에 마음을 두면 곧 서천이로세.

前弦之後後弦前　藥味平平氣象全
採得歸來爐中煉　志心功果卽西天

삼장법사는 이 말을 듣는 순간 깨달음을 얻어, 현명한 진리의 말에 매우 기뻐하며 손오공에게 고마움의 뜻을 전했어요. 그러자 사오정이 옆에서 웃으면서 이렇게 말했어요.

"형님의 그 말씀이 옳긴 해요. 하지만 상현 앞은 양에 속하고, 하현의 뒤는 음에 속하며, 음에 양이 반씩 차면 수를 얻은 금과 같다는 것만 얘기하고 있을 뿐이지요. 이런 얘기는 하지 않았어요."

수와 화가 서로 돕는 것은 서로 인연이 있어서이지만
전부 어머니인 토가 그렇게 되도록 조정했기 때문이네.
셋이 함께 모여 서로 다투지 않으니
물은 장강에서 흐르고 달은 하늘에 떠 있는 이치라네.

水火相攙各有緣　全憑土母配如然
三家同會無爭競　水在長江月在天

삼장법사는 이 말을 듣고 또 번뜩 깨닫게 되었어요. 정말 '한

가지 이치를 깨닫게 되면 천 가지 이치에 통하게 되고 무생무멸을 설파하니 바로 신선과 다름없다(理明一竅通千竅 說破無生卽是仙)'는 것이지요. 저팔계도 나서서 삼장법사를 잡아당기며 말했어요.

"사부님, 되는대로 지껄이는 말 들으실 것 없어요. 잠이나 축내는 거지요. 이 달은,"

이지러진 지 얼마 안 되어 다시 둥글게 되니
날 때부터 온전치 못했던 나와 같구나.
밥 먹을 땐 밥통이 크다고 싫어하고
밥그릇 들면 또 침을 질질 흘린다고 뭐라 하네.
그들은 모두 영리해서 수도하여 복을 구하지만
나는 어리석음으로 인연을 쌓는다네.
그래, 너희들은 경전을 얻어 삼도의 업을 채우고
머리와 꼬리 꿈틀대며 의기양양 하늘로 올라가 보려무나.

缺之不久又團圓　似我生來不十全
吃飯嫌我肚子大　拿碗又說有黏涎
他都伶俐修來福　我自癡愚積下緣
我說你取經還滿三塗業　搖尾搖頭直上天

저팔계의 말이 끝나자 삼장법사가 말했어요.

"그건 그렇다 치고, 너희들 걷느라 힘들었을 테니 먼저 가서 자거라. 나는 이 경문을 좀 읽어야겠다."

그러자 손오공이 물었어요.

"사부님, 좀 이상하군요. 사부님은 어려서 출가해서 중이 되셨잖아요? 어려서부터 경문을 읽었으니 잘 모르는 게 어디 있겠어요? 게다가 당나라 황제의 명을 받들어 서천으로 가서 부처님을 배알하고 대승불교의 참된 경전을 구하려고 하시지 않습니까? 아직 그 공도 이루지 못했고, 부처님도 만나뵙지 못했으며, 불경도 얻지 못했는데, 사부님은 또 무슨 경문을 읽으시겠다는 겁니까?"

"내가 장안을 떠나 날마다 험한 길을 바쁘게 뛰어다니다보니, 어렸을 적 봤던 경문들을 잊어버리지나 않았는지 걱정이다. 다행히 오늘 밤 여유가 있으니 한 번 봐두고 싶구나."

"그렇게 말씀하신다면 저희들은 먼저 가서 자겠습니다."

세 사람은 각자 등나무 침상으로 가서 누웠고, 삼장법사는 선방의 문을 닫고 등잔 심지를 돋운 다음, 경전을 펼치고 조용히 읽기 시작했어요.

망루에서 첫 북을 치니 인적은 고요하고
포구의 고기잡이배에도 불이 꺼지네.

樓頭初鼓人烟靜　野浦漁舟火滅時

삼장법사가 결국 어떻게 이 절을 떠나게 될지는 아직 알 수 없으니, 이에 대해서는 다음 회를 들어보시라.

제37회

오계국 왕이 삼장법사에게
구원을 요청하다

한편, 삼장법사는 보림사 선당 등불 아래서 『양황수참梁皇水懺』을 읽다가 『공작진경孔雀眞經』을 보다가 하면서 앉아 있었어요. 자정이 되었을 무렵 경전을 보따리 속에 챙겨 넣고 막 자러 일어서려는데, 문밖에서 푸드덕하는 소리가 들리더니 쏴 하며 한 줄기 괴이한 바람이 불어닥쳤어요. 삼장법사는 바람에 등이 꺼질까 두려워 황급히 장삼 소맷자락으로 가렸어요. 그래도 등불이 깜박거리자 놀라고 무서워 벌벌 떨었어요.

하지만 또 늦은 시간이라 고단함이 물밀듯 밀어닥쳐 책상에 엎드린 채 깜박 선잠이 들고 말았지요. 눈을 감은 채 의식이 몽롱하긴 했지만, 창밖에서 음산한 바람이 윙윙거리며 쏴아 하고 부는 소리는 귓전에 또렷이 느낄 수 있었지요. 그건 정말 대단한 바람이었어요!

솔솔 쏴쏴

횡횡 쌩쌩

솔솔 쏴쏴 낙엽을 날리고

횡횡 쌩쌩 뜬 구름 말아 올리네.

하늘 가득 별들 모두 캄캄하게 빛을 잃고

온 땅의 티끌 먼지 어지럽게 흩어지네.

한바탕 사납다가

한바탕 수그러드는데

수그러들 땐 소나무 대나무 맑은소리 울리고

사나울 땐 강과 호수의 물결 흐려지네.

이 바람이 불면 산새가 둥지를 찾지 못해 슬피 울고

바닷고기들 펄떡펄떡 제멋대로 뛰어오르네.

동서 건물과 누각의 문이며 창문 다 떨어지고

앞뒤 방과 회랑에 사는 귀신들도 눈이 휘둥그레지네.

불전의 화병 바람에 날려 땅에 떨어지고

유리가 흔들흔들 지혜의 등불 어두워지네.

향로가 기우뚱 넘어지니 향불 재 흩날리고

촛대가 기우뚱 쓰러지니 촛불이 가로눕네.

깃대와 보개 모두 흔들려 꺾이고

종과 북 안치한 누대 송두리째 흔들리네.

淅淅瀟瀟　　飄飄蕩蕩

淅淅瀟瀟飛落葉　飄飄蕩蕩捲浮雲

滿天星斗皆昏昧　徧地塵沙盡洒紛

一陣家猛　一陣家純

純時松竹敲淸韻　猛處江湖波浪渾

刮得那山鳥難棲聲哽哽　海魚不定跳噴噴

東西館閣門虛脫　前後房廊神鬼瞑

佛殿花瓶吹墮地　琉璃搖落慧燈昏

香爐歎倒香灰迸　燭架歪斜燭焰橫

삼장법사는 가물가물한 의식 속에서, 바람 소리가 지나간 뒤 이번엔 또 선당 밖에서 희미하게 "스님" 하고 부르는 소리를 들었어요. 번쩍 고개를 들어 꿈결에 보니, 문밖에 한 사나이가 서 있었어요. 그는 위아래 온몸이 흠뻑 젖어 물이 뚝뚝 흐르고 눈물을 줄줄 흘리며 연신 "스님, 스님" 하고 부르는 것이었어요. 삼장법사가 허리 굽혀 인사하며 말했어요.

"당신이 도깨비나 요괴가 아니라면 어찌 이런 한밤중에 여기와 날 희롱하는 것이오? 나는 탐욕에 눈멀고 불만이나 품는 그런 부류의 승려가 아니오. 난 본시 바르고 떳떳한 승려로 동녘 땅 위대한 당나라 황제의 뜻을 받들어 서천으로 부처님을 뵙고 경전을 가지러 가는 사람이오. 내 밑엔 세 제자가 있는데, 모두 용과 범을 때려눕히는 영웅이요, 요괴를 쓸어버리는 호걸들이오. 그들이 당신을 보았다면 뼈와 살을 으스러뜨려 먼지처럼 만들어버렸을 거요. 해서 내 지금 자비심과 당신을 위하는 마음으로 말하노니, 얼른 멀리 사라지시오. 선당 안으로 들어서지 말고!"

그 사람은 선당 문에 기대어 말했어요.

"스님, 전 요괴도 아니고 괴물도 아닙니다."

"그런 게 아니라면 이 깊은 밤에 왜 여기에 왔소?"

"스님, 스님의 혜안으로 자세히 좀 보시지요."

삼장법사가 눈을 똑바로 뜨고 찬찬히 살펴보니, 아하! 그는 이런 모습이었어요.

머리엔 충천관을 쓰고
허리엔 벽옥대를 둘렀네.

몸엔 용이 날고 봉황이 춤추는 자황포를 걸치고
발엔 아름답게 구름무늬 수놓은 무우리를 신고
손엔 별들이 죽 늘어서 박힌 백옥규를 들었네.
얼굴은 동악의 장생제*같고
몸은 문창 개화군[1] 같도다.

> 頭戴一頂冲天冠　腰束一條碧玉帶
> 身穿一領飛龍舞鳳赭黃袍
> 足踏一雙雲頭繡口無憂履
> 手執一柄列斗羅星白玉珪
> 面如東嶽長生帝　形似文昌開化君

　삼장법사는 그를 보고 대경실색하여, 급히 허리를 굽히며 큰
소리로 외쳤어요.

　"어느 나라의 폐하이신지요? 이리 앉으십시오."

　얼른 손으로 부축하려 허공을 휘젓다가 삼장법사는 제자리로
돌아와 앉았어요. 다시 보아도 그 사람은 여전히 그 자리에 있었
지요. 삼장법사가 재차 물었어요.

　"폐하, 어디 왕이시옵니까? 어느 땅의 주인이신지요? 필시 나
라가 안녕치 못하고 간신들이 기만하고 괴롭히는 통에 한밤중에
이곳으로 도망쳐 오신 게로군요. 하실 말씀이 있으시거든 제게
하십시오."

　그제야 그 사람은 두 뺨에 눈물을 흘리고 시름겨워 눈살을 잔
뜩 찌푸린 채 지난 일을 호소하는 것이었어요.

　"스님, 제 집은 여기서 서쪽으로 사십 리 정도 떨어진 곳에 있
습니다. 거기 있는 성이 바로 나라를 일으킨 곳이라오."

1 　재동제군梓潼帝君을 가리킨다.

鬼王夜謁善三藏
悟空神化引嬰兒

오계국 왕의 혼령이 삼장법사를 찾아와 원수를 갚아달라고 청하다

"지명이 어찌 되옵니까?"

"솔직히 말씀드리지요. 짐이 나라를 창건했을 당시 오계국烏雞
國이라 했습니다."

"폐하, 어인 일로 이처럼 갑작스럽게 이곳에 오셨습니까?"

"스님, 오 년 전 이곳에는 날이 가물어 풀도 자라지 않고 백성
들은 모두 굶어 죽을 지경이라 이만저만 상심하지 않았습니다."

삼장법사가 이 말을 듣고 고개를 끄덕이며 웃었어요.

"폐하, 옛사람이 이르길 '나라가 바로 다스려지면 하늘의 마음
도 순히 따른다(國正天心順)'고 했습니다. 분명 폐하께서 백성을
자애롭게 아끼지 않으셨던 모양이군요. 흉년을 만났으면 만난 거
지, 어째서 성곽을 떠나 도망치려는 겁니까? 가서 창고를 열어
백성을 구제하시옵소서. 지난 과오를 뉘우치고 새로이 선행을 쌓
으시며 억울하게 갇힌 자들을 방면해주시면, 하늘의 마음도 자연
하나가 되어 비와 바람이 순조로워질 것입니다."

"우리나라엔 이미 창고가 텅 비어 나눠줄 곡식도 없다오. 문무
관리 모두 봉록을 받지 못하고 과인도 끼니에 고기와 생선을 먹
지 않고 있소. 우왕禹王이 물길을 다스렸던 일을 본받아 백성과
더불어 생사고락을 함께하며 목욕재계하고 밤낮으로 향을 살라
기도하였소. 삼 년이나 이렇게 했는데도 강과 우물은 여전히 바
짝 말라 있었다오.

이렇게 위급하기 짝이 없는 상황에, 어느 날 갑자기 종남산鍾南
山에서 한 도사가 내려와 비와 바람을 부르고 돌로 황금을 만들
수 있다고 하더이다. 먼저 문무 대신들이 그를 만나고, 그 후에 짐
이 만나보았소. 나는 당장 제단에 올라 비를 내리게 해달라고 했
소. 그런데 정말로 효험이 있어, 그가 영패令牌를 울리자 순식간에
큰비가 퍼부었소. 과인은 석 자 정도면 족하리라 했는데, 그는 오

랫동안 가물어 그 정도론 땅을 적시지 못한다면서 두 치는 더 내려야 한다고 하더이다. 그가 이처럼 의로움을 중히 여기는 걸 보고, 짐은 여덟 번 절하여 그와 형제의 연을 맺었소."

"이는 폐하에게 더없는 경사올시다."

"그 경사가 어디서 온 거란 말이오?"

"그 도사가 그처럼 재간이 있으니, 비가 필요하면 그를 시켜 비를 내리게 하고, 금이 필요하면 그더러 금을 만들라 하면 되잖습니까? 그런데 또 무엇이 부족하여 궁궐을 떠나 여기까지 오셨습니까?"

"짐이 그와 침식을 같이하며 이 년을 보내고 다시 봄을 맞았소. 붉은 살구꽃에 어여쁜 복사꽃이 봉오리를 터뜨리고 곳곳마다 아가씨, 젊은이들이 함께 봄 소풍을 즐기던 무렵이었소. 그날 문무 대신들은 퇴근하고 비빈들은 처소로 돌아갔소. 짐과 도사가 손을 잡고 천천히 어화원御花園으로 걸어가는데 갑자기 팔각 유리 우물가에 이르렀을 때, 뭔지 모르지만 도사가 어떤 물건을 그 안에 던져넣자 우물 속에서 만 갈래 금빛이 뻗쳐나오는 것이었소.

짐은 호기심에 무슨 보물인가 보러 우물가로 갔소. 그 순간 도사가 못된 마음을 품고는 풍덩 과인을 우물로 밀어버렸던 것이오. 그리고 그 자는 석판으로 입구를 덮고 진흙으로 에워싼 뒤, 그위에 파초 한 그루를 옮겨심었소. 가련하게도 이 몸은 죽은 지 벌써 삼 년이나 된, 우물에 빠져죽은 원귀라오."

삼장법사는 귀신이란 말에 놀라 온몸에 맥이 탁 풀리고 모골이 송연해졌지요. 하지만 어쩔 도리가 없는지라 다시 물어보았어요.

"폐하, 폐하께서 말씀하신 이 얘기는 전부 이치에 맞지 않습니다. 돌아가신 지 삼 년이나 되었다면, 문무 대신들이나 황후 비빈들이 사흘에 한 번씩은 폐하를 배알하러 궁에 들 것인데, 어찌하여 폐하를 찾지 않는 것입니까?"

"스님, 그 도사의 재주는 참으로 세상에 보기 드문 것이오. 그는 짐을 죽인 즉시 어화원에서 몸을 한 번 흔들어 짐의 모습으로 변했소. 정말 한 치도 다르지 않았다오. 그러곤 지금까지 내 강산을 차지하고, 내 국토를 몰래 꿰차고 앉아 있소. 나의 문무 대신들과 사백 명의 관리들, 삼궁三宮의 왕후와 육원六院의 비빈들까지 몽땅 그의 차지가 되어버렸소."

"폐하, 너무 나약하신 것 같습니다."

"뭐가 나약하단 말이오?"

"폐하, 그 요괴가 신통력이 제법이라 폐하의 모습으로 변신해 영토를 차지한 것을 문무 대신들이나 왕후 비빈들도 알아차리지 못하고 오직 죽은 폐하만이 알고 있는 사실이라면, 어찌하여 저승 관청의 염라대왕에게 고발하여 폐하의 억울한 사정을 고발하지 않으십니까?"

"그 도사의 신통력이 대단해서 저승 관리들과도 잘 아는 사이라오. 서낭신과는 늘 함께 술 마시는 사이이고, 바다 용왕들도 모두 그와 친분이 있소. 동악제천東岳帝天이 그의 친한 친구요, 십대염왕이 그와 결의형제를 맺은 사이지요. 사정이 이러하니, 어디 대고 호소할 길도 없소이다."

"폐하, 저승 관청에 그를 고발할 방법도 없는 마당에 여기 인간 세상에 와서 뭘 어찌시려는 것입니까?"

"스님, 보잘것없는 원귀의 몸으로 어찌 감히 스님 계신 절에 들어올 수 있었겠소? 이 절 앞에 호법제천護法諸天과 육정육갑六丁六甲, 오방게체, 사치공조, 불법을 수호하는 열여덟 가람伽藍이 빈틈없이 따르고 있더이다. 다행히 야유신夜遊神이 신령스런 바람을 일으켜 날 이 안으로 들여보내주었소. 그가 말하길, 내가 치러야 하는 삼 년 동안의 물의 재앙이 그 기한을 다 채웠으니 스님을 배알하라고 했소. 스님 수하의 큰제자인 제천대성이 요괴를 잡는데 더없이 뛰어나다면서요. 이제 스님을 뵙고 간절한 마음으로 부탁드리오니, 제발 우리나라에 가서 요괴를 잡아 진짜와 가짜를 가려주시구려. 그 은혜, 결초보은할 것이오."

"폐하, 제 제자더러 그 요괴를 없애달라고 청하러 오신 거로군요?"

"바로 그렇습니다. 그래요."

"제 제자가 다른 일은 잘하지 못하나 요괴를 잡는 일만큼은 제격입니다. 하지만 폐하, 제자더러 요괴를 잡으라고 할 순 있으나 이치상 아무래도 어렵겠습니다."

"어째서 어렵단 말이오?"

"그 요괴가 신통력이 대단해서 폐하와 똑같은 모습으로 변해, 모든 문무 대신들이 하나같이 잘 따르고 왕후와 비빈들 역시 그와 마음이 잘 맞는 이상, 설사 제 제자가 재간이 있다 해도 절대 함부로 싸움을 걸 수는 없습니다. 관리들이 저희들을 붙잡아 나라를 멸망시키러 왔다며 대역죄를 뒤집어씌워 성안에 가둔다면, 호랑이 그리려다 개를 그린 격으로 죽도 밥도 안 될 게 아닙니까?"

"조정에 내 편이 되어줄 사람이 있소이다."

"그나마 다행입니다! 필시 폐하의 형제분이나 높은 벼슬아치일 터, 어디를 지키라 파견하셨습니까?"

"아니오. 궁에 있는 내 친아들, 황태자라오."

"태자께서 필시 요괴에 의해 폐위가 되신 게로군요?"

"그건 아니오. 태자는 금란전의 오봉루五鳳樓에서만 지내며, 학사들과 학문을 논하거나 그 도사와 더불어 편전에 오르거나 했다오. 하지만 요 삼 년 동안 태자가 왕궁에 들어가는 것은 금지되었소. 자기 어머니를 만나볼 수 없게 말이오."

"왜 그런 거지요?"

"요괴가 꾸민 계략이지요. 모자가 만나 이런저런 얘기를 나누다 혹시 자기가 뭐 어떻다는 말이 나와 비밀이 샐까 두려웠던 게지요. 그래서 두 사람을 만나지 못하게 하고, 자기는 영원히 눌러앉을 작정인 게지요."

"폐하가 겪으신 물의 재앙은 하늘의 분부에 따른 것, 저와 아주 비슷한 경우셨군요. 제 부친께서도 수적水賊에게 살해당하고 모친은 수적들에게 끌려갔는데, 그 후 석 달 만에 절 낳으셨습니다. 저는 목숨을 구하려고 물길로 도망쳤는데, 다행히도 금산사의 사부님이 거두어 길러주셨습니다. 어린 시절 양친 없이 지낸 일을 생각하면, 지금 양친을 모두 잃은 셈이나 다름없는 태자가 정말 가엾기 그지없군요!"

그리고 삼장법사가 다시 물었어요.

"태자께서 설령 궁중에 계신다 한들, 제가 어찌 만나뵐 수 있겠습니까?"

"어째서 만날 수 없단 말이오?"

"태자께선 요괴에게 갇혀 자기를 낳아준 어머니조차 뵐 수 없는 상황인데, 일개 중인 제가 만나뵈려 한다고 그게 되겠습니까?"

"태자가 내일 아침 궁을 나올 것이오."

"무얼 하러 나오시는데요?"

"내일 아침 삼천 인마人馬를 거느리고 매와 사냥개를 데리고 성을 나와 사냥을 할 거요. 스님께선 그때 틀림없이 태자와 만나실 수 있을 겁니다. 만나게 되면 제가 한 얘기를 전해주십시오. 태자는 믿어줄 것입니다."

"태자는 보통 인간의 육신을 가진 몸, 요괴에게 속아 금란전에서 기거하며 하루에도 몇 번씩 요괴를 '아바마마'라고 불렀을 텐데, 그런 태자가 제 말을 믿으려 하겠습니까?"

"태자가 믿지 않을까 걱정스럽다면, 징표가 될 만한 물건을 하나 드리리다."

"어떤 물건인가요?"

그러자 그는 손에 들고 있던 금을 박아넣은 백옥규白玉珪를 내려놓으며 말했어요.

"이 물건이 징표가 될 수 있을 것이오."

"어째서 그렇지요?"

"도사가 내 모습으로 변신하면서, 이 보물 하나만은 빠뜨리고 말았소. 그래서 그는 궁에 들어갔을 때, 비를 내려준 그 도사가 이 백옥규를 빼앗아 달아났다고 말했소. 요 삼 년 동안 이 물건만은 가지고 있지 못했다오. 우리 태자가 이것을 보면 나라는 걸 알고, 반드시 원수를 갚아줄 거요."

"그럼 됐습니다. 여기 남겨두시면 제자를 시켜 일을 처리하도록 하지요. 그런데 폐하께선 어디서 기다리신다?"

"감히 기다릴 순 없고, 곧 가서 다시 야유신에게 부탁해 신령스런 바람으로 날 왕궁 내원에 보내달라고 할 것이오. 왕비의 꿈에 나타나 그들 모자가 뜻을 모아 스님 일행과 한마음으로 힘쓰라 해야겠소."

삼장법사가 고개를 끄덕이며 응낙했어요.

"그럼, 그만 돌아가시지요."

그 원귀가 머리를 조아려 작별 인사를 하자 삼장법사는 몇 걸음 옮겨 전송하려 하는데, 어찌된 영문인지 발이 삐끗하더니 곤두박질을 치며 넘어지고 말았어요. 그 바람에 놀라 깨보니 한바탕 꿈이었어요. 삼장법사는 가물거리는 등불을 보며 다급히 "애들아! 애들아!" 하고 연거푸 불렀어요. 저팔계가 잠이 깨서 말했어요.

"이거 또 뭐가 '야들야들'하다는 거야?[2] 내가 사내대장부로 살던 시절엔 말이야, 오로지 사람을 잡아먹으며 날을 보내고 비린 것들은 먹었는데 정말 즐거웠다고. 그런데 하필 출가한 중이 나타나 우리더러 자기 가는 길을 보호하라는 거야. 웬걸, 처음엔 중노릇만 하면 된다더니, 이젠 아예 종으로 부려먹어. 낮에는 짐보따리 지고 말을 끌어야지, 밤엔 요강 들어 나르고 내 체온으로 발까지 덥혀줘야 하지! 여태 잠도 안 주무시고 왜 또 '애들아!' 하고 불러댑니까?"

삼장법사가 말했어요.

"애들아, 내가 방금 책상에 엎드려 깜박 졸다가 이상한 꿈을 꾸었구나."

그 말에 손오공이 발딱 일어나 말했어요.

"사부님, 꿈이란 생각에서 나오는 것입니다. 산에 오르기도 전에 무슨 괴물이 있을까 겁내시고, 뇌음사로 가는 길이 멀어 도착하지 못하면 어쩌나 걱정하시고, 장안이 그리워 언제나 돌아가려나 하고 생각만 많이 하시니까 꿈도 많아지는 거라고요. 이 몸처럼 오로지 일편단심 서방에서 부처님 뵐 생각만 하면 꿈을 꾸려고 해도 꿀 수 없다니까요."

"애야, 이번 꿈은 고향을 그리는 꿈이 아니었다. 막 눈을 감자마자 한 줄기 광풍이 지나더니, 선당 문 밖에 어느 나라 왕이 나타나

---

2 삼장법사가 '애들아' 하고 부른 것은 중국어 원문에 '도제徒弟'로 되어 있는데, 저팔계는 그것과 발음이 비슷한 '토지土地'로 알아 듣고 투덜거리는 것이다. 이 둘은 모두 중국어로 '투디[tudi]'라고 읽는다. 즉, 멍청한 저팔계가 발음이 비슷한 헛소리를 했다는 것이다.

자기는 오계국 국왕이라고 하더구나. 온몸이 물에 젖은 채 눈물을 뚝뚝 흘리며 서 있더라고!"

삼장법사가 여차저차 이렇게 저렇게 꿈속의 일을 전부 손오공에게 말해주자, 손오공이 웃으며 말했어요.

"더 말씀 마십시오. 그가 꿈속으로 사부님을 찾아온 건 틀림없이 이 몸에게 일거리를 부탁하려는 걸 겁니다. 필시 요괴가 왕위를 찬탈하고 나라를 뺏은 게 분명하니, 그놈과 잘잘못을 가려야겠군요. 그 요괴 녀석, 여의봉을 휘두르기만 하면 공은 따놓은 당상입지요!"

"애야, 왕이 그러는데, 요괴의 신통력이 대단하다더라."

"까짓것 대단한 게 뭐 대수라고요! 이 몸이 왔다는 걸 알게 되면 그놈은 당장 달아나려 해도 갈 곳이 없어질 겁니다!"

"내 기억에 그가 보물 하나를 징표로 남겨두겠다고 했는데 말이다."

그러자 저팔계가 대답했어요.

"사부님, 이상한 소리 좀 그만하세요. 꿈을 꿨으면 꾼 게지, 어떻게 그걸 진짜라고 여기시는 겁니까?"

사오정이 말했어요.

"'옳은 것이 정말 옳은 것이라 믿지 말고 어진 것이 정말 어진 것이 아닐 수도 있음에 대비해야 한다(不信直中直 須防仁不仁)'고 했습니다. 불을 켜고 문을 열어 모두들 한번 살펴보면 되지 않겠습니까?"

손오공이 정말 문을 열자 일제히 밖을 내다보니, 별빛과 달빛 밝은 가운데 섬돌 위에 금을 박아넣은 백옥규가 놓여 있었어요. 저팔계가 가까이 다가가 집어 들고 말했어요.

"형님, 이게 뭐요?"

"그건 국왕이 손에 드는 옥규라는 보물이다. 사부님, 이 물건이 있는 걸 보니, 그 꿈이 사실인가봅니다. 내일 요괴를 잡는 일은 모두 이 몸에게 맡겨두십시오. 다만, 사부님께서 세 가지 일을 해주셔야겠습니다."

저팔계가 말했어요.

"좋아, 좋아! 꿈을 꿨으면 그만이지 형한테 또 얘기하시다니. 그는 사람 놀려먹는 덴 둘째가라면 서러운 위인 아닙니까? 바로 사부님께 세 가지 일을 하라는군요."

삼장법사가 안으로 들어가 말했어요.

"그래, 세 가지 일이란 게 뭐냐?"

"내일 사부님께선 남 대신 벌을 좀 서시고, 화가 나더라도 참으시고, 재수 없는 일을 한 번 당하셔야 되겠습니다."

저팔계가 웃으며 말했어요.

"하나도 어려운데 세 가지를 어떻게 다 한답니까?"

삼장법사는 총명한 스님인지라 다시 물었지요.

"애야, 그래, 그 세 가지 일이 무엇이냐?"

"여러 말할 것도 없이, 우선 제가 두 가지 물건을 드리지요."

멋진 제천대성! 털을 한 가닥 뽑아 신선의 기운을 훅 뿜으며 "변해라!" 하고 외치자 붉은 옻칠을 하고 금을 박아 장식한 상자로 변했어요. 손오공은 백옥규를 그 안에 넣고 말했어요.

"사부님, 이걸 수중에 잘 간직해두셨다가, 내일 날이 밝으면 금란가사를 입고 대웅전에 나가 앉아서 경을 읽으십시오. 저는 가서 그 나라 성을 둘러보고 오겠습니다. 요괴가 분명하면 때려죽여 여기서도 공을 세우는 거고, 아니라면 괜한 분란을 일으키지 말아야죠."

삼장법사가 말했어요.

"맞다, 맞아!"

"태자가 성을 나오지 않으면 그만이지만, 정말 꿈대로 성을 나온다면 제가 반드시 그를 데려와 사부님을 뵙도록 하겠습니다."

"태자를 만나면 내가 어떻게 말해야 하느냐?"

"그때가 되면 제가 미리 알려드릴게요. 그 상자 뚜껑을 조금 열어두시면 제가 두 치 정도의 꼬마 중으로 변해 그 안에 들어가 있을 테니, 저까지 함께 받들고 계세요. 태자가 절로 들어오면 틀림없이 부처님께 절할 텐데, 그가 어떻게 절을 하든 가만 내버려두고 절대 아는 체하지 마십시오. 사부님께서 꼼짝도 않는 걸 보면 태자는 분명 사부님을 잡아들이라 할 겁니다. 그래도 사부님은 그냥 내버려두세요. 때리든 묶든 죽이든 태자 멋대로 하게 두시라고요."

"아이고! 군령이 세서 정말로 죽인다면 어쩌느냐?"

"괜찮습니다, 제가 있잖아요? 위급한 상황이 되면 당연히 제가 보호해드리지요. 태자가 질문을 하면, 사부님께선 동녘 땅에서 왕명을 받아 서천으로 부처님을 뵙고 보물을 바치고 경전을 가지러 가는 스님이라고 하세요. 그가 무슨 보물이냐고 물으면 금란가사에 대해 얘기해주고 '이것은 삼등 보물입니다. 일등과 이등 보물이 또 있지요'라고 하십시오. 그래서 태자가 다시 보물이 있는 곳을 물으면 이 상자 안에 보물이 있는데, 위로 오백 년, 아래로 오백 년, 중간으로 오백 년, 도합 천오백 년 과거 미래의 일을 전부 알고 있다고 하면서, 이 몸을 꺼내놓으세요. 그럼 제가 사부님의 꿈 얘기를 태자에게 하겠습니다.

태자가 순순히 믿으면 즉시 그 요괴를 잡아서, 첫째로는 부왕의 원수를 갚고, 둘째로는 우리 공을 세워 이름을 날리는 겁니다. 만약 태자가 믿지 않으면 다시 백옥규를 꺼내 보여주세요. 다만 태자의 나이가 어려 알아보지 못할까 걱정이 되긴 합니다만."

삼장법사가 이 말을 듣고 크게 기뻐하며 말했어요.

"얘야, 참으로 절묘한 계책이구나! 헌데, 그 보물 말이다. 하나는 금란가사로 하고, 또 하나는 백옥규라고 하는데, 네가 변신한 그 보물은 뭐라고 불러야 하느냐?"

"대충 '황제를 만드는 보물[立帝貨]'이라고 부르죠, 뭐."

삼장법사는 손오공 말에 따라 하나하나 마음에 잘 새겨두었어요.

삼장법사와 제자들 모두 이날 밤, 잠이 제대로 올 리가 있나요? 날이 밝기만 눈이 빠져라 기다리니, 머리를 끄덕여 부상扶桑[3]의 해를 불러내고, 숨을 뿜어 온 하늘의 별을 날려버리지 못하는 게 한스러울 뿐이었지요. 얼마 후 동쪽 하늘이 뿌옇게 밝아오자, 손오공은 저팔계와 사오정에게도 이렇게 명령했어요.

"스님들 방해하며 멋대로 나다니지 말라고. 내가 일을 잘 마친 다음 너희들과 함께 떠날 테니까."

드디어 손오공은 삼장법사에게 작별을 고하고 휘파람을 휙 불더니 재주를 한 번 넘어 공중으로 솟구쳐 올랐어요. 불같은 눈을 부릅뜨고 서쪽을 살피니, 정말 성이 하나 있었어요. 여러분, 어떻게 이처럼 금방 눈에 띄었을까요? 꿈속에서 왕이 말한 대로 그 성은 절에서 사십 리밖에 안 되는 곳에 있었기 때문에, 높은 곳에 오르자마자 보였던 것이지요. 손오공이 가까이 가 자세히 살펴보니, 수상쩍은 안개와 불길한 구름이 짙게 끼고 요사스런 바람과 원한의 기운이 자욱했어요. 그걸 본 손오공은 공중에서 탄식을 금할 수 없었어요.

<hr />

3 고대 신화에 나오는 신목神木의 이름. 그 아래에서 해가 뜬다고 한다.

진짜 임금이 보좌에 올랐다면
상서로운 빛, 오색구름이 절로 찬란했을 텐데
요괴가 왕위를 찬탈한 까닭에
자욱한 검은 기운 속에 궁궐이 갇혔도다.

若是眞王登寶座　　自有祥光五色雲
只因妖怪侵龍位　　騰騰黑氣鎖金門

손오공이 한창 탄식하고 있는데, 갑자기 포성이 울리더니 동쪽 문이 열리며 인마가 길 가득 몰려나왔어요. 다름 아닌 사냥하러 가는 군사들이었으니, 그 기세가 정말 용감했어요.

새벽에 궁성 동쪽을 나와
대오를 나누어 얕은 풀숲을 에워싸네.
울긋불긋 깃발 줄지어 햇빛에 빛나고
백마는 내달리며 바람을 맞네.
악어가죽 북을 둥둥 두드리면
죽 늘어선 창들 짝을 지어 찌른다.
매를 날리는 군대 힘차고 사나우며
사냥개 끄는 장수 날래고 용감하다.
화포 소리 하늘까지 진동하고
끈끈이 막대 햇빛 받아 붉도다.
병사마다 쇠뇌를 받치고 있고
모두들 조각한 활을 잡고 있구나.
산비탈 아래 그물 펼치고
작은 산길엔 올가미 깔았네.
한마디 벽력같은 소리에

천 기의 군사가 곰을 에워싸네.
교활한 토끼도 제 몸 보전하기 어렵고
영리한 노루도 그 꾀가 바닥났네.
여우도 명이 다 되었고
사슴도 죽을 때가 닥쳤네.
산꿩도 날아 도망치기 어렵고
들꿩인들 어찌 죽음을 모면하랴?
저들 모두 산의 사냥터 골라 맹수를 잡고
숲속 나무 망가뜨리며 날짐승을 쏘네.

曉出禁城東	分圍淺草中
彩旗開映日	白馬驟迎風
鼉鼓鼕鼕擂	摽鎗對對衝
架鷹軍猛烈	牽犬將驍雄
火砲連天振	粘竿映日紅
人人支弩箭	箇箇跨雕弓
張網山坡下	鋪繩小徑中
一聲驚霹靂	千騎擁貔熊
狡兔身難保	乖獐智亦窮
狐狸該命盡	麋鹿喪當中
山雉難飛脫	野雞怎避兇

他都要撿占山場擒猛獸　敗殘林木射飛蟲

　　그 무리는 성을 나서 동쪽 교외로 천천히 걸어갔는데, 얼마 후 이십 리쯤 되는 곳에서 비탈진 벌판으로 향했어요. 중군中軍 진영 가운데 어린 장군 하나가 투구를 쓰고 갑옷을 입었는데 배에는 널찍한 허리띠를 두르고 갑옷은 열여덟 겹 두꺼운 비늘 갑옷이었으며, 손에는 새파랗게 날이 선 보검을 쥐고 황표마黃驃馬에 앉아 허리에는 만현궁滿絃弓을 차고 있었어요.

은근히 풍기는 군왕의 형상
기세 높은 제왕의 용모
그 모습 결코 하찮은 사람이 아니요
행동거지는 참된 군왕임을 보여주네.

隱隱君王像　昂昂帝王容
規模非小輩　行動顯眞龍

손오공이 공중에서 기뻐하며 속으로 생각했어요.

"말할 것도 없이, 저자가 바로 태자렷다! 어디 한번 놀려볼까?"

멋진 제천대성! 그는 구름을 멈추고 군중軍中의 태자의 말 앞으로 불쑥 뛰어들어 가 몸을 한 번 흔들더니, 한 마리 흰 토끼로 변신했어요. 그리고 태자의 말 앞에서 이리저리 깡충깡충 뛰어다녔어요. 태자가 보고 딱 마음에 들었는지 화살을 메겨 활을 한껏 잡아당겼는데, 처음 한 대에 바로 명중했어요. 하지만 사실은 손오공이 일부러 맞아주었던 거지요. 손오공은 예리한 눈과 민첩한 손놀림으로 화살촉을 붙잡아 화살 깃을 앞에 던져버리고 걸음아 날 살려라 도망쳤어요. 태자는 화살이 토끼에게 명중하자 말을 몰아 혼자서 앞서나와 뒤를 쫓았어요. 헌데 어찌된 일인지 말이 빠르게 달리면 토끼는 바람처럼 뛰고, 말이 천천히 달리면 토끼도 느리게 뛰어 태자 앞에서 멀어지지 않는 거예요.

그렇게 태자가 이만큼 가면 손오공도 이만큼 가고 하여, 그를 보림사 산문 앞까지 유인한 뒤 손오공은 본모습을 드러내었어요. 토끼는 간데없고 화살만 문턱 위에 꽂혀 있었지요. 손오공은 곧장 안으로 뛰어들어 가 삼장법사를 보고 말했어요.

"사부님, 왔어요! 왔어요!"

그리고 다시 두 치 키의 꼬마 중으로 변해 붉은 상자 안으로 쏙 들어갔어요.

한편, 태자가 산문 앞까지 따라와 보니 토끼는 보이지 않고 문턱에 수리털 화살 깃만 꽂혀 있는 거였어요. 태자는 깜짝 놀라 말했어요.

"이상하다, 이상해! 분명 토끼를 쏘아 맞혔는데, 어째서 보이지 않는 거지? 화살만 여기에 있네. 오래 묵어 정령이 된 토끼였던 모양이군!"

화살을 뽑아 들고 고개를 들어 보니 산문에 '칙건보림사'라는 다섯 글자가 커다랗게 씌어 있었어요. 태자는 생각했어요.

'알겠다! 예전에 아바마마께서 금란전에서 관리를 시켜 돈과 옷감을 이 절 중에게 하사해 불전과 불상을 수리하도록 했던 기억이 나는구나. 그런데 오늘 뜻밖에도 예까지 오게 되었네. 이야말로 '도량을 지나다 스님과 이야기하게 되니 뜬구름 같은 인생에서 한나절 한가로움 얻은(因過道院逢僧話 又得浮生半日閑)' 격이군. 그럼 잠깐 들어가 볼까?'

태자가 말에서 훌쩍 뛰어내려 막 들어가려던 참에, 태자의 호위 장수와 삼천 인마가 뒤따라와 태자를 에워싸고 모두 산문 안으로 들어갔어요. 보림사의 뭇 승려들은 당황하여 모두 나와 머리를 조아리며 태자를 맞아들였지요. 대웅전으로 모시고 들어가자 태자는 불상에 절을 하고, 눈을 들어 여기저기를 둘러본 뒤, 회랑을 거닐며 경치를 구경하려고 했지요. 그런데 대웅전 한가운데에 중 하나가 떡하니 앉아 있는 거였어요. 태자가 크게 노해 말했어요.

"저 중은 어찌 이리 무례한가! 황태자가 절에 왔는데, 미리 통보를 하지 않아 멀리 나와 영접하진 못했을지라도, 지금 호위 군사가 문 앞에 와 있으니 응당 몸을 일으켜야 마땅하거늘, 어찌하여 아직까지 꼼짝을 않는 게야?"

그러고는 당장에 "잡아들여라!" 하고 명을 내렸어요.

그 말이 떨어지기 무섭게 양쪽의 호위 무사가 일제히 나와 삼장법사를 붙잡아 밧줄을 대령해 꽁꽁 묶으려 했어요. 그러자 손오공이 상자 안에서 몰래 주문을 외어 명령을 내렸어요.

"호법제천과 육정육갑, 내 오늘 계책으로 요괴를 잡으려 하는데, 저 태자가 아무것도 모르고 우리 사부님을 밧줄로 묶으려 하니, 너희들은 즉시 가서 사부님을 보호해라. 만일 진짜로 묶이게 되면 너희 모두 큰 벌을 받을 줄 알아!"

암암리에 제천대성의 분부가 떨어지니 누가 감히 그 말씀을 거역하랴? 모두 삼장법사를 보호하러 나섰지요. 그러자 여러 사람이 달려들어 아무리 해도 그의 까까머리조차 잡을 수가 없었어요. 마치 벽이 가로막고 선 것처럼 삼장법사의 몸에 손가락 하나 댈 수 없었지요. 태자가 말했어요.

"어디서 온 자이냐? 이따위 은신법으로 날 기만하다니!"

삼장법사가 앞으로 나와 예를 갖추며 말했어요.

"소승은 은신법 같은 건 모르옵니다. 저는 동녘 땅에서 온 당나라 승려로, 부처님을 뵙고 보물을 진상하고 경전을 가지러 뇌음사로 가는 사람이올시다."

"그 동녘 땅이란 게 비록 중원이긴 하다만 궁벽하기 이를 데 없는 곳. 거기에 무슨 변변한 보물이 있겠느냐? 어디 한번 말해보아라."

"제가 입고 있는 이 가사는 삼등 보물이옵니다. 이것 말고 또 더 훌륭한 이등, 일등 보물이 있지요."

"그 가사는 반쪽만 몸을 가리고 반쪽은 어깨를 드러낸 꼴인데, 뭐 대단한 값이 나간다고 감히 보물이란 말을 입에 올리는 게냐?"

"이 가사가 몸을 다 감싸는 것은 아닙니다만, 이런 시가 있을 정도지요."

가사가 한쪽 어깨를 드러낸다고 따질 필요 없다네.
안에 영원한 진리를 감추고 세속의 때를 떨쳐버렸네.
수천만 바늘땀으로 정과를 이루고
무수한 보석과 구슬 원신元神과 하나 되네.
천상의 선녀들이 정성스레 만들어
선승에게 내리니 때묻은 몸을 정갈히 해주네.
어가를 보고 영접치 않은 것은 그래도 괜찮지만
그대는 부친의 원한 아직 갚지 못했으니, 사람 노릇도 못하고 있구나.

佛衣偏袒不須論　內隱眞如脫世塵
萬線千針成正果　九珠八寶合元神
仙娥聖女恭修製　遺賜禪僧靜垢身
見駕不迎猶自可　你的父寃未報枉爲人

태자가 이 말을 듣더니 벌컥 화를 내었어요.

"이 못된 중놈이 어디 입을 함부로 놀리는 게냐! 반쪽짜리 옷을 가지고 말재주를 부려 허풍을 떨다니. 그리고 내 부친의 원한을 아직 갚지 못했다니, 도대체 무슨 소리냐?"

삼장법사가 앞으로 한 걸음 나가 합장하며 물었어요.

"전하, 사람으로서 이 세상에 태어나 받은 은혜가 몇 가지나 되옵니까?"

"네 가지 은혜가 있지."

"그것이 무엇이옵니까?"

"하늘이 덮어주고 땅이 실어주는 은혜, 해와 달이 비춰주는 은혜, 국왕이 물과 땅을 주는 은혜, 그리고 부모가 길러주신 은혜, 이 네 가지이다."

그러자 삼장법사가 웃으며 말했어요.

"전하의 말씀에 틀린 게 있사옵니다. 사람에겐 하늘이 덮어주고 땅이 실어주는 은혜, 해와 달이 비춰주는 은혜, 국왕이 물과 땅을 주는 은혜만 있을 뿐, 어디 부모가 길러주신 은혜가 있겠습니까?"

태자가 노하여 말했어요.

"중놈들이란 빈둥거리며 밥이나 빌어먹고, 머리 깎고 군왕에게 반역이나 꾀하는 무리로다! 사람에게 부모의 양육이 없다면 그 몸이 어디에서 왔단 말이냐?"

"전하, 소승 잘 모르겠사오나, 여기 붉은 상자 안에 '황제를 만드는 보물'이라는 게 있어 위로 오백 년, 가운데로 오백 년, 아래로 오백 년, 모두 천오백 년 과거 미래의 일을 다 알고 있습니다. 그는 부모가 길러주신 은혜가 없음을 알고, 저를 여기서 아주 오랫동안 기다리게 했습니다."

"이리 가져와봐라."

삼장법사가 상자 뚜껑을 여니, 손오공이 폴짝 뛰어나와 뒤뚱뒤뚱 양쪽으로 정신없이 왔다 갔다 했어요. 태자가 말했어요.

"이 쪼그만 녀석이 무얼 안다는 게냐?"

손오공이 깔보는 소리를 듣고 신통력을 발휘해 허리를 한 번 펴니, 곧 몸이 일 미터 정도로 자랐어요. 병사들이 그걸 보고 깜짝 놀라 말했어요.

"이렇게 빨리 자란다면 며칠 안 되어 하늘을 뚫어버리겠는걸?"

손오공이 자기 본래의 키로 돌아가 더 커지지 않자, 비로소 태자가 물었어요.

"여봐라, 저 늙은 중이 네가 과거와 미래의 길흉사를 모두 알 수 있다 하던데, 거북이 등껍질로 점을 치는 게냐? 아님 시초점蓍草占을 치는 게냐? 그도 아니면 점서占書를 가지고 사람의 화복을 알아내는 게냐?"

"그런 건 하나도 필요 없습니다. 이 세 치 혀만 있으면 만사를 모두 알 수 있지요."

"이놈이 또 헛소릴 지껄여대는구나. 예로부터 『주역周易』이란 책이 지극히 오묘한 이치를 담고 있어 천하의 길흉을 모두 알 수 있게 해주고 화를 미리 피하게 해주었다. 그래서 거북 등껍질이나 시초로 점을 칠 수 있었던 게야. 헌데 지금 네 말은 어떤 이치를 따른 게냐? 함부로 사람의 화복을 얘기해 인심을 현혹시키다니."

"전하, 너무 서두르지 마십시오. 제가 말씀드리겠습니다. 전하께서는 본래 오계국 태자이십니다. 오 년 전 나라에 심한 가뭄이 들어 온 백성이 고통을 당하자 왕께서 신하들과 함께 일심으로 기도를 올렸습니다만 한 방울의 비도 내리지 않았지요. 그런데 종남산에서 온 도사 하나가 비와 바람을 부르고 돌을 황금으로 만드는 재주를 갖고 있어서, 군왕께서 그를 아껴 형제의 연을 맺으셨지요. 이런 일이 있었습니까?"

"있었네, 있었어! 계속해보게."

"그 후 삼 년간 도사는 보이지 않는데, 왕으로 자칭하고 있는 사람은 누구랍니까?"

"정말 도사가 하나 있어 부왕께서 그와 형제의 연을 맺고 먹을 때도 함께하고 잘 때도 함께하셨소. 그런데 삼 년 전 부왕께서 어화원에서 경치를 감상하고 계신데, 그가 한 줄기 신령한 바람을 일으켜 부왕 수중의 금을 박아넣은 백옥규를 낚아채 종남산으로 돌아갔소. 지금까지도 부왕께선 그를 그리워하고 계시지. 그가 없어지자 산보하실 맘도 없어지셨는지 아예 어화원을 폐쇄해버린 지 벌써 삼 년이 되었소. 왕으로 계신 그분이 나의 부왕이 아니라면 대체 누구란 말이오?"

손오공이 그 말을 듣더니 빙글빙글 비웃음을 그치지 않았어요. 태자가 다시 물어도 아무 대꾸 없이 비웃기만 할 뿐이었지요. 태자가 화가 나서 말했어요.

"이놈, 하라는 말은 않고 어찌 이리 빙글거리기만 한단 말이냐?"

"드릴 말씀이 아직 많습니다만, 주위에 사람이 많아 말씀드리기 어려운 걸 어쩝니까?"

태자가 보아하니 그의 말에 무슨 까닭이 있는 듯한지라, 소매를 휘둘러 군사들더러 잠시 물러가 있으라고 지시했어요. 부대장이 급히 명령을 전달하여 삼천 인마를 모두 문밖으로 나가 대기하도록 했어요.

이제 대웅전에는 다른 사람 하나 없이 태자가 맨 위에 앉고, 삼장법사가 앞에 서고, 그 왼편 옆으로 손오공이 서 있었어요. 보림사의 승려들도 모두 물러 나갔지요. 그제야 손오공이 얼굴빛을 바로 하고 앞으로 나가 말했어요.

"전하, 바람으로 변해 사라진 것이 바로 전하를 낳아주신 부친이시고, 왕위에 있는 자는 저 비를 부른 도사입니다."

"헛소리! 웬 헛소리냐! 도사가 떠난 뒤에도 비와 바람이 순조롭고 나라와 백성이 편안한데, 네 말대로라면 그분이 나의 부왕이 아니란 말이렷다! 내 아직 나이가 많지 않은 몸이니 너를 가만히 둔다만, 부왕께서 네가 지껄인 그따위 불경한 말을 들으셨다면 당장 잡아다 갈가리 찢어 죽이셨을 것이다."

태자가 이렇게 손오공에게 버럭 호통을 치자, 손오공이 삼장법사에게 말했어요.

"어떡하죠? 제 말을 태자께서 믿지 않으시는군요. 과연 생각한 대로예요! 할 수 없죠. 이제 그 보물을 태자께 올려 통행증으로 교환해서 우린 서천으로 길이나 떠납시다."

삼장법사가 붉은 상자를 손오공에게 건네주자 손오공이 받아 들고 몸을 한 번 흔드니 상자는 순식간에 사라져버렸어요. 본래 그의 털이 변한 것이었으니 도로 몸에 거둬들인 것이지요. 손오공이 백옥규를 두 손에 받쳐 들고 태자에게 바치니, 태자가 그걸 보고 말했어요.

"못된 중놈 같으니! 알고 보니 네가 바로 오 년 전 그 도사놈이로구나! 우리 집 가보를 빼앗아가 놓고 이제 다시 중으로 가장해 바치다니."

이렇게 호통을 치더니 태자는 "저놈을 잡아들여라!" 하고 외쳤어요.

명령이 떨어지자 삼장법사가 깜짝 놀라 다짜고짜 손오공을 가리키며 말했어요.

"이 필마온 녀석! 쓸데없는 화근만 만들어 나까지 고생을 시키다니."

손오공이 앞으로 나서 단번에 가로막으며 말했어요.

"시끄럽게 굴지 마시오! 소문이 새나가면 안 되오! 나는 '황제를 만드는 보물'이 아니라 진짜 이름이 따로 있소이다."

태자가 노기등등해서 말했어요.

"이리 썩 나오너라! 네 진짜 이름이 무엇이냐? 형부刑部로 보내
죄를 다스려야겠다."

"나는 저 스님의 큰제자로서 손오공 행자라 하오. 사부님과 함
께 서천으로 경전을 가지러 가는 길에 어젯밤 이 절에서 하루를
묵은 것이오. 어젯밤 우리 사부님께서 자정까지 경전을 읽으시다
잠깐 꿈을 꾸셨는데, 꿈속에서 전하의 부왕을 뵈었소. 부왕께선
그 도사에게 속아 어화원 팔각 유리 우물 속에 빠져 죽임을 당했
고, 도사가 부왕의 모습으로 둔갑했는데, 만조백관들도 알아보지
못하고, 전하께선 나이 어려 제대로 분간하지 못한다 하십디다.
전하를 궁에 들어가지 못하게 하고 어화원을 폐쇄시킨 것도 이
비밀이 누설될까 두려웠기 때문이지요.

그래서 부왕께서 어젯밤 이곳에 납시어 요괴를 잡아달라고 부
탁하셨던 것이오. 혹시 요괴가 아니면 어쩌나 해서 제가 하늘에
서 살펴보니, 정말 요괴가 맞더이다. 그래서 바로 그놈을 잡으려고
하는데 뜻밖에도 전하께서 사냥하러 성을 나오셨소. 전하 화살에
맞은 그 토끼가 바로 이 몸이었소. 이 몸이 전하를 절까지 인도하
여 사부님을 뵙게 해드린 게지요. 우리 속마음을 다 털어놓은 것
이니 모두 틀림없는 사실이오. 백옥규를 알아보신 마당에, 어찌 키
위주신 부왕의 은혜를 생각하여 원수를 갚으려 하지 않으시오?"

태자가 이 말을 듣자 침통한 마음으로 혼자 수심에 잠겼어요.

"이 말을 믿지 않자니 저치 말에도 상당히 일리가 있는 것 같
고, 믿자니 궁에 가서 부왕의 낯을 어찌 뵌단 말인가?"

이야말로 진퇴양난, 태자는 거듭 생각하고 곱씹으며 자문자답
을 계속했지요. 손오공은 그가 의심을 떨쳐버리지 못하는 것을

보고 다시 앞으로 나가 말했어요.

"전하, 더 의심하실 필요 없소이다. 궁으로 돌아가서 모후께 한마디만 여쭤보시오. 부부간의 애정이 삼 년 전에 비해 어떠냐고 말이오. 그 한마디만 여쭤보시면 거짓 여부를 금방 아실 것이오."

그러자 태자가 태도를 바꾸어 말했어요.

"옳은 말이다. 그럼 어마마마께 여쭤보고 오겠노라."

태자가 몸을 일으켜 백옥규를 싸서 넣고 자리를 뜨려 하자, 손오공이 가로막았어요.

"이렇게 많은 전하의 인마가 한꺼번에 돌아가면 소문이 나지 않겠소? 그럼 일을 성사시키기 어렵지요. 혼자 말을 타고 성으로 돌아가셔야지, 요란스럽게 하시면 안 되오. 정양문正陽門으로 들어가지 말고 반드시 후재문後宰門으로 해서 들어가시오. 궁에 가서 모후를 뵐 적에도 절대 큰 소리를 내지 마시고 가만가만 조용히 말씀하셔야 됩니다. 그 요괴가 신통력이 대단한지라, 만에 하나 비밀이 새나가면 두 모자분의 생명이 모두 위태로울 것이오."

태자는 손오공의 지시를 따라 산문을 나가 부대장에게 이렇게 분부했어요.

"이 절에서 꼼짝 말고 있어라. 절대 움직여선 안 된다. 일이 생겨 잠깐 다녀올 데가 있으니, 내가 돌아온 뒤 함께 성으로 돌아간다."

보세요, 태자는 군사들에게 호령하여 그곳에 머무르게 한 뒤 말에 올라 바람처럼 달려 성으로 돌아갔답니다. 이렇게 간 태자가 어머니를 만나 무슨 얘기를 했는지는 알 수 없으니, 이에 대해서는 다음 회를 들어보시라.

우물 속 왕의 시신을 구하다

그대를 만나 삶의 인연 받은 일 들으니
석가여래가 뛰어난 승려 만난 것 같네.
한마음으로 속세에 내려온 부처 조용히 바라보고
모든 곳에 위세 떨치는 신을 함께 보네.
지금의 진짜 임금을 알고자 한다면
그때 나를 낳아주신 어머니께 물어볼 일
신선의 나라 본 적 없지만
한 걸음 나아갈 때마다 새로운 깨달음의 꽃이 피네.

> 逢君只說受生因　便作如來會上人
> 一念靜觀塵世佛　十方同看降威神
> 欲知今日眞明主　須問當年嫡母身
> 別有世間曾未見　一行一步一花新

한편, 오계국의 태자는 제천대성과 헤어져 바로 성으로 돌아왔어요. 정양문으로 달려가지 않고 돌아왔다고 아뢰지도 않고 후재문으로 들어갔지요. 몇몇 태감太監들이 보초를 서고 있었지만 태자가 들어오는 것을 보고는 감히 막지 못하고 들어가게 했어요. 멋진 태자! 그는 말을 몰아 뛰어들어 가 금향정錦香亭에 다다랐어요. 마침 왕비는 금향정에 앉아 있었고 수십 명의 비빈들이 부채를 들고 양쪽으로 늘어서 있었지요. 그런데 왕비는 화려한 난간에 기대어 눈물을 흘리고 있었어요. 왜 울고 있는지 아세요? 그녀는 새벽 두 시 무렵 꿈을 꾸었는데, 그 기억이 가물가물해서 곰곰이 생각에 잠겨 있었던 것이지요. 태자는 말에서 내려 금향정 아래 무릎을 꿇었어요.

"어마마마!"

왕비는 짐짓 기쁜 낯으로 말했어요.

"애야, 정말 반갑구나! 이삼 년 전 부왕께서 대전에서 말씀하신 뒤로는 만나지 못해 많이 보고 싶었단다. 오늘은 어떻게 짬을 내어 나를 만나러 온 것이냐? 기쁘기 그지없구나! 그지없이 기뻐! 그런데 애야, 네 목소리가 어째 그렇게 비통하냐? 고령이신 부왕께서 용이 되어 푸른 바다로 돌아가거나 봉황새 되어 붉은 하늘에 오르시는 날엔 네가 왕위를 잇게 되거늘, 또 무엇이 기쁘지 않단 말이냐?"

태자는 머리를 조아리며 물었어요.

"어마마마, 지금 왕으로 있는 자는 누구인가요? 왕이라고 자칭하는 자는 누구인가요?"

"애가 미쳤나! 왕으로 계신 분은 네 아버지시다. 왜 그런 걸 묻는 게냐?"

태자는 머리를 조아리며 말했어요.

"어마마마께서 저의 허물을 용서하신다면 감히 여쭙고 싶은 것이 있습니다. 하지만 용서하지 않으신다면 여쭙지 않겠습니다."

"모자간에 무슨 허물이 있겠느냐? 용서하지, 용서하고말고. 어서 말해보아라."

"어마마마, 삼 년 전의 부부 금슬과 그 이후의 애정이 같으시던 가요? 어떠신가요?"

왕비는 혼비백산할 듯 놀랐지만 황급히 금향정 아래로 내려서서 태자를 안아 일으켜 꼭 품에 안으며 눈물을 흘렸어요.

"얘야, 오랫동안 널 보지 못했는데, 오늘 어째서 그런 일을 묻는 것이냐?"

태자는 성을 내었지요.

"어마마마, 하실 말씀이 있으면 빨리 말씀해주세요. 말씀하지 않으면 대사를 그르치게 됩니다."

왕비는 좌우를 물리고 눈물을 흘리며 낮은 음성으로 말했지요.

"그 일은 네가 묻지 않았더라면 저승까지 가져가려고 했다. 네가 물어보니 내 들려주마."

삼 년 전에는 따뜻하고 포근했건만
그 후에는 냉랭하기가 얼음 같더라.
베갯머리에서 은근히 물을라치면
나이 들어 몸이 쇠해 일을 치를 수 없다 하더라.

三載之前溫又煖　三年之後冷如冰
枕邊切切將言問　他說老邁身衰事不興

태자는 이 말을 듣자마자 왕비의 손을 놓고 그 품에서 벗어나 훌쩍 말에 오르려 했어요. 왕비는 태자를 붙잡으며 말했어요.

"얘야, 무슨 일이 있었기에 애기가 끝나기도 전에 가려는 게냐?"

태자가 무릎을 꿇으며 말했지요.

"어마마마, 황공하옵나이다. 오늘 아침 왕의 허락을 받고 매를

태자는 왕비에게 물어보고 국왕이 가짜임을 알게 되다

신고 개를 몰아 성 밖으로 사냥을 나갔습니다. 그러던 중 동녘 땅 황제의 명을 받고 경전을 가지러 가는 성승을 우연히 만났지요. 그의 큰제자인 손오공이라는 자가 요괴를 물리치는 큰 신통력을 가졌다고 했습니다. 그들 말이 우리 아버님은 어화원 팔각 유리 우물에서 승하하셨고, 그 도사가 아버님으로 둔갑해 용상을 차지하고 있다 하였습니다. 어젯밤에 아버님께서 꿈에 나타나시어 성 안의 요괴를 물리쳐달라고 하셨답니다. 저는 그 말을 다 믿을 수 없어 이렇게 어마마마께 여쭈러 온 것입니다. 어마마마의 말씀을 들어보니 그 자는 분명 요괴입니다."

"애야, 남의 말을 함부로 믿어서는 안 된다."

"제가 어떻게 믿지 않을 수 있겠습니까? 아버님께서 남기신 증 거물이 있습니다."

"그것이 무엇이냐?"

태자는 소매 속에서 금을 박아넣은 백옥규를 꺼내 왕비에게 건넸지요. 왕비는 그것이 국왕이 가지고 있던 보물임을 알아보고 하염없이 눈물을 쏟으며 말했어요.

"여보! 세상을 뜬 지 삼 년이 지나도록 저를 찾아오지 않으시더 니, 그 성승을 먼저 찾아갔다 나중에야 저를 보러 오신 건가요?"

"어마마마, 무슨 말씀이세요?"

"애야, 나도 오늘 새벽에 꿈을 꾸었단다. 네 아버님이 물에 흠뻑 젖은 채 내 앞에 나타나 이렇게 말했지. '나는 이미 이 세상 사람 이 아니며, 가짜 왕을 퇴치하고 내 육신을 구해달라고 혼백으로 당나라 승려를 찾아갔었소.' 깨어나 애써 기억해보니 그런 말 같 긴 한데, 알 듯 모를 듯 했단다. 그래서 이렇게 주저주저하던 차인 데 또 지금 네가 와서 그런 말을 하며 보물을 내보일 줄이야. 보물 은 내가 잠시 맡아둘 테니, 너는 그 당나라 스님에게 가서 어서 요괴를 퇴치해달라고 청해라. 요괴를 처치하고 진짜와 가짜를 분명히 가려 너를 길러준 아버님의 은혜를 갚아야 한다.'

태자는 황급히 말에 올라 후재문으로 나가 성을 떠났지요. 그야말로 눈물을 머금고 고개를 숙여 왕비와 작별하고, 비통한 마음으로 머리를 숙인 채 삼장법사에게 돌아갔던 것이지요. 태자는 곧 성문을 나가 보림사 산문 앞에 도착해 말에서 내렸어요. 여러 장수들이 태자를 영접하였으니 바야흐로 붉은 해가 질 무렵이었지요. 태자는 함부로 움직이지 말라고 군사들에게 명령을 내리고, 홀로 산문으로 들어가 의관을 바르게 하고 손오공에게 예를 갖추며 청했지요. 손오공이 대웅전에서 건들거리며 걸어 나오자, 태자는 두 무릎을 꿇었지요.

"스님, 제가 왔습니다."

손오공은 앞으로 나아가 태자를 부축해 일으켰어요.

"일어나세요. 성안에 들어가 누구에게 물어보셨습니까?"

"어머님께 직접 여쭤봤습니다."

태자가 왕후에게서 들은 바를 들려주자 손오공은 미소를 지으며 말했지요.

"그놈이 그렇게 쌀쌀하다면 얼음 같이 차가운 놈이 둔갑한 것 같군요. 별 거 아니에요, 괜찮아요! 이 몸이 깨끗이 없애버릴 테니. 손봐주려니 오늘은 날이 저물어서 그렇고……. 오늘은 우선 돌아가세요. 내일 아침 제가 그리 가지요."

태자는 꿇어앉은 채 머리를 조아리며 말했어요.

"스님, 저는 여기 있다가 내일 스님과 함께 돌아가겠습니다."

"안 됩니다, 안 돼요. 나와 같이 성안에 들어가면 그놈이 의심할 것입니다. 그놈이 제가 태자를 충동질했다고 여기지 않고 태자께서 이 몸을 청했다고 여겨서, 괜히 태자를 탓하지 않겠습니까?"

"제가 지금 돌아간다 해도 절 탓할 겁니다."

"무엇 때문에요?"

"저는 아침에 어명을 받고 말과 부하들, 사냥개, 매를 거느리고 성을 나왔습니다만, 오늘 하루 종일 한 마리도 잡은 것이 없으니 어떻게 왕을 볼 수 있겠습니까? 재주가 없다는 죄로 감옥에 갇힐 테니, 내일 사부님이 성안에 들어와서 누구를 의지하겠습니까? 더구나 대신들 가운데 아는 사람도 없지 않습니까?"

"뭐 별것도 아니군요. 진작 말하셨더라면 금방 해결해드렸을 텐데."

멋진 제천대성! 그는 태자 앞에서 수단을 보여 몸을 날려 구름 위로 올라가 손가락을 구부려 결을 맺고 '엄람정법계奄藍淨法界'의 주문을 외어 산신과 토지신을 불러냈지요. 그들은 공중에서 예를 갖추고 말했어요.

"제천대성님께서 저희 같은 하찮은 신들을 부르시다니, 무슨 시킬 일이라도 있으십니까?"

"이 손 어르신이 당나라 스님을 모시고 여기까지 왔다가 못된 요괴를 잡으려 한다만, 저 태자가 잡아놓은 사냥감이 없어 궁으로 돌아가지를 못한단 말이야. 너희들이 사정을 좀 봐줘서 암퇘지, 노루, 사슴, 토끼 같은 들짐승과 날짐승들을 좀 가져다드려라."

산신과 토지신이 이 말을 어찌 어길 수 있겠어요?

"각각 얼마나 필요하신데요?"

"꼭 얼마일 건 없고, 그저 좀 있으면 되지, 뭐."

산신과 토지신은 자신들이 거느린 귀신들을 보내 짐승을 모으는 음산한 바람을 한바탕 일으켜 들꿩과 산꿩, 사슴과 노루, 여우와 오소리, 토끼, 호랑이와 표범, 이리 등을 천여 마리나 잡아다 손오공에게 바쳤어요.

"손 어르신은 필요가 없으니, 그것들의 힘줄을 제거해서 좌우 사십 리 길에 뿌려두어라. 사냥개와 매를 쓰지 않고도 잡아가지고 성으로 돌아갈 수 있게. 이는 너희들의 공으로 돌려주지."

토지신과 산신은 그 말에 따라 음산한 바람을 흩어버리고 길 좌우에 사냥감을 늘어놓았지요.

손오공은 구름을 타고 내려와 태자에게 말했어요.

"전하, 돌아가 계십시오. 가시는 길에 사냥감들이 있을 테니 거둬 가시지요."

공중에서 신통력을 부리는 손오공을 어찌 믿지 않을 수 있겠어요. 태자는 머리를 조아리며 작별을 고할 뿐이었지요. 태자는 산문을 나서 성으로 돌아가자는 명령을 내렸어요. 돌아가는 길가에는 정말 수많은 야생동물들이 널려 있어서, 병사들은 사냥개나 매를 풀지 않고도 하나하나 주우며, 돌아가는 길 내내 입을 맞춰 외쳤지요.

"태자 전하 만만세!"

그들이 어찌 손오공의 신통력 때문인 줄 알겠어요? 그들이 개선가를 부르며 성으로 돌아가는 모습을 생각해보세요.

한편, 손오공은 삼장법사를 모시고 있었지요. 보림사의 중들은 손오공 일행이 태자와 이렇게 가까운 사이인 것을 보고는 극진히 대접했지요. 공양을 올려 삼장을 대접하고 그날 밤도 선당에서 묵게 했지요. 밤 여덟 시쯤 되었는데 손오공은 마음속에 생각이 많아서 금방 잠을 이룰 수가 없었어요. 그는 데굴 굴러 일어나서 삼장법사의 침대 앞으로 갔지요.

"사부님."

삼장법사도 그때까지 깨어 있었어요. 하지만 손오공이 자신을 놀라게 할 말을 하려나보다 싶어 자는 척하고 대꾸하지 않았어요. 손오공은 삼장법사의 까까머리를 쓰다듬으며 마구 흔들어댔어요.

"사부님, 주무세요?"

삼장법사가 성을 냈지요.

"못된 놈, 아직까지 안 자고 뭣 땜에 소리는 지르는 게냐?"

"사부님과 상의할 일이 좀 있는데요."

"무슨 일?"

"제가 낮에 태자에게 큰소리를 쳤지요. 제 수단이 산보다 높고 바다보다 깊어 그깟 요괴 잡는 것은 누워서 떡 먹기라고요. 그런데 생각해보니 좀 어려운 점이 있어서 잠을 이룰 수가 없군요."

"네가 어렵다고 하면 안 잡으면 그만이야."

"잡기는 잡아야지요. 다만 순리에 잘 맞지 않는 데가 있어서요."

"이 원숭이가 헛소리를 하는구나. 요괴가 남의 왕위를 빼앗아 그걸 잡는다는데 순리에 잘 들어맞지 않는 게 뭐란 말이냐?"

"사부님이란 양반은 그저 경문이나 외고 앉아서 참선이나 할 줄 아시는 분이니 한나라의 소하蕭何가 만든 법률 같은 것을 보기나 했겠어요? 속담에도 '도둑을 잡으려면 장물을 찾으라(拿賊拿贓)'고 했습니다. 그 요괴는 삼 년 동안 왕 노릇을 하면서도 본색을 드러낸 적이 없었고, 왕비와 비빈들과도 함께 자고 문무관료들과도 잘 지내고 있지요. 이 몸이야 하던 대로 그놈을 잡을 재주야 충분히 있지만, 적당한 죄명을 붙일 수 없을까 걱정입니다."

"어째서?"

"그놈이 설령 주둥이 없는 호로처럼 말을 못한다 해도 몇 번이라도 데굴데굴 구르며 잡아뗄 것입니다. '나는 오계국의 왕이다. 내가 하늘을 거역할 만한 무슨 나쁜 짓을 했다고 네가 나를 잡느냐'라고 하면 무얼 근거로 시비를 가리겠습니까?"

"너는 어떻게 할 작정이냐?"

손오공이 웃으며 말했지요.

"저는 이미 계획이 서 있지요. 단지 사부님이라는 양반이 두둔하고 나서실까 봐 염려스러울 뿐이지요."

"내가 어떻게 두둔한다는 거냐?"

"저팔계는 천성이 우둔한데 사부님께서 그 애를 편애하시잖아요."

"내가 어떻게 그 애를 편애하는데?"

"사부님께서 저팔계를 편애하지 않으신다면, 어떻게든 맘을 크게 잡수시고 사오정과 그냥 여기에 계십시오. 저는 지금 저팔계와 오계국 성안으로 들어가 어화원을 찾아 유리 우물을 열고 왕의 시신을 건져와서, 우리 짐 안에다 넣어두겠습니다. 내일 성으로 가서는 통행증에 도장을 찍는다든지 어떤 핑계를 대서 그 요괴를 만나, 보자마자 여의봉을 들어 쳐버릴 겁니다.

그놈이 뭐라고 하면 시체를 보여주면서 '네가 죽인 사람이 바로 이분이다'라고 해야지요. 태자더러 앞에 나와 부왕의 주검 앞에서 곡하게 하고, 왕비도 나와 부군의 얼굴을 확인하게 하고, 문무관료들도 주군을 알아보게 한 뒤, 저희가 손을 쓰겠습니다. 이렇게 하면 증인이 분명한 소송은 처리하기도 쉽다는 격이 되지요."

삼장법사가 듣고는 속으로 기뻐하며 말했지요.

"그런데, 팔계가 너랑 갈지 모르겠구나."

"하하하, 그것 보세요. 사부님이 두둔한다고 했지요? 저팔계가 안 갈 걸 사부님이 어찌 아십니까? 제가 사부님을 부를 때 대답을 안 하셨던 것처럼 상관하지 마세요. 한 시간이면 돼요. 제가 지금 가서 죽어서도 썩지 않을 세 치의 혀로 꾀면 저팔계가 아니라 저팔계 할아버지라도 따라나서게 할 수완이 있지요."

"그래라. 네 맘대로 데려가려무나."

손오공은 삼장법사 곁을 떠나 바로 저팔계의 침상 곁으로 갔지요.

"이봐, 팔계야."

멍텅구리는 길을 걷느라 지쳐서 고개를 뒤로 젖힌 채 드르렁 드르렁 코 골기에 여념이 없었으니, 부른들 깨어나겠어요? 손오공은 저팔계의 귓밥을 잡아당기고 갈기를 붙잡고 하면서 그를 끌어 일으켜 세우면서 "팔계야" 하고 불렀지요. 멍텅구리는 그래도 피곤해서 눈을 뜨지 못했어요. 손오공이 다시 한 번 부르자 그제야 이렇게 대답했어요.

"잠 좀 자게, 장난치지 마시오. 내일 또 한참 걸어야 된단 말이오."

"장난 아니야. 건수가 하나 있는데, 너 나랑 같이 가자."

"무슨 건수?"

"태자가 한 말 들었니?"

"난 본 적도 없는데, 듣긴 뭘 들어요."

"태자가 해준 얘긴데 그 요괴에게 보물이 있대. 만 명이 덤벼들어도 당해내지 못할 물건이라더라. 우리가 내일 궁 안에 들어가면 그놈과 싸울 수밖에 없지. 그놈이 보물을 가지고 우리를 때려눕히면 도리어 일을 망치게 되지 않겠어? 싸워 이기지 못하느니 차라리 우리가 선수를 치는 게 나을 것 같아. 너랑 나랑 같이 가서 그걸 훔쳐 오자, 어때?"

"형님, 나를 꼬드겨 도둑질시키려고? 그런 건수라면 나도 가야지. 나야말로 실질적인 조수 노릇을 잘할 수 있으니까요. 하지만 분명히 해둘 게 있소. 보물을 훔쳐 요괴를 물리치면, 아무리 하잘

것없는 보물일지라도 나한테 줘야 돼요. 내가 가질 거야."

"뭐 하려고?"

"형님은 똑똑하고 말도 잘해서 사람들 앞에서 동냥을 척척 받아내지만, 난 그렇지 못하잖소? 이 몸은 어리석고 말솜씨도 없고 독경도 할 수 없으니 만약 동냥을 못해 살길이 막막한 지경이 되면, 그걸 팔아 밥값으로 쓸까 하오."

"손 어르신은 명예만 추구할 뿐. 그깟 보물은 필요 없지. 너한테 줘버리지, 뭐."

멍텅구리는 그 말을 듣고 흡족해하면서 데구루루 굴러 일어나더니, 옷을 걸치고 손오공을 따라나섰어요. 이것이 바로 '맑은 술이 얼굴을 붉게 만들고 황금이 도인의 마음을 움직인다(靑酒紅人面 黃金動道心)'는 것이지요.

둘은 가만히 문을 열고 삼장법사의 곁을 떠나 상서로운 빛을 타고 성으로 길을 재촉했지요. 얼마 후 구름을 타고 밑으로 내려오니 고루鼓樓에서 밤 아홉 시를 알리는 북소리가 들려왔지요.

"아우야, 아홉 시야."

"잘됐다, 잘됐어. 사람들이 막 깊이 잠들어 있을 시간이네요."

둘은 정양문으로 가지 않고 바로 후재문으로 향하는데, 사방이 고요하고 딱따기 소리만 들릴 뿐이었어요.

"아우야, 앞뒷문이 모두 단단히 잠겨 있으니 어떻게 들어가지?"

"도둑질하러 가는 놈이 대문으로 들어가는 거 봤소? 담을 타고 넘어 들어가면 되지."

손오공은 그 말대로 몸을 날려 담으로 뛰어올랐어요. 저팔계도 뛰어 올라왔지요. 둘은 성안으로 잠입해 어화원으로 가는 길을 찾았어요. 마침 가다 보니 삼 층 처마의 화려한 문루가 보이고, 그 위에 별빛과 달빛을 받아 밝게 빛나는 세 개의 큰 글자가 있었으니, 바로 '어화원'이었지요. 손오공이 가까이 가서 보니 몇 겹으로 봉인이 되어 있고, 잠긴 문이 녹슬어 열리지 않았어요. 저팔계에게 열게 하니, 저팔계는 쇠스랑을 들어 있는 힘껏 내리쳐 문을 박살 냈지요. 손오공이 앞장서 들어가다 참지 못하고 폴짝폴짝 뛰어오르며 소리를 질러댔지요. 저팔계는 기겁을 해서 앞을 막으며 말했어요.

"형님, 날 죽일 작정이오? 도둑질하러 와서 그렇게 함부로 소리를 지르다니! 그러다 사람들을 깨우게 되면, 우리를 잡아 관아로 보낼 거요. 그렇게 되면 죽을죄는 아니라도 변방에 끌려가 수자리를 살아야 해요."

"아우야, 넌 내가 왜 그랬는지 모를 거야. 좀 봐라."

아름답게 조각된 난간은 퇴색하고
보물로 장식된 정자는 스러졌구나.
사초 피었던 물가 여뀌 피었던 언덕은 먼지에 파묻히고
작약과 겨우살이 풀도 모두 시들어버렸네.
자스민과 장미 향기 은은한데
모란과 백합 부질없이 피었네.
부용과 무궁화 우거졌고
기이한 꽃들 무너진 담을 막았네.
신기한 돌들과 산봉우리는 무너져버리고
연못 물 말라 고기들은 죽었네.
푸른 소나무와 붉은 대나무는 마른 장작 같은데
야들야들한 쑥은 온 길에 빽빽해라.
붉은 계수나무 연둣빛 복숭아나무 가지마다 꺾이고
바다 석류나무와 산 앵두나무 뿌리 휘었네.

다리 끝 굽은 길엔 푸른 이끼 나 있으니
영락한 화원의 정경이로구나.

綠畫雕欄狼狽　實粧亭閣敧歪

莎汀蓼岸盡塵埋　芍藥茶藤俱敗

茉莉玫瑰香暗　牡丹百合空開

芙蓉木槿草埃埃　異卉奇葩壅壞

巧石山峰俱倒　池塘水涸魚衰

青松紫竹似乾柴　滿路茸茸蒿艾

丹桂碧桃枝損　海榴棠棣根歪

橋頭曲徑有蒼苔　冷落花園境界

"형님, 탄식해서 뭘 하게? 어서 건수나 올리러 가자고요."

손오공은 쓸쓸한 생각이 들었지만 파초 바로 아래 우물이 있다고 한 삼장법사의 꿈을 떠올렸지요. 가다 보니 과연 파초 한 그루가 있었어요. 무성하게 자란 것이 다른 나무들과는 사뭇 달랐어요.

영묘한 싹 빼어난데
나면서 공의 품성 체득했구나.
가지마다 종잇장 같은 잎사귀 뽑아내고
잎마다 향기롭게 무리 진 꽃 말아내네.
비췻빛 실은 천 갈래로 가느다랗고
한 점 꽃술 곱고 붉구나.
처량하게 밤비 소리에 시름에 잠기고
초췌한 모습으로 가을바람 겁내네.
사물을 키우는 근원의 힘

초목을 심어 기르는 조물주의 힘

편지 쓸 때 요긴하게 쓰이고

붓 휘두르면 뛰어난 공을 세우는구나.

봉황 깃과 어찌 같으랴만

난새 꼬리와 꼭 같구나.

성긴 이슬 방울방울 떨어지고

옅은 연기 그윽하게 덮였네.

나무 그늘 창을 가리고

푸른 그림자는 주렴 걸린 창에 드리웠네.

큰기러기 둥지 트는 것 허락지 않는데

어찌 옥총마 매어둘 수 있을까.

서리 내린 날엔 그 모습 수척하고

달 뜬 밤에는 그 기색 몽롱하네.

뜨거운 더위 삭여주고

내리쬐는 햇볕 피할 만하구나.

복숭아꽃 살구꽃 같은 자색 없음이 부끄러워

화려한 담장 동쪽에서 시들어가는구나.

一種靈苗秀	天生體性空
枝枝抽片紙	葉葉倦芳叢
翠縷千條細	丹心一點紅
凄涼愁夜雨	憔悴怯秋風
長養元丁力	栽培造化工
織書成妙用	揮洒有奇功
鳳翎寧得似	鸞尾逈相同
薄露瀼瀼滴	輕烟淡淡籠
青陰遮户牖	碧影上簾櫳

손오공이 말했어요.

"팔계야, 시작하자. 보물은 파초 아래 묻혀 있어."

멍텅구리는 두 손으로 쇠스랑을 들고 파초를 쓰러뜨리고는 주둥이로 흙을 파헤쳤어요. 서너 자 남짓 파 들어가자, 한 장의 석판이 덮여 있는 것이 보였지요. 멍텅구리는 기뻐하며 말했어요.

"형님, 운수 대통이야! 정말 보물이 있나 봐요. 석판이 덮여 있어요! 항아리에 담겨져 있을까, 궤짝에 채워져 있을까?"

"들춰봐라."

멍텅구리가 또 주둥이로 헤집어 열어보니, 오색 광채가 번쩍번쩍 하고 환한 빛이 밝게 비추었지요. 저팔계가 헤헤 웃으며 말했어요.

"정말 운수 좋다, 좋아! 보물에서 빛이 나네!"

그런데 다시 가까이 다가가 자세히 보니, 아! 그것은 별빛과 달빛이 우물물에 반사된 것이었어요.

"형님은 일할 때마다 늘 중요한 걸 빠뜨리더라."

"내가 뭘 빠뜨렸다고?"

"이건 우물이오. 절에서 떠나기 전에 진즉 우물 안에 보물이 있다고 말해주었더라면, 봇짐 묶는 끈을 두 줄 가져와서 어떡해서든 이 몸이 내려갔을 터인데. 지금은 아무것도 없으니 어떻게 내려가서 저 안의 것을 끌어올린단 말이오?"

"네가 내려가려고?"

"내려가고는 싶지만 밧줄이 없잖아요."

손오공이 씩 웃었지요.

"네가 옷을 벗으면 방법이 있는데……"

"무슨 좋은 옷이 있소? 이 승복만 벗어버리면 되는데, 뭐."

멋진 제천대성! 그가 여의봉을 꺼내어 양 끝을 잡아당기며 "커져라!" 하고 외치자, 여의봉은 일고여덟 길 정도로 길어졌어요.

"팔계야, 한쪽 끝을 감싸 안아라. 내가 내려보내줄게."

"형님, 내려보내주는 건 좋은데, 물에 닿으면 멈춰야 돼요."

"그럼, 그럼."

멍텅구리는 여의봉을 감싸 안은 채 손오공에게 가볍게 들려서 우물 속으로 들어갔어요. 잠시 후 물에 닿자 "물에 닿았소!"라고 소리쳤지요. 그 말을 듣고도 손오공은 여의봉을 계속 밑으로 밀어 넣었고, 멍텅구리는 여의봉을 놓치고 풍덩 발부터 물에 떨어져, 푸푸 허우적거리며 바락바락 소리를 질렀어요.

"이런 죽일 놈! 물에 닿으면 떨어뜨리지 말라고 했더니, 도리어 밀어 넣다니!"

손오공이 여의봉을 들어 올리면서 깔깔거렸어요.

"아우야, 보물이 있니?"

"무슨 보물이야? 물밖에 없구먼."

"보물은 물속에 가라앉아 있을 거야. 물에 들어가서 더듬어봐."

멍텅구리는 물을 잘 아는지라 머리부터 첨벙 물속으로 자맥질해 들어갔어요. 이런! 우물이 얼마나 깊던지! 한참을 들어가다 다시 자맥질해 들어가니 갑자기 눈앞에 패루牌樓가 하나 나타났는데, 그 위에는 '수정궁'이라고 적혀 있었지요. 저팔계는 깜짝 놀랐어요.

"망했다, 망했어! 길을 잘못 들었나봐. 바다 밑까지 와버렸네.

수정궁은 바다에 있는데, 우물 안에 어떻게 이런 게 있어?"

저팔계는 이곳이 우물 용왕이 사는 수정궁이라는 것을 몰랐던 게지요.

저팔계가 이렇게 중얼거리고 있을 때, 순찰을 돌던 야차가 문을 열다가 그 모습을 보고 잽싸게 들어가 보고했지요.

"대왕마마, 큰일 났사옵니다. 긴 주둥이에 큰 귀를 가진 중이 우물 위에서 떨어졌어요! 홀딱 젖은 알몸인데 아직 죽지는 않았고, 계속 뭐라고 중얼거리고 있습니다."

우물 용왕은 이 말을 듣고 몹시 놀랐지요.

"천봉원수가 온 게로구나. 어젯밤에 야유신이 칙명을 받들고 와서 오계국 왕의 혼이 당나라 스님을 찾아뵙고, 제천대성에게 요마를 물리쳐달라고 부탁했다고 했지. 아마도 제천대성과 천봉원수가 온 게야. 이렇게 있어서는 안 되겠다. 어서 가서 맞아들이자."

용왕은 의관을 갖춰입고 물에 사는 여러 족속들을 거느리고 문을 나서서는 큰 소리로 불렀어요.

"천봉원수, 안으로 드시지요."

저팔계는 그제야 싱글벙글하며 말했지요.

"그러고 보니 아는 사람이었군."

멍텅구리는 다짜고짜 수정궁 안으로 들어가서는 주제넘게 다 젖은 벌거벗은 몸으로 윗자리에 앉았어요.

"천봉원수, 듣자 하니 새 생명을 얻고 불교에 귀의하셨다지요? 당나라 스님을 모시고 불경을 가지러 서역으로 가는 길이라던데 무슨 일로 여기까지 왔소?"

"들은 바대로요. 사형인 손오공이 당신한테서 무슨 보물인가를 얻어 오라고 합디다."

"딱하시긴. 여기 무슨 보물이 있겠소? 장강長江이나 황하黃河,

회수淮水나 제수濟水의 용왕이면 몰라도. 그들이야 날아올라 재주를 부렸다 하면 보물이 생기지요. 전 오랜 동안 이곳에 처박혀 있어서 해와 달을 본 지도 까마득한데, 보물을 어디서 구할 수 있었겠소?"

"겸손 그만 떨고 빨리 내놔보셔."

"보물이 하나 있긴 한데, 그건 가져올 수가 없소. 천봉원수가 직접 가서 보시게나."

"좋지, 좋아! 그럼 가서 봐야지."

용왕이 앞장을 서고 멍텅구리가 그 뒤를 따랐어요. 수정궁을 돌아나가니 복도 아래 육 척 장신의 사내가 가로로 누워 있는 것이었어요. 용왕은 손을 들어 가리키며 말했지요.

"천봉원수, 저것이 바로 그 보물이오."

저팔계가 가서 보니, 세상에! 왕의 시신이지 뭐에요. 왕은 충천관을 쓰고 자황포를 입고 무우리를 신고 남전대를 맨 채, 꼿꼿한 자세로 누워 있는 것이었어요. 저팔계가 코웃음을 쳤지요.

"이럴 리가! 말도 안 되는 소리! 이게 무슨 보물이야! 이 몸이 산에서 괴물로 지낼 때 늘 이런 것으로 끼니를 때웠지. 보기도 많이 보고 먹기도 무수히 먹어치웠지. 어디 이런 걸 보물이라고 할 수 있나?"

"천봉원수께서 잘 모르시는 모양인데, 이건 오계국 왕의 시신이오. 시체가 우물에 떨어진 후 정안주定顏珠를 입에 물려 썩지 않게 해놓았소. 그대가 업고 나가 제천대성에게 보여드려보시오. 만일 기사회생시킬 맘이 있다면야 보물은 말할 것도 없고, 그대가 원하는 것은 무엇이든지 다 가질 수 있을 것이오."

"그렇게 말하니 업고 나가긴 하겠는데 장사 지낼 돈은 좀 줄 거요?"

"정말 돈은 한 푼도 없소."

"공짜로 사람을 잘도 부려먹는군! 돈이 없으면 안 데리고 갈 거야."

"안 데리고 갈 거면, 그냥 가시구려."

저팔계가 가버리자 용왕은 힘센 야차 둘에게 시체를 맞들어 수정궁 문 밖에 내다놓게 했지요. 그들이 그곳에 시체를 버리고 피수주避水珠를 빼버리자, 콸콸 물소리가 났어요. 저팔계가 화들짝 고개를 돌려보니 수정궁 대문은 오간 데 없었지요. 손으로 더듬거리다 왕의 시체가 만져지자 너무 놀라 다리에 힘이 풀리고 근육이 굳어버릴 지경이었지요. 그는 수면으로 고개를 내밀고 우물 벽을 긁으며 소리쳤지요.

"형님, 여의봉을 내려서 날 좀 꺼내줘요."

"보물이 있던?"

"있긴 뭐가 있어. 물 밑의 우물 용왕이 날더러 시체를 떠메고 나가라고 해서 싫다고 했소. 그랬더니 잘 가라고 해서 나왔는데, 수정궁은 보이지 않고 그 시체만 만져지지 뭐요. 손발이 후들거리고 근육이 마비되어 꼼짝도 못하겠소. 형님! 어떻게든 날 좀 구해주시오."

"그게 바로 보물이야. 얼른 업고 나와."

"죽은 지 얼마나 되었는지 알게 뭐야? 그런 걸 업고 나가서 뭘하게?"

"네가 업고 나오지 않겠다면 난 그냥 갈 거야."

"어딜 가려고요?"

"절로 돌아가 사부님 곁에서 잠이나 자야지."

"나는 안 데려가요?"

"기어올라 오면 데려가고, 못하면 말고."

당황한 저팔계!

"어떻게 기어올라 가요? 생각 좀 해봐요. 성벽도 오르기 힘든데, 이 우물은 밑은 넓고 입구는 좁지, 가파른 우물 벽은 오랫동안 물을 길지 않아서 죄다 이끼 투성이라 미끄러지기 십상인데, 나보고 어떻게 기어오르라는 거요? 형님, 형제간의 우애를 저버리지 마시오. 내 업고 나갈 테니, 기다리시오!"

"그래야지. 얼른 업고 나와. 함께 돌아가 자자."

멍텅구리는 다시 풍덩 물속으로 들어가 시체 머리를 더듬어 잡아당겨 등에 업고 물 위로 퐁 튀어나와서 우물 벽을 붙잡고 말했지요.

"형님, 업고 나왔소."

손오공이 눈을 크게 뜨고 바라보니 정말 시체가 업혀 있었지요. 손오공이 곧 우물 밑으로 여의봉을 내려보내자, 기분이 상한 멍텅구리는 입을 벌려 여의봉을 물었어요. 손오공은 가볍게 들어올렸지요.

저팔계는 시체를 내려놓고 옷을 주워 입었어요. 손오공이 보자니 왕의 얼굴이 조금도 변하지 않은 것이 살아 있을 때 그대로였지요.

"아우, 이 사람은 죽은 지 삼 년이나 되는데 어째서 얼굴이 썩지 않은 거지?"

"형은 모르시는군. 우물 용왕 말이 정안주를 입에 물려 시체가 썩지 않게 해놓았다고 합니다."

"신기한 일이로군! 신기해! 원수도 갚고 우리에게 공을 이루게도 해줄 모양이군. 자 빨리 업어."

"업고 어딜 가게?"

"사부님 계신 곳으로."

"이런 법이 어디 있소? 말도 안 돼! 원숭이 녀석이 잘 자는 사람을 깨워 한 건 하러 가자는 둥 하면서 그럴듯한 말로 꾀더니, 이제 와 이따위 시체 업는 일이나 시켜? 더럽고 냄새나는 물이 뚝뚝 떨어져 내 옷을 버릴 텐데, 옷을 빨아줄 사람도 없잖아요? 옷에 몇 군데 기운데도 있는데 날이 흐려 눅눅해지면 어떻게 입으라고?"

"잔말 말고 업기나 해! 절에 도착하면 바꿔입을 옷을 줄 테니까."

"뻔뻔하긴! 자기 입을 것도 없는 주제에 바꿔입을 옷을 준다고?"

"그렇게 투덜거릴 거면 업지 마!"

"안 업어!"

"좋아, 복사뼈를 내밀어라, 스무 대쯤 갈겨줄 테니."

"아이고, 형님! 그렇게 지독한 여의봉으로 스무 대나 얻어맞으면 나도 왕 꼴 나지."

"얻어맞는 게 무서우면 얼른 들쳐업고 걸어!"

저팔계는 정말로 맞을까 봐 풀이 죽어 시체를 끌어당겨 등에 업고는 다리를 질질 끌며 어화원을 나섰어요. 멋진 제천대성! 그가 손가락을 구부려 결을 맺고 주문을 외며 동남쪽을 향해 숨을 한 번 들이켰다가 훅 하고 내뱉으니, 광풍이 일어나 황궁 안의 저팔계를 쓸어올렸지요. 성을 벗어나서야 바람을 거두고 둘은 땅에 내려 천천히 걸었지요. 멍텅구리는 보복할 계책을 몰래 세웠어요.

'원숭이 녀석이 나를 갖고 놀았겠다? 절에 닿기만 해봐라, 내가 실컷 갖고 놀아주마! 사부님을 부추겨서 손오공더러 시체를 살려내라고 해야지. 살려내지 못하면 긴고아주를 외라고 하는 거야. 저 원숭이놈의 골을 다 쥐어 짜놔야 내 맘이 후련하겠다.'

하지만 길을 가다 다시 곰곰이 생각했지요.

'아니야, 그건 별로야. 살려내라는 건 쉬운 일일지 몰라. 염라대
왕에게 가서 혼을 가져오면 금방 살리잖아. 저승에는 못 가게 하
고 이승에서 살려내라고 하는 게 좋겠다.'

생각을 다 하기도 전에 저팔계는 산문에 이르렀고 곧바로 뛰
어들어 가 시체를 선당 문 앞에 버려두고 소리쳤지요.

"사부님, 일어나 보세요."

삼장법사는 잠을 이루지 못한 채 사오정에게, 손오공이 저팔계
를 꾀어 데리고 나갔는데 한참이 지나도 오지 않는다고 말하던
참이었어요. 그러다 부르는 소리가 들리자 급히 자리에서 일어났
지요.

"뭘 보라는 게냐?"

"손오공의 외할아버지를 이 몸이 업고 왔습니다."

"빌어먹을 멍청이 같으니라고! 나한테 무슨 외할아버지야!"

"형님, 외할아버지가 아니라면 왜 이 몸더러 업으라고 한 거
요? 내가 얼마나 힘들었는지 모르지요?"

삼장법사와 사오정이 문을 열고 나가 보니, 왕의 얼굴이 조금
도 변하지 않은 것이 꼭 살아 있는 것만 같았어요. 삼장법사는 안
타까웠지요.

"폐하, 어느 전생의 원수를 이생에서 다시 만나 몰래 죽임을 당
해 처자식과도 헤어지고 문무백관 어느 누구도 아는 이가 없는
이런 지경이 되셨단 말입니까? 불쌍도 하셔라! 처자식도 알지
못했으니 누가 제사라도 올렸겠습니까?"

삼장법사는 자기도 모르게 목이 메어 눈물이 하염없이 쏟아졌
어요. 저팔계가 낄낄거렸지요.

"사부님, 저 사람이 죽은 게 사부님과 무슨 상관이래요? 사부

님 조상도 아닌데 왜 우시나요?"

"애야, 출가한 자에게는 자비심이 근본이며 남을 이롭게 해주는 것이 깨달음에 이르는 문인 법이다. 너는 어째서 그렇게 마음이 모진 것이냐?"

"모진 게 아니에요. 형님이 이 사람을 살려낼 수 있다고 하더라고요. 살려낼 수 없다면 저도 안 업고 왔지요."

삼장법사는 본디 주관이 없는 이라 멍텅구리의 말에 맘이 움직였지요.

"오공아, 네게 방법이 있다면 이 왕을 소생시켜라. 이것이야말로 '한 사람의 목숨을 살리는 것이 칠 층 불탑을 세우는 것보다 낫다'는 것이니라. 우리에게도 영취산에 가서 부처님을 뵙는 것과 거의 마찬가지지."

"사부님, 이런 멍청이의 헛소리를 왜 믿으세요? 사람이 죽어 삼칠 이십일 일 혹은 오칠 삼십오 일, 칠칠 사십구 일이 차면 이승의 죄를 다 씻어내고 환생할 수 있습니다.* 이 자는 이미 죽은 지 삼 년이나 되었는데, 어떻게 살려낸단 말이에요!"

"그럼 관둬라."

그러나 저팔계는 원통함이 풀리지 않았어요.

"사부님, 속아 넘어가지 마세요. 사형이 정신이 좀 나간 것 같으니 그걸 외어서 무조건 살려내라고 하세요."

삼장법사가 정말 긴고아주를 외기 시작하자, 손오공은 눈알이 튀어나오고 머리가 빠개지는 것 같았지요.

결국 손오공이 어떻게 왕을 살려내는지는 알 수 없으니, 이에 대해서는 다음 회를 들어보시라.

한편, 손오공은 머리가 너무나 아파서 애걸복걸하며 말했지요.

"사부님, 제발 그만하세요! 제가 살려내겠어요."

삼장법사가 물었지요.

"어떻게 살리겠다는 게냐?"

"저승 관청으로 내려가서 십대염왕들이 왕의 혼령을 가지고 있나 살펴보고, 가지고 있으면 살려주라고 부탁할게요."

저팔계가 말했지요.

"사부님, 믿지 마세요. 아까 말하기로는 저승 관청에 갈 필요 없이 인간 세상에서도 살려낼 수 있다고 했어요."

삼장법사가 저팔계의 거짓말을 믿고서 다시 긴고아주를 외자, 당황한 손오공은 급히 이실직고했지요.

"인간 세상에서 살려낼게요. 인간 세상에서요."

저팔계가 말했지요.

"멈추지 마세요. 계속 주문을 외세요. 계속이요."

손오공이 욕을 퍼부었어요.

"멍청한 잡종 녀석! 사부님께 계속 주문을 외시라고 아예 주문을 외는구나."

저팔계가 고꾸라질 듯 즐거워하며 말했지요.

"형님, 아이고 형님. 형님은 나를 골탕 먹일 줄만 아시고, 내가 형님을 골탕 먹일 줄은 몰랐나보네."

손오공이 말했지요.

"아이고, 사부님. 그만하세요. 이 몸이 인간 세상에서 살려낼게요."

"인간 세상에서 어떻게 살려낸단 말이냐?"

"제가 곧장 근두운을 타고 남천문 안에 들어가서 두우궁하고 영소전에는 들르지도 않고 바로 서른세 번째 하늘에 올라가서, 이한천궁離恨天宮 도솔원 안에 사시는 태상노군을 만나뵙고 '구전환혼단九轉還魂丹'을 하나 얻어 와 왕을 살려내겠습니다."

삼장법사가 그 말을 듣고 매우 기뻐하며 말했지요.

"얼른 다녀오너라!"

"지금은 한밤중이라 제가 다녀오면 내일 새벽녘이 될 거예요. 다만 이분이 여기 쓸쓸하게 누운 모양새가 별로 보기 좋지 않으니, 사람을 불러 곡을 하게 해야 될 것 같군요."

저팔계가 말했지요.

"두말할 것도 없이 저 원숭이 자식이 나더러 곡을 하라는 게로구나."

"네놈이 곡을 안 한다고? 만약에 네가 곡을 하지 않으면 나도 살려낼 수가 없다!"

"형님이 출발하면 나도 곡을 하지."

"곡을 하는 모습에는 여러 가지가 있지. 입으로만 곡하는 걸 '호嚎'라고 하고 눈물을 짜내며 곡하는 걸 '도啕'라고 하지. 눈물도 흘리고 진심으로 마음 아프게 곡을 해야 비로소 '호도통곡嚎啕痛哭'이라고 할 수 있지."

"내가 곡하는 시늉을 내볼 테니까 한번 보셔."

저팔계는 어디선가 종이를 꺼내 손으로 비벼 꼬아 가늘게 말더니 양쪽 콧구멍을 쑤셔 억지로 눈물 콧물이 나오게 만들었어요. 보세요. 저팔계는 눈물을 펑펑 쏟고 침까지 질질 흘리며 곡하기 시작했어요.

입으로는 아무 소리나 주절거리며 곡을 하는데, 그 모습이 마치 정말 죽은 사람 앞에서 곡하는 유족 같았어요. 그렇게 가슴 아프게 우니 삼장법사도 눈물을 흘리며 마음이 찡해졌지요. 손오공이 웃으며 말했어요.

"바로 그렇게 슬프게 우는 거야. 그치면 안 돼. 이 멍청아, 나를 보내고 나면 곡을 안 할 셈이지? 그래도 나한텐 다 들려. 이렇게 곡하면 괜찮지만, 중간에 잠깐이라도 그만두면 발바닥을 스무 대때릴 거야."

저팔계가 웃으며 말했지요.

"이제 그만 가보셔! 이렇게 곡하기 시작하면 이틀 동안 계속할 수도 있으니까."

사오정은 둘이 옥신각신하는 것을 보며 향을 몇 개 가져다가 피웠지요. 손오공이 웃으면서 말했어요.

"좋다, 좋아. 모두들 이렇게 정성을 다하니까 내가 힘을 좀 써보지."

멋진 제천대성! 이때는 한밤중이었는데, 그는 일행 세 사람한테 작별 인사를 하고 근두운을 몰아 남천문 안으로 들어갔지요. 역시 말한 대로 영소전에 들르지도 않고 두우궁에도 들르지 않은 채, 곧장 구름을 몰아 서른세 번째 하늘인 이한천의 도솔궁 안으로 들어갔지요. 문을 막 들어서자 태상노군이 단약을 만드는 방 가운데 앉아서 여러 선동들과 함께 파초선을 들고서 불을 지피며 단약을 만들고 있는 모습이 보였지요. 태상노군은 손오공이

오는 것을 보고 단약을 지키는 동자에게 말했어요.

"모두들 잘 지켜라. 단약 도둑놈이 또 왔구나!"

손오공은 예의를 차려 인사하고 웃으며 말했지요.

"영감님, 쓸데없는 소리 마세요. 저를 막아서 뭐하게요? 저는 이제 그런 짓 안 해요."

태상노군이 말했지요.

"너 이 원숭이놈! 오백 년 전에 하늘나라를 그렇게 소란스럽게 하고, 내 영단을 셀 수도 없이 많이 훔쳐 먹었잖아? 그러다가 현성이랑군한테 잡혀 와 내 단약 화로 속에서 마흔아흐레 동안 단련되면서 내 목탄만 낭비하게 했지. 지금 다행히 양계산에서 빠져나와 불교에 귀의해서 삼장법사를 보호하여 서역으로 불경을 구하러 간다면서, 평정산에서 요괴를 물리치고도 못되게도 내 보물을 돌려주려 하지 않았잖아? 그런데 오늘은 또 뭐하러 왔느냐?"

"그때는 이 몸이 두말없이 다섯 가지 보물을 바로 다 돌려드렸는데, 어째서 저를 나무라시는 겁니까?"

"가던 길은 안 가고 내 집엔 무엇하러 몰래 들어왔느냐?"

"그때 헤어진 다음에 서쪽으로 가다 오계국이라는 곳에 이르렀지요. 그 나라 왕이 도사로 변장한 요괴한테 당했어요. 그 요괴는 바람을 부르고 비를 내리게 하는 능력이 있는데 왕을 해치고 국왕의 모습으로 변해서 지금 금란전 위에 앉아 있다고요. 우리 사부님께서 보림사에서 밤에 불경을 읽고 계셨는데, 그 왕의 귀신이 사부님을 찾아와 이 몸으로 하여금 요괴를 물리치고 진짜와 가짜를 분명히 가려달라고 간곡히 청했지요.

이 몸이 실상을 밝히려고 저팔계랑 같이 밤중에 어화원에 들어가서 왕이 묻혀 있는 곳을 찾았어요. 팔각 유리 우물 안에서 시신을 끌어올려 보니, 모습이 하나도 변하지 않은 거예요. 절로 돌아와서 사부님을 뵙자 사부님은 자비심이 일어 저더러 살려내라고 하셨어요. 그런데 저승 관청에 내려가서 왕의 영혼을 찾아오는 건 안 되고, 인간 세상에서 살려내라는 것이에요. 제가 아무리 생각해도 살려낼 방도가 없기에 특별히 여기를 찾아왔어요. 태상노군님께서 자비를 베푸시어 구전환혼단을 한 천 알만 빌려주시면, 그 왕을 살릴 수 있을 것 같네요."

"이 원숭이 녀석이 무슨 말을 하는 거야. 무슨 천 알 이천 알! 끼니 삼아 먹으려고? 그게 땅 파서 나오는 것처럼 그렇게 쉽게 얻는 것인 줄 아느냐? 흥! 썩 꺼져라! 없어!"

"그럼 한 백 알만 주세요."

"없어!"

"그럼 열 알만."

"이런 발칙한 원숭이놈을 봤나? 정말 진드기 같군. 없어, 없어! 썩 꺼져라!"

손오공이 웃으며 말했지요.

"정말로 없으시다면 다른 데 가서 알아보죠."

"꺼져, 꺼지라니까!"

손오공이 발걸음을 돌려 미적미적 몇 발짝 걸어나가자, 태상노군은 속으로 생각했어요.

'이 원숭이놈 정말 귀찮게 하는군! 가란다고 가는 걸 보니, 아무래도 몰래 와서 훔쳐 가려는 게지!'

그래서 선동을 시켜 돌아오라고 하고는, 이렇게 말했지요.

"너 이놈 손버릇이 안 좋으니, 내가 이 구전환혼단을 한 알 주겠다."

"영감님, 이미 제 재간을 아실 테니, 얼른 그 금단을 꺼내와서 저와 사 대 육으로 나누는 게 남는 장사일 텐데요. 그렇지 않으면 빈

바구니를 돌려드릴 거예요, 단약이 한 알도 없는."

태상노군은 호리병을 들어 거꾸로 기울여 금단 한 알을 꺼내서 손오공에게 주며 말했어요.

"이것밖에 없어. 가져가, 가져가버려! 이 한 알만으로도 그 왕을 살려낼 수 있을 테니까. 네놈이 공을 세운 셈이 될 거다."

손오공이 그걸 받아 들고 말했지요.

"서둘지 마세요. 제가 한번 먹어보고요. 가짜일지 모르니까, 속아서는 안 되지요."

그러면서 금단을 자기 입속에 툭 털어 넣으려 하니, 태상노군은 깜짝 놀라 손오공을 막으면서 머리채를 잡아 쥐고 주먹으로 때리며 욕을 퍼부었어요.

"이 못된 원숭이놈! 그걸 삼키면 맞아 죽을 줄 알아라!"

손오공이 웃으며 말했지요.

"젠장, 쩨쩨하긴! 누가 영감님 걸 먹는대요? 그게 몇 푼이나 한다고? 별것도 아닌 걸 갖고. 여기 있잖아요?"

알고 보니 손오공의 혀 아래에는 조그만 먹이 주머니가 있어서 그 금단을 거기다 넣어두었던 것이지요. 태상노군은 그를 내쫓으며 말했어요.

"꺼져라, 꺼져! 다시는 여기 와서 귀찮게 하지 마라."

제천대성은 태상노군에게 감사를 드리고 도솔천궁을 나왔지요.

자, 보세요. 손오공은 천만 갈래 상서로운 구름을 타고 하늘나라를 떠나서 인간 세상으로 내려왔어요. 순식간에 남천문을 내려와서 동관東觀으로 돌아오니 동이 트고 있었지요. 근두운을 멈춰세우고 곧장 보림사 문 앞으로 가니, 저팔계가 그때까지 곡하는 소리가 들렸어요. 손오공이 재빨리 다가가 말했어요.

"사부님."

삼장법사가 기뻐하며 말했지요.

"돌아왔구나. 단약은 얻어 왔느냐?"

"네."

저팔계가 말했지요.

"어떻게 구해 오지 않을 수 있겠어요? 형님은 훔쳐서라도 가지고 왔을 거예요."

손오공이 웃으며 말했지요.

"아우야, 너는 이제 가거라. 이젠 필요 없어졌으니 눈물 닦고 딴데 가서나 곡을 하든지."

그러면서 사오정에게 말했어요.

"가서 물 좀 떠 와."

사오정이 급히 뒤쪽 우물에 가 보니 두레박이 드리워져 있어서 그걸로 바리때에 반쯤 물을 담아 와 손오공에게 건넸어요. 손오공은 그 물을 건네받아서는 입에서 단약을 꺼내 왕의 입술 안쪽에다 밀어 넣고, 두 손으로 입을 벌려 시원한 물 한 모금과 함께 금단을 목 안으로 흘려넣었지요. 한 시간쯤 지나자 왕의 배에서 꾸룩꾸룩 소리가 요란했지만 몸은 아직 움직이지 못했지요. 손오공이 말했어요.

"사부님, 제가 가져온 이 금단으로도 살아나지 못한다고 해서 이 몸을 죽이지는 않으실 테지요?"

"살아나지 못할 이유가 없다. 이렇게 오랫동안 죽어 있던 시신이 어떻게 물을 삼킬 수 있겠느냐? 그건 바로 금단의 신령한 효과일 거야. 금단이 배 속으로 들어간 다음부터 장이 꾸룩꾸룩 소리를 내고 있다. 장이 소리를 낸다는 것은 혈맥이 움직이기 시작한 것인데, 단지 아직 기氣의 흐름이 끊어져 원래대로 잘 돌아가지 않는 것뿐이다. 삼 년 동안 우물 속에 있었으면 사람이 아니라 강철이라도 다 녹슬었을 게야. 왕은 단지 원기가 다해버린 것일 뿐이니, 누가 와서 입으로 기운을 불어 넣어주는 것이 좋겠다."

저팔계가 앞으로 나와 왕에게 기운을 불어 넣어주려고 하자 삼장법사가 말리며 말했지요.

"너는 안 된다. 아무래도 오공이가 하는 게 낫겠어."

삼장법사는 나름대로 생각이 있었던 것이지요. 원래 저팔계는 어렸을 때부터 살생을 하고 사람도 잡아먹었기 때문에 그 입 기운이 탁했지요. 오로지 손오공만이 어렸을 적부터 수련을 하여 소나무나 송백나무를 씹고 복숭아를 먹으면서 살아왔기 때문에 입 기운이 맑았지요. 제천대성이 앞으로 나와 벼락신처럼 생긴 입을 쭉 내밀어 왕의 입을 물고 푸 하고 기운을 불어 넣으니, 그 기운이 목구멍의 중루重樓를 지나 눈썹 사이의 명당明堂을 돌아 배꼽 아래의 단전丹田에 이르고, 발바닥의 용천혈湧泉穴에서 다시 머리 뒤쪽의 이원궁泥垣宮[1]까지 두루 퍼졌지요. 그러자 후 하는 소리가 한 번 나더니 왕은 기운이 모여 정신이 돌아왔고, 곧 몸을 뒤집어 주먹을 휘두르고 다리를 굽히며 소리쳤지요.

"스님!"

그리고 곧 두 무릎을 땅바닥에 꿇고 왕이 말했지요.

"어젯밤에 혼백의 모습으로 찾아뵈었는데, 오늘 아침에 산 몸으로 돌아올 줄 어찌 알았겠습니까!"

삼장법사가 당황하여 왕을 일으켜 세우며 말했지요.

"전하, 제가 한 일이 아닙니다. 제 제자에게 감사할 일이지요."

손오공이 웃으며 말했어요.

"사부님, 무슨 말씀이세요? '집안에 두 주인이 없다(家無二主)'는 속담도 있는데, 왕의 절을 한 번 받으시는 것도 괜찮을 겁니다."

---

1 이환궁泥丸宮 또는 열반궁涅槃宮이라고도 한다.

삼장법사는 무척 민망하여 왕을 일으켜 세우고 함께 선당에 들어갔지요. 또 저팔계, 손오공, 사오정과 함께 왕한테 절을 올리고 다시 앉았지요. 보림사에 있던 승려들은 아침 공양을 잘 차려서 삼장법사 일행한테 올리려다가, 갑자기 이끼 긴 자황포를 입은 왕을 보고서 놀라 자빠지며 쑤군거렸어요. 손오공이 뛰어나가 말했지요.

"그렇게 놀랄 것 없어. 이분은 오계국의 왕으로 당신들의 진짜 주인이야. 삼 년 전에 요괴한테 목숨을 잃으셨는데, 이 몸이 어제 저녁에 다시 살려냈지. 오늘 성안으로 같이 들어가서 시비를 가리려고 하는데, 밥이 남았으면 좀 갖다드리도록 해. 그거 먹고 길을 떠나야겠다."

승려들은 우선 따뜻한 물을 올려 왕의 얼굴을 씻게 하고 옷을 갈아 입혔지요. 왕의 자황포를 벗기고 보림사 주지가 승복을 가져다가 입혀주었어요. 또 남전의 옥으로 장식한 허리띠도 풀고 그 대신 누런 띠를 묶어주고, 무우리도 벗겨 대신 스님들이 신는 낡은 신을 신겨주었어요. 모두 아침 공양을 든 다음 말에 올랐지요. 손오공이 물었어요.

"팔계야, 너 짐이 얼마나 무겁니?"

"형님, 이 짐보따리를 매일 메고 다녔으면서 얼마나 무거운지도 모른단 말입니까?"

"너 그 짐을 둘로 나누어서 하나는 네가 메고, 다른 하나는 왕이 메시도록 해라. 얼른 성안으로 들어가 일을 처리해야 하니까."

저팔계가 기뻐하며 말했지요.

"웬일이야? 왕을 메고 올 때는 얼마나 힘들었는데, 지금은 오히려 내 짐을 덜어주네."

멍텅구리는 곧 수단을 부려서 짐을 둘로 나누더니 절에서 멜

손오공이 오계국 왕을 살려내다

대를 얻어다가 나누어 담고, 가벼운 것은 자기가 메고 무거운 것을 왕더러 메게 했지요. 손오공이 웃으며 말했어요.

"폐하, 이렇게 변장한 채 짐을 메고서 가시게 해드려서 송구스럽습니다."

왕은 황망히 무릎을 꿇고 말했지요.

"스님, 저를 다시 낳아주신 어버이와 같은 분이신데, 짐을 메는 건 물론이거니와 말고삐라도 잡고 어르신을 모시고 같이 서천으로 가고 싶습니다."

손오공이 말했지요.

"서천까지 같이 가실 필요는 없어요. 짐을 메게 한 것은 다 생각이 있어서 그런 것입니다. 이렇게 짐을 메고 사십 리를 가서 성안으로 들어가 그 요괴를 잡은 다음에, 폐하께서는 다시 왕 노릇을 하시고 우리는 다시 불경을 구하러 갈 겁니다."

저팔계가 그 말을 듣고 말했지요.

"들어보니 왕은 그냥 이렇게 사십 리만 가면 되고, 이 몸은 또 먼 길을 떠나야 하는구나."

손오공이 말했어요.

"허튼소리 그만하고, 빨리 앞장서라."

저팔계가 왕을 이끌고 앞장서자 사오정은 삼장법사를 말에 오르게 하고 손오공도 뒤따랐어요. 보림사 승려 오백 명은 가지런히 늘어서서 잔잔한 음악을 연주하며 모두들 산문 밖까지 나와서 일행을 전송했지요. 손오공이 웃으며 말했어요.

"스님들, 멀리 나올 것 없어. 관아에서 눈치채고 우리 일이 알려지게 되면 재미없어질 테니, 어서 돌아들 가라고! 어서! 그런데 폐하께서 입고 계시던 옷이며 허리띠는 깨끗이 손질해두었다가, 오늘 밤이나 내일 아침에 성안으로 가지고 오라고. 그러면 상을 받게 해줄 테니까."

  승려들은 모두 그 말을 듣고 돌아갔지요. 손오공은 성큼성큼 걸어 삼장법사를 쫓아가서 곧장 앞장을 섰지요.

  서쪽 땅에 비결 있어 진리를 찾기 좋고
  금과 목이 화합하여 정신을 단련하네.
  왕비[2]는 헛되이 꿈만 꾸고
  태자는 미욱한 자신을 한탄하네.
  우물 아래서 현명한 왕을 찾아야 했고
  또 하늘나라에서 태상노군을 만나야 했네.
  색과 공을 깨달아 본성으로 돌아오니
  진실로 불법과 인연이 있는 사람이로구나.

                西方有訣好尋眞   金木和同御煉神
                丹母空懷懞幢夢   嬰兒長恨杌樗身
                必須井底求明主   還要天堂拜老君
                悟得色空還本性   誠爲佛度有緣人

  스승과 제자들은 한나절도 안 되어 벌써 성 가까이 이르렀어요. 삼장법사가 말했어요.

  "오공아, 저 앞이 바로 오계국인가 보구나."

  "맞습니다. 빨리 가서 일을 해결하죠."

  스승과 제자들이 성안으로 들어오니, 거리에는 사람들과 물건들이 모두 잘 정돈되고 활기가 넘치는 모습이었지요. 또 봉황과 용이 새겨진 누각도 굉장히 장엄하고 아름다웠지요. 그에 대한 시도 한 편 있지요.

---

2 원문의 '단모丹母'는 원래 단약을 만들 때 사용하는 음양모陰陽母를 가리킨다.

이방의 궁궐과 누각은 큰 나라에 있는 것 같고
사람들이 노래하고 춤추는 것이 옛 당나라의 모습 같네.
꽃 앞에서 부채 흔드니 붉은 구름이 서리고
햇살에 비친 고운 도포엔 푸른 안개 빛나네.
공작새 꼬리 장식한 병풍 펼쳐지니 향기가 자욱하게 퍼지고
진주 주렴이 걷히니 울긋불긋한 깃발 펄럭이네.
태평스런 모습 축하할 만하니
조용히 늘어선 관리들 상주할 일 없구나.

> 海外宮樓如上邦　人間歌舞若前唐
> 花迎寶扇紅雲繞　日照鮮袍翠霧光
> 孔雀屏開香靄出　珍珠簾捲彩旗張
> 太平景象眞堪賀　靜列多官沒奏章

삼장법사가 말에서 내려 말했지요.

"애들아, 우리가 이참에 들어가 통행증명서에 도장을 받으면 다시 관청에 가야 할 일을 덜 수 있겠구나."

손오공이 대답했어요.

"맞는 말씀이십니다. 우리들이 다 같이 들어가지요. 사람이 많을수록 말하기도 좋으니까요."

"들어가서 말을 함부로 해서는 안 되느니라. 먼저 군신의 예절을 잘 차리고 난 다음에 말하도록 해라."

"군신의 예절이라는 게 절을 하는 거죠?"

"맞다. 다섯 번 절하고 세 번 머리를 조아리는 대례大禮를 행해야 한다."

손오공이 웃으며 말했지요.

"사부님은 정말 도움이 안 되는군요. 그놈한테 절하는 것은 정

말 멍청한 일입니다. 그냥 제가 먼저 안으로 들어가서 제 마음대로 해결하도록 해주세요. 그놈이 뭐라고 말하면 제가 대꾸하겠습니다. 또 제가 절하면 저를 따라서 절하시고, 제가 쪼그려 앉으면 같이 쪼그려 앉아주세요."

이 사고뭉치 원숭이 왕 좀 보세요. 그는 사람들을 이끌고 궁궐 앞으로 가서 문을 지키는 관리들한테 이렇게 말했지요.

"우리는 동녘 땅 위대한 당나라 황제께서 파견하여 서천으로 부처를 뵙고 경전을 구하러 가는 사람들이오. 지금 통행증명서에 도장을 받으려 하니, 나리께서 번거롭겠지만 선과善果를 그르치지 않도록 안에다 알려주십시오."

궁궐 문 지키는 관리가 즉시 왕에게 가서 계단 앞에 무릎을 꿇고 아뢰었어요.

"궁궐 밖에 스님 다섯 분이 와서, 자기들은 동녘 땅 당나라 황제께서 파견하여 서천으로 부처를 뵙고 경전을 구하러 간다고 합니다. 지금 통행증명서에 도장을 받으려고 하는데, 감히 들어오지 못하고 밖에서 폐하의 명을 기다리고 있습니다."

요괴 왕은 바로 들어오라고 명령을 내렸지요. 삼장법사도 함께 안으로 들어가고, 다시 살아난 왕도 따라 들어갔어요. 막 가고 있는데, 진짜 왕은 참지 못하고 두 뺨에 눈물을 줄줄 흘리며 속으로 생각했어요.

'참으로 불쌍하구나! 내 나라 강철 같은 강산과 철통 같은 사직을 저놈이 몰래 빼앗을 줄 누가 알았으랴?'

손오공이 말했지요.

"전하, 속상해하지 마세요. 우리 비밀이 새나갈지도 몰라요. 제 귓속에 있는 이 몽둥이가 밖으로 나오면, 이제 틀림없이 공을 세워 요괴를 때려잡고 사악한 무리들을 소탕할 겁니다. 이 나라 강산도 머지않아 폐하게 되돌아올 겁니다."

왕은 감히 그 말을 어길 수 없는지라 옷자락을 끌어당겨 눈물을 훔치고, 죽을 각오로 일행을 따라 곧장 금란전 아래로 나아갔지요. 문무 대신들과 사백 명의 조정 관리들이 위엄 있고 당당한 모습으로 늘어서 있었어요. 손오공은 삼장법사를 이끌어 백옥 계단 앞에 꼿꼿이 서서 꼼짝도 안 했어요. 그 계단 아래 있던 신하들이 모두 벌벌 떨면서 말했지요.

"이 중은 너무 물정을 모르는구나. 어떻게 우리 왕을 보고서 절도 올리지 않고 산호山呼의 예도 갖추지 않는 거지? 인사도 한 마디 않는구나. 정말 간이 부었나보구나!"

말이 끝나기도 전에 요괴 왕이 입을 열어 물었어요.

"저 중들은 어디에서 왔는고?"

손오공이 고개를 꼿꼿이 들고 대답했지요.

"나는 남섬부주南贍部洲 동녘 땅 위대한 당나라 황제의 명을 받들어 서역의 천축국 대뇌음사로 가서 살아 있는 부처님을 뵙고 진짜 경전을 구하려는 사람이오. 지금 이 나라에 와서 감히 그냥 지나갈 수 없어, 통행증명서에 도장을 받으려고 찾아왔소."

그 말을 듣고 요괴 왕은 속으로 화가 치밀어 말했지요.

"동녘 땅이 뭐 어떻다고? 나는 너희 나라에 조공을 올리지도 않고 또 너희랑 교역을 한 적도 없는데, 네놈이 어찌 나를 보고도 예를 차리지 않고 절을 올리지도 않는 게냐?"

손오공이 웃으면서 말했지요.

"우리 동녘 땅은 예로부터 천자의 나라를 세워 오랫동안 큰 나라라 불렸고, 너희들은 그냥 작은 변방의 나라에 불과하다. 옛말에 '큰 나라 황제는 아버지가 되고 임금이 되고, 작은 나라 왕은 신하가 되고 아들이 된다(上邦皇帝爲父爲君 下邦皇帝爲臣爲子)'고

했지. 그런데 어찌 너는 나를 마중하지도 않고, 오히려 내가 절을 올리지 않았다고 뭐라 하는 게냐?"

요괴 왕이 크게 성을 내면서 문무백관에게 명령했지요.

"저 무례한 중놈들을 잡아라!"

'잡아라!'라는 말이 끝나기도 전에 많은 관리들이 일제히 뛰어 나오자, 손오공은 호통을 치며 손가락 하나를 세워 "멈춰라!" 하고 말했어요.

그렇게 손가락으로 가리킨 것은 바로 정신법定身法을 쓴 것으로, 문무백관들이 모두 제자리에서 꼼짝할 수가 없었지요. 계단 앞에 있던 장교들은 정말 나무 인형과 같았고 대전 위의 장군들도 모두 진흙 인형 같았지요.

요괴 왕은 손오공이 문무백관을 모두 꼼짝 못 하게 하는 것을 보고, 재빨리 몸을 솟구쳐 용상에서 뛰어 내려와 손오공에게 덤벼들었지요. 손오공은 속으로 웃으면서 말했어요.

'잘됐다! 딱 내 뜻대로 되는구나. 이렇게 되면 강철로 만든 머리통이라도 여의봉에 한 대 맞으면 구멍이 날 테니까.'

손오공이 막 몸을 움직이려는데, 갑자기 옆에서 구원자가 나타났지요. 그게 누구였을까요? 바로 오계국의 태자였지요. 태자는 급히 요괴 왕의 옷을 잡고서 무릎을 꿇고 말했지요.

"아바마마, 고정하시옵소서."

"얘야, 무슨 말이냐?"

"아바마마께 아뢰옵니다. 제가 삼 년 전에 듣자오니, 동녘 땅 당나라 승려는 어명을 받고 파견된 성승으로, 서천으로 가 부처님을 뵙고 경전을 구한다고 했습니다. 그런데 뜻밖에도 오늘 우리나라에 온 것입니다. 아바마마께서 위엄과 권위로 저 스님들을 잡아 목을 베면 큰 나라인 당나라에서 언젠가 그 소식을 듣고서 진노할 것입니다. 그 이세민李世民이라는 자는 스스로 황제의 자리에 올라 강산을 통일했는데, 아직 만족하지 못하고 다시금 바다를 통해 다른 나라를 정벌한다고 합니다. 그런데 우리가 그의 동생인 저 성승을 죽이면 그는 반드시 군사를 일으켜서 우리와 전쟁을 일으킬 것입니다. 우리는 군사력이 약하니 그때 가서 후회한들 늦을 것입니다. 아바마마께서는 제 말씀을 들어보시옵소서. 저 네 승려에게 그 내력을 분명히 물으시고, 먼저 왕께 참배하지 않은 이유를 정확히 알아보신 뒤에 죄를 물어도 좋을 것입니다.”

알고 보니 마음 약한 태자는 삼장법사가 해를 당할까 걱정이 되어서 일부러 요괴 왕을 붙잡은 것이었지만, 손오공이 요괴를 때려잡을 생각을 하고 있었다는 것은 알지 못했지요. 요괴 왕은 태자의 말을 듣고서 용상 앞에 서서 큰 소리로 물었어요.

“너희들은 언제 동녘 땅을 떠났느냐? 당나라 왕이 무슨 일로 너희한테 불경을 얻어 오라 시킨 게냐?”

손오공이 고개를 꼿꼿이 들고서 대답했지요.

“우리 사부님은 당나라 황제의 동생으로, 법호를 삼장이라 하오. 당나라 폐하 밑에는 위징魏徵이라는 승상이 한 분 있는데, 그 분은 하늘의 명을 받아 꿈속에서 경하涇河의 용을 참수했소. 당나라 황제께서 꿈속에서 저승 관청을 여행하고서 다시 살아나신 다음에, 수륙도량水陸道場을 크게 여시어 억울한 영혼을 널리 구제하셨소. 그래서 우리 사부님께 불경을 강연하게 하시어 널리 자비를 베푸시는데, 갑자기 남해의 관세음보살께서 서역으로 가라는 교지를 내리셨소.

우리 사부님께서는 큰 발원을 하시어 아름다운 마음으로 충성을 다해 나라에 보답코자 하니, 당나라 황제께서 통행증명서를 내려주셨소. 그때가 당나라 정관貞觀 십삼년 구월 십이일이었소.

동녘 땅을 떠나와서 양계산을 지날 때 나를 큰제자로 거두었으니 이름하여 손오공이고, 오사국 변방 고로장에서는 두 번째 제자를 거두었으니 이름하여 저오능 또는 저팔계라 하오. 그리고 유사하의 변방에서는 세 번째 제자를 거두어들였으니 이름하여 사오정 또는 사화상이라고 하오. 얼마 전에 칙건보림사에서는 또 새로 짐을 메는 불목하니 하나를 거두셨소.”

요괴 왕이 그 말을 듣고 삼장법사를 살펴보고, 손오공을 꼼짝 못 하게 할 계책을 부리려고 눈을 부라리며 말했지요.

“거기 중! 너는 처음에는 혼자 동녘 땅을 떠났다가 네 명의 제자를 거두어들였다고 했는데, 저 세 중은 괜찮지만, 저 불목하니 얘기는 받아들이기 어렵다. 분명히 저 불목하니를 속여서 데리고 가는 것 같은데, 이름이 뭐냐? 신분증은 가지고 있느냐? 이리 올라와서 이실직고하라.”

진짜 왕은 놀라서 부들부들 떨면서 말했지요.

“스님, 제가 어떻게 말하지요?”

손오공이 진짜 왕을 꼬집으며 말했지요.

“걱정할 것 없습니다. 제가 대신 말하지요.”

멋진 제천대성! 그는 성큼성큼 올라가서 요괴 왕을 향해 날카롭고 큰 소리로 말했지요.

“폐하! 저 불목하니는 벙어리에다 귀머거리요. 어렸을 때 서역 땅에 한 번 다녀온 적이 있어 가는 길을 아오. 저 사람의 내력이나 근본은 제가 다 알고 있으니, 바라옵건대 제가 대신 말하도록 허락해주시구려.”

“그러면 빨리 저자 대신 사실대로 얘기해서 죄를 면하도록 하여라.”

손오공이 말했지요.

죄를 자백해야 할 심부름꾼은 나이도 많고

귀머거리 벙어리에다 집안도 망했소.

조상 대대로 이곳 사람인데

오 년 전에 집안이 모두 기울었소.

하늘에선 비가 내리지 않고

땅이 바싹 말라

임금과 백성 모두 정성스레 빌었소.

향을 태우고 목욕하여 하느님께 고해도

만 리에 구름 한 점 보이지 않았소.

백성들이 굶주려 거꾸로 매달아 놓은 것 같을 때

종각 남쪽에 갑자기 전진 요괴가 내려왔소.

바람을 일으키고 비를 불러 신통력을 보였지만

그 뒤 몰래 그의 목숨을 빼앗았소.

정원 우물 속에 밀어버리고

몰래 왕위를 차지했지만 사람들은 알 수 없었소.

다행히도 내가 와서

큰 공을 세우니

죽은 자 일으켜 되살리는 데 거칠 것이 없었소.

부처님께 귀의하여 심부름꾼이 되어

우리와 함께 서쪽으로 가고자 했소.

군왕으로 변한 것은 도사요

불목하니는 바로 진짜 임금이지.[3]

> 供罪行童年且邁　癡聾瘖瘂家私壞
>
> 祖居原是此間人　五載之前皆破敗

3　이 두 구절은 '도인道人'이라는 단어를 이용하여 해학적으로 표현한 것이다. 앞 구절에서는
　　'도사'라는 뜻으로 쓰였고, 뒤에 나오는 구절에서는 '불목하니'라는 뜻으로 쓰였다.

天無雨　民乾壞　君王黎庶都齋戒

焚香沐浴告天公　萬里全無雲靉靆

百姓饑荒若倒懸　鍾南忽降全眞怪

呼風喚雨顯神通　然後暗將他命害

推下花園水井中　陰侵龍位人難解

幸吾來　功果大　起死回生無罣礙

情愿皈依做行童　與僧同去朝西界

假變君王是道人　道人轉是眞王代

　　요괴 왕은 금란전 위에서 이 말을 듣고 놀라 마음이 두근두근 뛰면서 얼굴이 벌겋게 달아올랐지요. 급히 몸을 빼어 도망가려는데, 손에는 무기 하나도 없으니 어떻게 합니까? 고개를 돌려보니 진전장군鎭殿將軍이 허리에 보검을 찬 채 손오공의 정신법에 걸려서 바보처럼 꼼짝 못 하고 서 있는지라, 재빨리 다가가 보검을 빼앗아 구름을 타고 하늘로 달아났지요. 사오정이 천둥처럼 화를 내고 저팔계는 크게 소리치면서 손오공더러 성미 급한 원숭이라고 책망했지요.

　　"좀 천천히 얘기를 꺼냈으면 잡아놓을 수 있었을 거 아냐? 저렇게 구름을 타고 도망쳤으니 어디 가서 잡나?"

　　손오공이 웃으며 말했지요.

　　"애들아, 좀 조용히 해라. 우리 저 태자를 불러 부왕께 절을 올리게 하고, 왕비도 불러 남편한테 인사하게 하자."

　　그러고는 주문을 외어 정신법을 풀었지요.

　　"문무백관들을 깨워서 임금께 절하게 하면 그제야 이분이 진짜 왕이라는 것을 알게 될 것이다. 지난 일을 얘기해주어야 다 이해하게 될 거야. 나는 또 그놈을 잡으러 갈게."

멋진 제천대성! 그는 저팔계와 사오정한테 분부하였지요.

"왕과 태자, 신하, 왕비, 그리고 사부님을 잘 보살피고 있어라."

이런 소리가 들리는가 싶더니 바로 그의 자취가 사라졌어요.

손오공이 높은 하늘에 올라 눈을 크게 뜨고 요괴가 어디 있나 살펴보니, 그 요괴는 겨우 목숨을 건져 동북쪽으로 도망치고 있었어요. 손오공은 재빨리 쫓아가서 소리쳤지요.

"요괴야, 어딜 도망가느냐? 손 어르신께서 오셨다!"

요괴가 급히 고개를 돌리고 보검을 뽑아든 채 소리쳤지요.

"손오공, 정말 지독하구나! 내가 다른 사람의 왕위를 차지했다 하더라도 너랑은 상관없는 일인데, 어찌 잘못된 일을 해결한답시고 내 비밀을 다 폭로하는 게냐?"

손오공이 하하 웃으며 말했지요.

"이 간이 부은 발칙한 요괴야! 왕 자리가 널더러 하라고 있는 것인 줄 아느냐? 내가 손 어르신이라는 걸 알았으면 멀리 도망가 숨었어야지, 우리 사부님은 또 왜 괴롭히면서 무슨 자백서를 쓰 라는 게냐? 방금 전의 그 자백은 어땠느냐? 내 말이 맞지? 도망가지 않을 거면 내 몽둥이 맛이나 한 번 보아라!"

요괴는 옆으로 몸을 피하며 보검을 휘둘러 정면으로 반격했어요. 그 둘이 싸움을 벌이는 모습은 정말 살기가 등등했지요.

원숭이 왕 매섭고
요괴 왕 또한 강하니
칼과 몽둥이가 부딪혀 막상막하로구나.
하늘 가득한 구름과 안개는 삼계를 흐리게 하는데
오로지 이 나라 왕을 다시 세우기 위함이라.

　　　　　　　　　　猴王猛　魔王強　刀迎棒架敢相當

그 둘이 여러 합을 겨루었는데, 요괴는 결국 원숭이 왕을 당해낼 수 없었지요. 요괴는 재빨리 고개를 돌려 왔던 길을 따라 도성 안으로 도망쳐서 백옥 계단 앞에 양쪽으로 늘어서 있는 문무백관들 속으로 비집고 들어갔어요. 그러고는 몸을 한 번 흔들어 삼장법사와 똑같은 모습으로 변해서 손을 든 채 계단 앞에 섰지요. 제천대성이 쫓아와서는 삼장법사로 변한 요괴를 여의봉으로 내리치려 하자 요괴가 말했지요.

"얘야 때리지 마라. 나다."

그래서 급히 여의봉을 휘둘러 진짜 삼장법사를 때리려 하자 또 이렇게 말하는 것이었어요.

"얘야 때리지 마라. 나다."

똑같이 생긴 삼장법사가 둘이라 정말 분간하기 어려웠지요.

"만약에 요괴가 변한 사부님을 내리친다면 이번 일에 공을 세운 것이지만, 진짜 사부님을 내리치게 되면 어쩐다?"

손오공은 하는 수 없이 잠시 손을 놓고 저팔계와 사오정을 불러 물어보았지요.

"정말 누가 요괴고 누가 사부님이냐? 그놈을 찍어주면 내가 내리칠게."

저팔계가 말했지요.

"형님이 하늘에서 그 요괴와 싸우고 있더니 눈 깜짝할 사이에 벌써 사부님이 둘이 되었더군요. 우리도 누가 진짜고 누가 가짜인지 모르겠는데요."

손오공이 그 말을 듣고 손가락을 구부려 결을 맺고 주문을 외어 호법제천, 육정육갑, 오방게체, 사치공조, 열여덟 명의 호가가

람護駕伽藍, 그리고 그 지방 토지신과 산신들을 불러 말했지요.

"이 몸이 여기서 요괴를 무찌르려는데, 요괴가 우리 사부님으로 변장해서 모습이 똑같아졌는지라 도무지 분간할 수 없구나. 너희들 중에 아는 자는 우리 사부님을 대전 위로 모시고 올라가서 내가 요괴를 잡을 수 있도록 해라."

그런데 알고 보니 이 요괴는 구름과 안개를 잘 타서, 손오공이 하는 말을 엿듣자 급히 금란전 위로 뛰어올랐지요. 그러자 손오공은 여의봉을 들고 남아 있던 진짜 삼장법사를 내리치려 했어요. 만약 신들을 불러오지 않았다면, 이때 삼장법사는 가엾게도 목숨이 스무 개쯤 있었더라도 모두 고깃덩어리가 되었을 거예요. 다행히도 신들이 여의봉을 막으면서 말했지요.

"제천대성님, 요괴가 구름을 탈 줄 알아서 대전에 먼저 올라갔습니다."

손오공이 쫓아서 대전에 오르자 이번에는 요괴가 대전을 내려와 진짜 삼장법사를 데리고서 사람들이 모여 있는 곳으로 숨어 들어가니, 여전히 구별하기가 쉽지 않았어요. 손오공은 기분이 상했는데, 저팔계 녀석이 옆에서 비웃고 있는 것이 보였지요. 손오공은 무척 화가 나서 말했어요.

"너 이 똥자루 같은 녀석아! 지금 사부님이 두 분이 되었으니, 네가 부르고 대답하고 모실 사람이 하나 더 생긴 셈이다. 그런데도 이렇게 희희낙락하고 있는 게냐?"

"형님은 날더러 멍청이라고 하지만, 형님이 나보다 더 멍청하네. 사부님을 알아보는 데 뭐하러 그리 힘을 빼시오? 형님이 머리 아픈 것만 조금 참으면, 사부님들께 주문을 외라고 부탁드리고 나와 오정이 각각 한 분씩 붙들고 듣고 있으면 되지. 주문을 모르는 자가 바로 요괴일 테니까 뭐가 어렵겠소?"

"아우야, 훌륭하구나. 그 주문이라면 셋만 알고 있으니까. 원래 우리 부처님 마음속에서 나와 관세음보살께 전수되었고, 또 관세음보살이 우리 사부님께 전해주신 것이라 다른 사람은 아무도 모르지. 그래 좋다. 사부님들, 주문을 외어보세요."

삼장법사는 정말 주문을 외기 시작했지요. 요괴 마왕이 그 주문을 어찌 알겠어요? 그냥 입으로 중얼중얼 주문 외는 시늉만 했지요. 그러자 저팔계가 말했어요.

"저기 중얼대기만 하는 놈이 요괴다!"

저팔계는 손을 놓고 쇠스랑을 들어 내리쳤어요. 요괴는 다시 몸을 솟구쳐 구름을 타고 도망갔지요. 멋진 저팔계! 그가 크게 고함을 치며 구름을 타고 쫓아가자, 놀란 사오정도 진짜 삼장법사를 남겨두고 항요장을 휘두르면서 달려들었지요. 그제야 삼장법사는 주문을 멈추었고, 손오공은 머리 아픈 것도 참은 채 여의봉을 들고 하늘 위로 요괴를 쫓아갔지요. 아! 이번 싸움은 세 중이 요괴 하나를 둘러싸고 벌어진 것이었어요. 요괴는 좌우 양쪽에서 저팔계와 사오정의 쇠스랑과 항요장으로 공격당하고 있었지요. 손오공이 웃으면서 말했어요.

"내가 다시 정면에서 달려들면 저놈은 내가 무서워서 또 도망치겠지? 나는 더 높이 올라가서 위에서 내리찍어 끝장을 내야겠다."

이렇게 손오공이 상서로운 빛을 타고 제일 높은 하늘 위[九霄]로 올라가서 결정타를 날리려고 하는데, 동북쪽에서 오색구름이 일면서, 그 속에서 큰 소리가 들렸지요.

"손오공, 멈추어라!"

손오공이 고개를 돌려서 보니 바로 문수보살이었는지라, 급히 여의봉을 거두고 예를 올리며 말했지요.

"보살님, 어디 가시나요?"

"내 너를 대신해서 요괴를 거두러 왔다."

"수고가 많으십니다요."

문수보살이 소매에서 요괴를 비추는 거울인 조요경照妖鏡을 꺼내들고 요괴의 본래 모습을 비추었지요. 손오공은 저팔계와 사오정을 불러 문수보살을 뵙게 했어요. 그런데 조요경에 비추어보니, 요괴는 아주 흉악한 모습이었어요.

눈은 유리 술잔 같고
머리는 구워낸 항아리 같구나.
몸은 한여름 쪽빛처럼 짙푸르고
네 발톱은 늦가을 서릿발 같다.
두 귀를 길게 늘어뜨리고
꼬리는 빗자루처럼 길구나.
푸른 털에는 날카로운 기운 뻗치고
붉은 눈은 금빛을 내쏘네.
납작한 이빨은 옥판처럼 고르고
둥근 수염은 단단하고 창처럼 뻣뻣하다.
거울 속에서 진짜 모습을 보니
문수보살의 사자 왕이로구나.

眼似琉璃盞　頭若煉砂缸

渾身三伏靛　四爪九秋霜

搭拉兩箇耳　一尾掃帚長

青毛生銳氣　紅眼放金光

匾牙排玉板　圓鬚挺硬鎗

鏡裡觀眞像　原是文殊一箇獅猁王

손오공이 말했지요.

"문수보살님, 이건 보살님께서 타고 다니던 푸른 사자가 아닙니까? 그런데 어떻게 도망쳐서 요괴가 되었으며, 보살님은 또 왜 잡아두지 않으셨습니까?"

"오공아, 도망친 것이 아니란다. 모두 부처님의 뜻을 받든 것이란다."

"이 짐승이 요괴가 되어 왕위를 빼앗은 것이 모두 부처님이 시킨 거라고요? 부처님 생각으로는 이 몸이 삼장법사님을 보호하면서 이런 고생을 몇 번이나 겪어야 한다는 겁니까?"

"너는 모른다. 원래 이 오계국의 왕은 스님들을 잘 모셨는데, 부처님이 나를 보내시어 이 왕을 서역에 데리고 가서 귀하신 부처님의 존재를 증명하게 하셨지. 그런데 원래 모습으로 갈 수가 없어서 보통 스님으로 변장하고 가서 그에게 시주를 구했다. 하지만 왕은 내가 몇 마디 거슬리는 말을 하자 내가 좋은 사람인 줄 알아보지 못하고, 나를 밧줄로 묶어서 저 어수하御水河에 내려보내 사흘 동안 물속에 있게 했다. 다행히도 육갑금신六甲金神이 나를 구해 서역으로 데려와서 부처님께 아뢰니, 부처님이 이 요괴더러 이곳에 와서 왕을 우물 속에 밀어 넣고 삼 년 동안 물속에 있게 하여 내가 사흘 동안 물속에 있었던 한을 갚게 하셨다. '물 한 모금 밥 한 술도 전생에 정해지지 않은 게 없다(一飮一啄 莫非前定)'고 하지 않더냐? 이제 네가 여기에 와서 공을 이루었구나."

"보살님께서는 '물 한 모금' 어쩌고 하는 개인적인 원수를 갚으셨지만, 저 요괴는 얼마나 많은 사람을 해쳤는지 몰라요."

"사람을 해치지는 않았다. 저놈이 온 다음부터 삼 년 동안 바람도 잘 불고 비도 알맞게 와서 나라는 태평하고 백성들도 편안해졌으니, 어찌 사람을 해쳤다고 할 수 있겠느냐?"

"그건 그렇지만, 왕비하고 같이 잠을 자 왕비의 몸을 더럽혔고 강상綱常과 윤리를 크게 무너뜨렸는데, 그래도 사람을 해친 것이 아닙니까?"

"왕비의 몸을 더럽힐 수는 없었다. 저놈은 거세한 사자니라."

저팔계가 그 말을 듣고 가까이 가서 만져보고는 웃으면서 말했지요.

"이놈은 정말로 '술 못 마시는 딸기코(糟鼻子不吃酒)', 즉 이름값도 못하는 놈이네요."

손오공이 말했지요.

"기왕 이렇게 되었으니, 데리고 가세요. 보살님께서 친히 오시지 않았더라면 저놈 목숨을 절대 살려두지 않았을 겁니다."

문수보살은 염불을 외면서 요괴를 보고 소리쳐 말했지요.

"이놈아! 아직도 정과로 돌아오지 않고 뭣하고 있는 게냐?"

그러자 요괴는 그제야 원래 모습을 드러냈어요. 문수보살은 요괴 등에 연꽃을 얹어 씌우고 그 위에 올라타 상서로운 빛을 밟으며 손오공에게 작별 인사를 했지요. 아!

곧장 오대산 돌아 하늘로 올라가나니
보련좌 아래에는 경전 읊는 소리 들리는구나.

徑轉五臺山上去　寶蓮座下聽談經

결국 삼장법사와 제자들이 어떻게 오계국을 떠나게 되는지는 알 수 없으니, 이에 대해서는 다음 회를 들어보시라.

제40회
홍해아가 삼장법사를 납치하다

한편, 제천대성 삼 형제는 구름을 내려 곧장 조정으로 들어갔어요. 임금과 태자를 비롯한 여러 신하들은 절을 올리며 은혜에 감사했어요. 문수보살이 요괴를 물리치고 수습한 이야기를 손오공이 임금과 신하들에게 자세히 들려주자, 그들은 모두 땅바닥에 엎드려 큰절을 올리며 감사해 마지않았지요. 그들이 모두 축하하고 기뻐하고 있는데 다시 환관이 아뢰는 소리가 들렸어요.

"폐하, 밖에 스님 네 분이 또 찾아왔습니다."

저팔계가 놀라며 말했어요.

"형님, 요괴가 술수를 써서 가짜 문수보살로 변장하여 우리를 속이더니, 이제 다시 중으로 변해 우리와 재주를 겨뤄보자는 거 아닐까요?"

"무슨 헛소리!"

왕이 들여보내라는 명을 내리자 여러 문무 벼슬아치들이 그 명을 전달했어요. 손오공이 살펴보니 보림사의 승려들이었어요. 그들은 충천관, 벽옥대, 자황포, 무우리를 받쳐 들고 들어왔어요. 손오공이 매우 기뻐하며 말했어요.

"잘들 왔다. 잘들 왔어."

손오공은 그들에게 황제의 머릿수건을 벗기고 충천관을 씌우고, 승복을 벗기고 자황포를 입히고, 실끈을 풀고 벽옥대를 매어주고, 승려들이 신는 신을 벗기고 무우리를 신겨주도록 했어요. 그리고 태자에게 백옥규를 꺼내 오라고 해서 손에 쥐어주고는 서둘러 정전에 올라 왕위에 오르도록 했지요. 옛말에도 '조정에는 하루라도 임금이 없어서는 안 된다(朝廷不可一日無君)'라는 말이 있잖아요? 하지만 왕이 어디 옥좌에 앉으려 하겠어요? 그는 눈물을 흘리며 계단에 꿇어앉은 채 이렇게 말했어요.

"저는 이미 삼 년 전에 죽은 사람인데, 지금 스님께서 구해주셔서 환생하게 되었습니다. 어찌 다시 망령되게 스스로 왕이라 칭하겠습니까? 청컨대 스님께서 왕이 되어주십시오. 저는 처자식들을 데리고 성 밖으로 나가 평민이 되는 것으로도 충분합니다."

그러나 삼장법사가 어디 그 말을 받아들이겠어요? 그의 마음은 오로지 부처님을 뵙고 경전을 구할 생각뿐이었지요. 그러자 이번에는 손오공을 보고 임금이 되어달라고 했어요. 손오공이 웃으며 사양했어요.

"솔직히 얘기해서 이 몸이 왕이 되려고 했다면 천하만국 구주九州의 황제를 두루 거쳤을 것이오. 하지만 우리는 중노릇하는 데 익숙해져서 이게 편하다오. 만약에 왕이 된다면 머리를 길러야 되고, 초저녁이건 한밤중이건 자지도 못하며, 변방의 다급한 보고를 듣게 되면 마음이 불안하고, 흉년이 들면 그 근심이 어떠하겠소? 우리가 어떻게 그런 것들에 익숙해질 수 있겠소? 그러니 당신은 당신대로 전처럼 왕이 되고, 나 또한 나대로 중이 되어 수행하러 떠나려 하오."

국왕은 더 이상 사양하지 못하고 마지못해 정전에 올라 남쪽을 바라보고 왕위에 올랐어요. 그리고 천하의 죄인들을 크게 사면하고, 보림사 승려들에게는 작위를 주어 돌려보냈어요. 그리고 동쪽 누각을 열어 삼장법사 일행을 위해 연회를 베푸는 한편, 화가를 불러 당나라 스승과 제자 네 사람의 웃는 얼굴을 그리도록 하여 금란전에 받들어 모셨지요.

스승과 제자들은 나라가 안정된 것을 보고 더 머무르려 하지 않고 왕에게 작별하고 서쪽으로 떠나려 했지요. 왕과 왕비, 비빈, 태자, 여러 대신들은 국가의 보물, 금, 은, 비단 등을 삼장법사에게 주면서 은혜에 보답코자 했어요. 하지만 삼장법사는 조금도 받으려 하지 않고, 다만 통행증명서만을 교환하여 손오공을 재촉해서 말에 안장을 얹도록 해서 서둘러 길을 떠났지요.

왕은 매우 미안해하며 어가를 준비하여 삼장법사에게 타도록 했어요. 그리고 문무 양반들로 하여금 길을 인도하게 하고, 왕 자신과 삼궁의 비빈들, 태자는 어가를 옆에서 따르며 성곽까지 배웅했어요. 삼장법사는 그제야 어가에서 내려 그들과 작별하니, 왕이 말했어요.

"스님, 서천에 가셨다 돌아오실 때 꼭 다시 한 번 저의 나라를 들러주십시오."

"말씀대로 하겠습니다."

왕은 펑펑 울며 마침내 신하들과 함께 돌아갔어요. 삼장법사 일행 넷은 꼬불꼬불한 큰길로 접어들었어요. 그들의 마음은 오로지 영취산에 참배하려는 것뿐이었지요. 그때는 마침 가을이 다 가고 겨울이 시작되는 때였지요.

서리가 단풍 시들게 하니 숲이 모두 앙상하고
비가 수수를 여물게 하니 곳곳마다 풍성하구나.

햇살 따스하니 고갯마루 매화 저녁 무렵에 피어 있고
바람이 산 대나무를 흔드니 차가운 소리 내네.

霜凋紅葉林林瘦　雨熟黃粱處處盈
日暖嶺梅開晚色　風搖山竹動寒聲

　삼장법사 일행은 오계국을 떠나 밤에는 쉬고 새벽에 길을 떠났어요. 그렇게 반달 남짓 지나자 문득 다시 높은 산이 나타났어요. 정말 하늘 높이 치솟아 해를 가릴 정도의 산이었지요. 삼장법사가 말 위에서 놀라 급히 고삐를 잡아당기며 손오공을 부르자, 손오공이 대답했어요.

　"사부님 무슨 분부가 있으십니까?"

　"봐라. 앞쪽에 높은 산과 험한 고개가 또 나타났구나. 조심해서 방비해야 한다. 일순간에 요괴가 다시 나타나 나를 공격할지 모르니까."

　손오공이 웃으며 대답했어요.

　"쓸데없는 걱정 그만하고 길이나 가세요. 이 몸이 다 알아서 방어하고 보호해드릴 테니까요."

　삼장법사는 마음을 놓고 말에 채찍질하여 산의 낭떠러지 앞에 이르렀어요. 그 산은 정말 험준했지요.

　높기로는
　산꼭대기가 푸른 하늘에 닿아 있고
　깊기로는
　골짜기가 저승 관청 같구나.
　산 앞쪽에는 언제나 뭉게뭉게 흰 구름 일고
　자욱하게 검은 안개 피어오르네.

붉은 매화, 비췻빛 대나무
푸른 잣나무와 소나무도 보이네.
산 뒤쪽에는 천길만길 아찔한 곳에 신령한 누대 있고
누대 뒤쪽에는 오래되고 괴상한 요괴 동굴이 있구나.
동굴 속에는 똑똑 뚝뚝 물 떨어지는 샘이 있고
샘 아래쪽에는 꼬불꼬불 흐르는 계곡 있구나.
하늘과 땅을 오르락내리락 과일을 바치는 원숭이와
삐죽삐죽 뿔 달린 사슴들
힐끔힐끔 사람을 쳐다보는 노루들
저녁이 되자 산에 기어올라 동굴을 찾는 호랑이와
먼동이 트자 물결을 뒤집고 물밖으로 나온 용들
그들이 동굴을 찾아오느라 우당탕 소리 들리면
깜짝 놀란 새들 푸두둑 날고
숲속에서는 짐승들 후다닥 달아나네.
이런 새, 짐승들 모습을 보고 있자니
사람 마음도 화들짝 놀라게 되는구나.
무너진 동부洞府의 집 동부 안에 있고
동굴은 무너져야 하지만 어쨌든 신선 세계라네.
푸른 돌은 수많은 옥처럼 물들어 있고
푸른 비단처럼 뒤덮고 있는 만 겹 안개.

高不高　頂上接青霄
深不深　澗中如地府
山前常見骨都都白雲　扢騰騰黑霧
紅梅翠竹　綠柏青松
山後有千萬丈挾魂靈臺　後有古古怪怪藏魔洞
洞中有叮叮噹噹滴水泉　下更有灣灣曲曲流水澗

又見那跳天搠地獻果猿　丫丫叉叉帶角鹿
　　　　　　　　　　　呢呢癡癡看人猙
至晚巴山尋穴虎　待曉翻波出水龍
登得洞門吻喇的响　驚得飛禽撲魯的起
　　　　　　　　看那林中走獸鞠律律的行
見此一夥禽和獸　嚇得人心扢磴磴驚
堂倒洞堂堂倒洞　洞當當倒洞當仙
青石染成千塊玉　碧紗籠罩萬堆烟

스승과 제자들이 두려워하고 있는데, 이번에는 산 움푹한 곳에서 붉은 구름이 하늘로 곧게 뿜어져 나오더니 불덩어리 모양이 되었어요. 손오공은 깜짝 놀라 앞으로 가서 삼장법사의 발을 부축해 말에서 내리게 하며, 저팔계와 사오정에게 이렇게 소리쳤어요.

"애들아, 멈춰 서라! 요괴가 나타난 것 같다."

깜짝 놀란 저팔계는 급히 쇠스랑을 들고 사오정도 항요장을 휘두르며 삼장법사를 가운데에 놓고 빙 둘러서서 호위했어요.

이야기는 두 갈래로 나뉘지요. 어쨌든 붉은빛 속에는 정말 요괴가 있었어요. 그놈은 몇 년 전에 누군가가 하는 얘기를 들었는데, 그 말에 따르면 서천으로 경전을 가지러 가는 동녘 땅 당나라 중은 바로 금선장로가 환생한 것인데, 그는 열 세상을 돌며 수행한 훌륭한 사람이라 누구라도 그의 고기를 한 점만 먹어도 불로장생하여 천지와 수명을 같이할 수 있다는 것이었지요.

그래서 그 요괴는 매일 산에서 기다리고 있었는데, 뜻밖에 오늘 삼장법사가 도착한 것이었어요. 요괴가 공중에서 살펴보니,

세 제자가 당나라 중을 호위하여 말에서 내리도록 하고 제각기 방비를 하고 있는 것이었어요. 요괴는 칭찬해 마지않으며 중얼거렸어요.

"대단한 중들인데! 방금 전까지 하얀 얼굴에 통통하게 생긴 중이 말에 타고 있었는데, 당나라의 그 성승인 것 같았어. 그런데 어떻게 알고 저 추하게 생긴 세 중들이 호위하고 있는 걸까? 모두 주먹을 내밀고 소매를 걷어 올리고 각자 무기를 들고 있는 것이 꼭 누군가와 싸우려는 듯하군. 허! 어떤 눈치 빠른 놈인지는 모르겠지만, 나를 알아본 게 틀림없어. 저런 상태라면 저 당나라 중의 고기를 얻어먹을 생각은 말아야겠는걸?"

요괴는 한참 머뭇거리며 속으로 자문자답해가며 생각해봤어요.

'힘으로 사로잡으려 한다면 접근하기가 어려울 거야. 그렇지만 혹시 선한 마음을 자극하여 그를 미혹시킨다면 목적을 달성할 수 있을지 몰라. 그의 마음을 속여서 미혹시키고 그가 선행을 베푸는 중에 기회가 나면 틀림없이 붙잡아야지. 잠깐 내려가서 그에게 장난을 좀 쳐야겠군.'

대단한 요괴! 그는 즉시 붉은빛을 흩어버리고 구름을 내려 산비탈 쪽으로 갔어요. 그리고 몸을 한 번 흔들어 일곱 살짜리 어린아이로 변했어요. 몸에는 옷도 걸치지 않고 손발을 밧줄로 묶어 소나무 꼭대기 높이 매달린 채 "사람 살려! 사람 살려!" 하고 외쳤어요.

한편, 제천대성이 문득 고개를 들고서 다시 살펴보니 붉은 구름은 다 흩어지고 불덩어리도 전혀 남아 있지 않았어요.

"사부님, 말에 오르셔서 출발하시지요."

"요괴가 나왔다고 했는데 어떻게 감히 다시 길을 가자는 것이냐?"

"제가 좀 전에 보니까, 붉은 구름이 땅에서 피어올라 공중에 이르더니 불덩어리 모양이 되었습니다. 분명히 요사한 정령이 있었던 거지요. 그런데 지금 붉은 구름이 흩어진 걸 보니, 아마도 지나가던 요괴로 사람을 해치지는 않을 듯합니다. 그러니 우리도 출발합시다."

저팔계가 웃으며 말했어요.

"형님은 말씀도 기가 막히게 하는구려. 요괴 가운데 무슨 지나가는 놈이 있다는 거요?"

"네가 어찌 알겠냐? 만약에 저 산이나 동굴의 마왕이 연회를 베풀어 여러 산이나 동굴의 정령들을 모임에 초청한다면, 동서남북 사방의 정령들이 모두 모임에 갈 거 아니겠어? 그러면 그들은 오로지 모임에 갈 생각만 하지 사람을 해칠 생각은 하지 않는 거야. 그런 놈들이 바로 지나가는 요괴들이라고."

삼장법사는 이 말을 듣고 반신반의하면서 안장을 잡고 말에 올라 산길을 따라 나아갔어요. 한참 가고 있는데 "사람 살려!" 하고 외치는 소리가 들렸어요. 삼장법사는 매우 놀라 말했어요.

"얘들아, 이런 산속 어디에서 누가 부르는 소리냐?"

손오공이 앞으로 나아가 대답했어요.

"사부님은 무슨 놈의 사람이 메는 가마, 노새가 끄는 가마, 덮개 없는 가마, 침대 가마 따위에는 신경 쓰시지 말고 길이나 가세요. 이곳에는 가마가 있다 해도 가마꾼은 없으니까요."

"내가 한 말은 메는 가마라는 뜻의 '교轎' 자가 아니라, 부른다고 할 때의 '규叫' 자[1]를 얘기한 것이다."

손오공이 웃으며 대답했어요.

---

1 중국어에서 '가마'라는 뜻의 '교轎'와 '부르다'라는 뜻의 '규叫'는 모두 '쟈오[jiao]'로 발음된다.

"저도 압니다. 하지만 쓸데없는 일에는 상관하지 말고 길이나 갑시다."

삼장법사는 손오공의 말에 따라 말에 채찍질을 해 다시 나아 갔어요. 하지만 일 리도 못 가서 또 "사람 살려!" 하고 외치는 소리가 들리자, 삼장법사가 말했어요.

"애야, 이 외치는 소리는 도깨비나 요괴의 것이 아니다. 만약 도깨비나 요괴라면 나가는 소리만 있고 돌아오는 메아리는 없는 법이다. 너도 들어봐라. 그가 한 번 외치면 다시 메아리가 울리지 않니? 재난을 당한 사람임에 틀림없으니, 우리가 가서 구해주도록 하자."

"사부님, 오늘은 잠시 그 자비심을 접어두세요. 이 산을 넘고 나서 다시 자비를 베푸시면 되잖아요? 이곳은 흉한 일들은 많고 길한 일들은 적은 곳입니다. 사부님도 요괴가 풀이나 나무 같은 데붙어 있다는 얘기를 아시죠? 이런 것들도 정령이 될 수 있다니까요. 다른 것들은 그래도 괜찮은데 구렁이 같은 것은 오랜 세월 수행하면 정령이나 도깨비가 되어, 사람들의 어릴 적 이름을 잘 압니다. 그놈들은 풀숲이나 산 움푹한 곳에 숨어 있다가 사람을 부르는데, 사람이 대답하지 않으면 괜찮지만, 만약 대답하게 되면 바로 사람의 원신을 빼앗아 그날 밤 따라와서 반드시 사람 목숨을 해칩니다. 어서 갑시다, 가요. '빠져나갈 수 있으면 천지신명께 감사하라(脫得去 謝神明)'는 옛말도 있잖아요? 절대 저 소리를 귀담아듣지 마세요."

삼장법사는 하는 수 없이 그의 말에 따라 다시 말을 재촉해서 길을 떠났어요. 손오공이 속으로 생각했어요.

'이 못된 요괴가 도대체 어디 있지? 소리만 질러대고 있으니…… 이 몸이 묘시에 태양이 떴다가 유시에 태양이 지는 것처

럼 서로 어긋나게 하는 '묘유성법卯酉星法'을 써서 둘이 서로 만나지 못하도록 해야겠군.'

멋진 제천대성! 그는 사오정에게 이렇게 말했어요.

"앞으로 와서 말고삐를 붙들고 천천히 가고 있어라. 이 몸은 소변을 좀 봐야겠다."

여러분, 보세요. 그는 삼장법사를 몇 걸음 앞서가게 하더니, 주문을 외어 산을 옮기고 거리를 좁히는 이산축지법移山縮地法을 써서 여의봉으로 뒤쪽을 한 번 가리켰어요. 그러자 그들 일행은 이 봉우리를 넘어서 앞쪽으로 가버려 그 괴물을 떼어놓게 되었어요. 손오공은 다시 걸음을 옮겨 삼장법사를 따라잡아 산길을 재촉했지요. 그런데 삼장법사는 산 뒤쪽에서 "사람 살려!"라고 외치는 소리를 또 듣고 이렇게 말했어요.

"얘들아, 저 곤경에 처한 사람이 정말 인연이 없어서 우리를 만나지 못했구나. 우리가 그를 지나쳐 왔어. 너희들도 들어봐라. 그가 산 뒤쪽에서 소리치고 있지 않니?"

그러자 저팔계가 말했어요.

"있기는 여전히 산 앞쪽에 있는데, 지금 바람이 휘돌아 부니까 뒤쪽에서 부르는 것처럼 들리는 겁니다."

손오공이 말했어요.

"바람이 휘돌아 불건 말건 그게 무슨 상관이냐? 어서 길이나 가자."

이 말에 결국 모두 조용해졌어요. 한걸음에 이 산을 넘지 못하는 게 원망스러웠지요. 그 이후의 이야기는 그만하기로 하지요.

한편, 요괴는 산비탈에서 연이어 서너 번 외쳤지만 아무도 오지 않자, 속으로 생각했어요.

'내가 당나라 중을 기다리고 있는 이곳은 그와 삼 리도 떨어져 있지 않은데, 어째서 여태까지 오지 않는 걸까? 아마 지름길로 갔나 보군.'

그는 몸을 한 번 흔들어 밧줄을 풀더니 붉은빛을 타고 공중에 올라 다시 살펴봤어요. 그때 제천대성이 아무 생각 없이 고개를 들어 위를 보다가 요괴를 알아봤어요. 그는 다시 삼장법사의 발을 잡아당겨 말에서 끌어 내리며 말했어요.

"동생들, 조심해라, 조심해! 요괴가 또 나타났다!"

깜짝 놀란 저팔계와 사오정은 각자 쇠스랑과 항요장을 들고 다시 삼장법사를 가운데에 놓고 호위했어요. 요괴가 공중에서 이 모습을 보고서 칭찬해 마지않았어요.

"대단한 중들이군! 방금 전까지 저 얼굴 흰 중이 말 위에 앉아 있었는데, 어느새 또 저 세 명에게 둘러싸여 호위를 받고 있군. 가서 한번 만나 봐야 알 수 있겠어. 먼저 눈치 빠른 놈을 때려눕혀야 당나라 중을 붙잡을 수 있겠군. 그렇지 않으면 쓸데없이 힘만 쓰고 얻는 것은 없고, 기분만 들떴다가 모든 게 허사가 되고 말겠어."

요괴는 즉시 구름을 내려 전처럼 어린아이로 변해서 소나무 끝에 높이 매달린 채 그들을 기다렸어요. 이번에는 반 리도 떨어져 있지 않았지요.

한편, 제천대성이 머리를 들고 다시 살펴보니 붉은 구름이 다시 흩어져 있었어요. 그가 다시 삼장법사를 말에 오르도록 하고 길을 가니, 삼장법사가 말했어요.

"요괴가 또 나타났다고 하더니 어째서 다시 길을 가자고 하는 거냐?"

"이놈도 역시 지나가는 요괴로 우리를 건드릴 생각은 없나봅니다."

삼장법사는 다시 화를 내며 말했어요.

"이 못된 원숭이놈, 나를 잘도 놀리는구나. 요괴가 나타났을 때
는 아무 일 없다고 하더니, 이렇게 평온한 곳에서는 툭하면 무슨
놈의 요괴가 나타났다고 소리쳐 나를 놀라게 하다니! 거짓말만
잔뜩 늘어놓고 진실한 구석이라곤 없구나. 분별력 없이 내 다리
를 잡아당겨 말 아래로 끌어 내리더니만, 이제 와서 도리어 무슨
지나가는 요괴라고 변명이나 하고 말이야. 내가 떨어져 다치기라
도 한다면 미안해하기나 할는지. 쯧쯧쯧……."

"사부님, 그만 야단치세요. 사부님께서 손발을 다치면 치료하
면 되지만, 요괴에게 붙잡혀 가시면 어디 가서 찾겠어요?"

삼장법사는 매우 화가 나 씩씩거리며 긴고아주를 외려고 했어
요. 하지만 사오정이 한사코 말려 다시 말에 올라 길을 갔지요. 하
지만 말에 제대로 앉지도 않았는데 또 "스님, 구해주세요!" 하고
외치는 소리가 들렸어요. 삼장법사가 고개를 들어 보니, 조그만
어린아이가 벌거벗은 채 나무 위에 매달려 있는 것이었어요. 삼
장법사는 말을 멈추고 손오공을 욕했어요.

"이 못된 원숭이놈! 어찌 그렇게도 지독하냐? 선량한 마음이
라고는 조금도 없고 마음속으로는 못된 짓 할 생각만 하고 있구
나. 내 그렇게도 사람이 소리치는 거라고 얘기했는데 저놈은 온
갖 소리를 지껄이며 요괴라고만 하더니. 네놈이 한번 봐라. 나무
위에 매달린 게 사람이 아니고 뭐냐?"

제천대성은 사부님에게 꾸중을 듣긴 했지만, 그래도 얼굴을 들
어 요괴가 어떻게 하는지 보았어요. 우선 지금은 행동을 취할 수
없는 상황이었고, 삼장법사가 다시 긴고아주를 욀까 봐 무섭기도
했기 때문에, 고개를 숙인 채 감히 다시 대꾸하지는 못하고 삼장

법사가 나무 아래로 가도록 내버려두었어요. 삼장법사는 아이를 채찍 끝으로 가리키며 물었어요.

"너는 뉘 집 애냐? 무슨 일로 이곳에 매달려 있는 거냐? 나한 테 얘기해주면 널 구해주마."

아! 그것은 분명 요괴가 어린아이로 변신한 것이었지만, 삼장 법사는 식견이 좁은 범속한 사람인지라 알아볼 수가 없었어요. 요괴는 그가 묻는 것을 보자 더욱 허풍을 떨면서 눈물까지 흘려 가며 말했어요.

"스님, 이 산 서쪽으로 가시면 고송간枯松澗이라는 계곡이 있는 데, 그 근처에 마을이 하나 있습니다. 저는 그 마을 사람입니다. 저희 할아버지는 성이 홍紅가인데 금은을 많이 쌓아두고 재산이 수만금이어서, 별명이 '홍백만紅百萬'이었습니다. 할아버지는 연 세가 들어 세상을 떠나신 지 이미 오래되었고, 재산은 제 아버지 께서 물려받으셨습니다. 최근에 사치스럽게 생활하셔서 가산이 점차 줄자 별명이 '홍십만紅十萬'으로 바뀌었습니다.

아버지께서는 사방의 호걸들과 교제하는 것에만 관심이 있으 셨는데, 이자를 받을 생각으로 그들에게 금은을 빌려주었습니다. 하지만 그 무뢰한들이 아버지를 속이고 도망가버려 본전과 이자 를 하나도 돌려받지 못하게 될 줄을 어찌 알았겠습니까? 아버지 께서는 다시는 그들에게 한 푼도 빌려주지 않겠다고 맹세했습니 다. 금은을 빌려 쓰던 자들은 생계를 꾸려갈 돈이 없자, 사악한 무 리들을 모아서 횃불을 밝히고 몽둥이를 들고 대낮에 저희 집에 쳐들어와 재물을 깡그리 약탈해가고 아버지를 죽여버렸습니다.

그들은 제 어머니가 예쁘게 생긴 것을 보고 산적 두목의 부인 으로 삼겠다며 데려갔습니다. 그때 어머니는 버릴 수 없어 저를 품에 안으시고 울고불고 벌벌 떨며 도적을 따라갔습니다. 그런데 뜻밖에 이 산속에 도착하자 그들이 다시 저를 죽이려 했습니다. 다행히 어머니가 애걸복걸해서 저를 칼로 베어 죽이지는 않았습니다. 대신에 그들은 밧줄로 저를 이 나무 위에다 매달아 얼어 죽거나 굶어 죽도록 했습니다.

그 도적들이 어머니를 어디로 데려갔는지는 모르겠습니다. 제가 이곳에 매달려 있는 지도 벌써 사흘째인데 지나가는 사람이라곤 하나도 없었습니다. 제가 어떤 세상에서 음덕을 쌓았는지는 모르겠으나, 이생에서 우연히 노스님을 만나게 되었습니다. 스님께서 큰 자비를 베푸시어 제 목숨을 구해주셔서 집으로 돌아갈 수 있게 해주신다면, 몸을 저당 잡히고 목숨을 팔아서라도 은혜를 갚겠습니다. 죽더라도 은혜를 잊지 않겠습니다!"

삼장법사는 이 말을 진짜로 알아듣고 저팔계를 보고 밧줄을 풀어 그를 구해 내려주라고 했어요. 그 멍텅구리도 그를 알아보지 못하고 앞으로 가 손을 쓰려고 했어요. 손오공이 옆에 있다가 참지 못하고 소리쳤어요.

"이 못된 놈! 네놈의 정체를 알고 있는 분이 여기 계시다! 근거 없는 거짓말을 지어내어 남을 속이려 하다니! 너희 집 재산도 다 빼앗기고 아버지도 도적에게 죽고 어머니도 끌려갔다면, 너를 구해서 누구한테 맡긴단 말이냐? 너는 무엇으로 우리에게 사례하겠느냐? 그 거짓말은 앞뒤가 맞지 않아!"

요괴는 이 말을 듣고 속으로 두려워졌어요. 그는 제천대성이 대단한 자라는 것을 알고 마음속에 그를 기억해두었어요. 하지만 요괴는 다시 벌벌 떨며 눈물을 흘리며 말했어요.

"스님, 제 부모가 모두 돌아가시고 재산도 모두 잃었지만, 아직 전답이 남아 있고 친척들도 모두 살아 계십니다."

손오공이 물었어요.

"너한테 어떤 친척이 있느냐?"

"제 외할아버지 댁이 산 남쪽에 있고, 고모가 고개 북쪽에 살고 계시며, 골짜기에 사시는 이사李四는 제 이모부님이고, 숲속에 사는 홍삼紅三은 제 백부님이십니다. 당숙들과 사촌 형들도 모두 마을 근처에 살고 계십니다. 노스님이 저를 구해주셔서 마을로 돌아가 여러 친척들을 만나실 때 제가 노스님께서 구해주신 은혜를 일일이 그분들께 말씀드리면, 전답을 저당 잡히고 팔아서라도 후하게 사례할 겁니다."

저팔계는 이 말을 듣고 손오공에게 대들며 말했어요.

"형님, 이렇게 조그만 어린애를 상대로 따져서 뭘 어쩌려고 그러시오? 이 애 말도 일리가 있구먼. 강도들이 가져갈 수 있는 재산을 약탈해갔다곤 하지만, 설마 집이나 전답까지 가져갈 수 있었겠소? 쟤 친척들에게 얘기하도록 합시다. 우리가 밥통이 크기는 하지만 땅 열 마지기 값을 다 먹어치우지는 못할 것 아니오? 그를 구해줍시다."

멍텅구리는 먹을 생각에 이것저것 따지지 않고 칼로 밧줄을 끊어 요괴를 내려놓았어요. 요괴는 삼장법사의 말 아래에서 눈물을 펑펑 흘리며 계속 머리를 조아렸어요. 삼장법사는 마음이 자비로운 사람이어서 이렇게 말했어요.

"얘야, 말에 올라타거라. 내 너를 데려다주마."

"스님, 매달려 있다 보니 제 손발이 모두 굳어버렸습니다. 허리와 사타구니도 아프고, 무엇보다도 제가 촌놈이라 말을 탈 줄 모릅니다."

삼장법사가 저팔계에게 업으라고 하자, 요괴는 눈을 한 번 비비더니 이렇게 말했어요.

"스님, 제 살갗이 모두 꽁꽁 얼어서 감히 이 스님에게 업히지 못하겠습니다. 이분의 입은 길고 귀는 큰데다 머리 뒤쪽의 털은 빳빳해서 찔릴까 겁납니다."

"그러면 사오정이 업도록 해라."

그러자 요괴는 다시 눈을 한 번 비비며 말했어요.

"스님, 도적들이 저희 집을 약탈하러 왔을 때 모두 얼굴을 무섭게 칠하고 가짜 수염을 달고 칼과 몽둥이를 휘둘렀습니다. 제가 그들에게 놀랐는데 이 검은 얼굴의 스님을 보니 바로 정신이 아찔해서 역시 업히지 못하겠습니다."

삼장법사가 손오공에게 업으라 하니, 손오공이 낄낄 웃으며 말했어요.

"그러지요. 제가 업겠습니다."

요괴는 속으로 기뻐하며 순순히 손오공에게 업혔어요. 손오공이 그를 길가로 끌어다가 무게를 가늠해보니 겨우 세 근 열 냥 정도였어요. 손오공이 웃으며 말했어요.

"이 못된 요괴야! 오늘 넌 죽었다. 어째서 이 손 어르신 앞에서 못된 장난을 치는 거냐? 나는 네가 '거시기'²라는 것을 알고 있다."

"스님, 저는 양갓집 자식인데 불행히도 이런 큰 재난을 당한 겁니다. 제가 어째서 무슨 거시기라는 겁니까?"

"네가 양갓집 자식이라면 어째서 이렇게 뼈가 가볍냐?"

"저는 골격이 작습니다."

"너, 올해 몇 살이냐?"

"일곱 살입니다."

그러자 손오공이 웃으며 말했어요.

---

2 원문에는 '나화아那話兒'라고 되어 있다. 끝에 아이 아兒자가 붙어 있지만, 이 말은 '그 이야기' 혹은 드러내어 말하기 거북한 사람이나 사물을 지칭할 때 쓰인다.

"일 년에 한 근씩 자랐어도 일곱 근은 되어야 하는데, 넌 어째서 네 근도 안 되는 거냐?"

"제가 한동안 젖을 못 먹어서 그렇습니다."

"그렇다고 치고 내가 너를 업을 테니 똥이나 오줌이 누고 싶으면 반드시 나한테 얘기해야 한다."

삼장법사와 저팔계, 사오정은 앞에서 가고 손오공은 아이를 업고 뒤따르며 곧장 서쪽을 향해갔어요. 이를 증명하는 시가 있지요.

도와 덕이 높으면 마귀의 시험도 높으니
참선의 비결은 본래 고요한 것이나
고요함 속에서 요마가 생겨난다네.
삼장법사는 바르고 곧아 중도를 행하고
저팔계는 어리석고 고집 있어 잘못된 길을 가는구나.
용마는 말없이 애욕을 품고 있고
사오정은 묵묵히 혼자서 근심하여 속을 태우네.
지나가던 요괴는 뜻을 이뤄 쓸데없이 기뻐하나
결국에는 또한 올바름을 따라 사라지게 되리라.

道德高隆魔瘴高　禪機本靜靜生妖
心君正直行中道　木母癡頑躐外趨
意馬不言懷愛慾　黃婆無語自憂焦
客邪得志空懽喜　畢竟還從正處消

제천대성은 요괴를 업고 가면서 속으로 삼장법사가 수고를 몰라주는 것을 원망했어요.

'이런 험준한 산간지대를 가는 것은 빈 몸으로 가기도 힘든데,

이 몸에게 다른 사람을 업고 가라고 하다니! 이놈이 요괴라면 말할 것도 없고 좋은 사람이라고 한들, 그의 부모가 죽었으니 누구한테 업어다줘야 할지도 모르지 않는가? 차라리 이놈을 내팽개쳐 죽여버리는 게 낫겠어.'

요괴는 벌써 손오공의 그런 생각을 알아차리고 신통력을 부려 동서남북 사방을 향해 네 번 입김을 들이마시고 손오공의 등 위에서 숨을 내쉬었어요. 그러자 무게가 천 근이나 되었지요. 손오공이 웃으며 말했어요.

"아가, 네가 몸을 무겁게 하는 중신법重身法을 써서 이 나리를 누르고 있구나."

요괴는 이 말을 듣고 제천대성이 자신을 해칠까 두려워 형체만 남기고 원신은 빠져나와 공중으로 뛰어올라 멈춰 섰어요. 손오공은 등이 점점 무거워지자 화가 폭발하여, 요괴를 끌어내려 길옆에 있던 돌 위에다 철썩 내동댕이쳤어요. 손오공은 시신을 내동댕이쳐서 빈대떡처럼 만들고서, 그놈이 다시 덤벼들까 봐 사지를 갈가리 찢어 길 양편으로 내던져 모두 가루로 만들어버렸어요. 요괴는 공중에서 이 모습을 똑똑히 보고 속에서 불길이 이는 것을 참지 못하고 중얼거렸어요.

"이 원숭이 중, 정말로 악랄하구나. 내가 요괴 노릇을 하며 네 사부를 해치려 하긴 했지만 아직 무슨 수를 쓰지도 않았는데, 네놈은 어째서 나를 이렇게 해친단 말이냐? 내가 일찌감치 알아차리고 원신을 빼서 달아났기에 망정이지, 그렇지 않았더라면 까닭 없이 죽을 뻔했구나. 이때를 틈타 당나라 중을 붙잡지 않고 다시 한 번 양보한다면, 더더욱 그놈에게 대책을 세울 시간을 주는 셈이다."

대단한 요괴! 그가 공중에서 회오리바람을 일으키자 휘익 하

손오공이 어린아이로 변장한 요괴를 알아보고 내팽개치다

는 소리와 함께 돌과 모래를 날렸으니, 정말 지독한 바람이었어요. 그 바람은,

성난 듯 몰아쳐 물과 구름을 말아 올려 비린내 풍기고
검은 기운 자욱하게 밝은 해를 가리네.
고개의 나무들 뿌리째 뽑히고
들의 매화는 줄기째 쓰러지네.
누런 모래 눈에 날려 사람도 다니기 힘들고
기암괴석 부서져 내리니 길이 어찌 평탄하랴?
거세게 휘몰아치니 평지가 어둑하고
온 산의 짐승들 울부짖는구나.

淘淘怒捲水雲腥　黑氣騰騰閉日明
嶺樹連根通拔盡　野梅帶幹悉皆平
黃沙迷目人難走　怪石傷殘路怎平
滾滾團團平地暗　徧山禽獸發哮聲

그 지독한 바람 때문에 삼장법사는 말 위에 앉아 있기도 어려웠고, 저팔계는 고개를 들고 볼 수도 없었으며, 사오정은 고개를 숙이고 얼굴을 가렸어요. 제천대성은 요괴가 바람을 일으켰음을 알고 급히 솟구쳐 뒤쫓아갔어요. 하지만 요괴가 이미 바람을 펼쳐 흔적도 없이 삼장법사를 납치해 가버린 뒤였지요. 어디로 납치해 갔는지를 모르니 찾아볼 곳도 없었어요.

잠시 후 바람 소리가 멎고 태양이 밝게 빛났어요. 손오공이 앞으로 가서 보니 백마는 벌벌 떨며 울부짖고, 짐 꾸러미는 길 아래에 내동댕이쳐져 있었어요. 저팔계는 언덕 아래에 엎드려 신음하고, 사오정은 산비탈에 쭈그려 고함을 치고 있었어요. 손오공이

소리쳤어요.

"저팔계!"

그 멍텅구리가 손오공의 목소리를 알아듣고 고개를 들어 보니 광풍은 이미 잠잠해져 있었어요. 그놈은 기어올라 와 손오공을 붙들고서 말했어요.

"형님, 정말 대단한 바람이오!"

사오정도 앞으로 와서 말했어요.

"형님들, 이것은 회오리바람이었어요. 그런데 사부님은 어디 계신 거죠?"

저팔계가 말했어요.

"바람이 지독하게 불어와 우리들은 모두 머리를 파묻고 눈을 가리고 각자 바람을 피하고 있었고, 사부님도 말 위에 엎드려 있었는데……."

손오공이 말했어요.

"그러면 지금은 어디 가셨니?"

사오정이 대답했어요.

"허수아비처럼 가벼운 분이시니 아마 바람에 쓸려간 모양입니다."

손오공이 말했어요.

"얘들아, 우리도 여기서 흩어져야겠다."

그러자 저팔계가 말했어요.

"옳은 말씀! 일찌감치 흩어져서 각자의 길을 찾아갔다면 얼마나 좋았겠소? 서천으로 가는 길은 끝이 없으니, 언제나 도착할 수 있겠소?"

사오정이 이들의 말을 듣고 깜짝 놀라 온몸이 마비되었어요.

"형님들, 도대체 무슨 말씀들을 하시는 겁니까? 우리가 전생에

죄를 지었는데 고맙게도 관세음보살의 권면과 교화를 받아 마정수계摩頂受戒를 받고 법명을 얻어 불문에 귀의하게 되었습니다. 그래서 사부님을 호위하고 서천으로 가서 부처님을 뵙고 경전을 구하는 공덕을 쌓아 죗값을 치르기로 한 거잖아요? 그런데 오늘 이곳까지 와서 하루아침에 모든 걸 포기하고 각자의 길을 찾아가자는 말씀이십니까? 그것은 관음보살의 선과를 어기고, 우리 자신의 덕행을 망치고, 우리가 시작만 하고 끝을 보지 못하는 자들이라는 사람들의 비웃음을 사는 일이 아니겠습니까?"

손오공이 말했어요.

"동생, 자네 말도 일리가 있어. 하지만 사부님이 남의 말을 듣지 않으니 어쩌겠어? 이 몸의 화안금정火眼金睛은 좋고 나쁜 것을 알아볼 수 있단 말이야. 조금 전의 그 바람도 나무 위에 매달려 있던 어린애가 일으킨 것이었어. 나는 그놈이 요괴라는 것을 알았는데, 너희들도 사부님도 알아보지 못하고 양갓집 아이라고 생각해서 날더러 그놈을 업고 가라고 했잖아?

이 몸이 그를 처치할 생각을 하자 그놈은 벌써 알아채고 바로 중신법을 써서 나를 누르더군. 내가 그놈을 내동댕이쳐 가루로 만들자, 그놈은 다시 형체만 남기고 원신은 빠져나가는 해시법解屍法을 쓰고 회오리바람을 일으켜 사부님을 납치해 간 것이야. 이렇게 요괴에게 걸려들면서도 매번 내 말을 듣지 않으니, 내가 맥이 빠져 각자 흩어지자고 말했던 거야. 그런데 동생이 그런 갸륵한 마음을 가지고 있으니 이 몸은 진퇴양난이군. 팔계야, 너는 도대체 어쩔 셈이냐?"

"내가 좀 전에 생각 없이 되는대로 몇 마디 하기는 했지만, 사실 흩어져서는 안 된다고 생각해요. 형님, 어쩔 수 없으니 다시 동생 말대로 그 요괴를 찾아 사부님을 구하러 갑시다."

그러자 손오공은 화를 풀고 기뻐하면서 말했어요.

"애들아, 그러면 다시 마음을 하나로 모아보자. 짐과 말을 챙겨 산에 올라가 요괴를 찾아 사부님을 구하도록 하자."

삼 형제는 칡덩굴, 등나무 덩굴을 붙들고 당기며 언덕을 넘고 계곡을 돌아 육칠십 리를 걸었지만 흔적 하나 없었어요. 그 산에는 새와 짐승은 전혀 없고 오래된 잣나무와 아름드리 소나무만이 보일 뿐이었어요. 제천대성은 초조해져서 몸을 솟구쳐 험준한 봉우리 위로 올라가 "변해라!" 하고 외쳤어요. 그러자 전에 하늘 궁전을 뒤집어엎었던, 머리가 셋이고 팔이 여섯인 괴물의 모습으로 변했어요. 그는 여의봉을 한 번 흔들어 세 자루의 여의봉으로 만들더니 타닥탁 동쪽과 서쪽을 번갈아가며 마구 두들겼어요. 저 팔계가 그 모습을 보더니 말했어요.

"사오정, 큰일 났다! 형님이 사부님을 찾지 못하자 화가 나 미쳤나보다."

손오공이 한 차례 두들기자 수많은 거지 신들이 몰려나왔어요. 그들은 달랑 천 조각 하나만으로 소매도 없는 잠방이와 가랑이도 없는 바지를 걸친 꼴을 하고서 산 앞에 무릎을 꿇고 말했어요.

"제천대성님, 산신과 토지신들 대령했습니다."

"어째서 산신과 토지신들이 이렇게 많으냐?"

여러 신들이 머리를 조아리며 대답했어요.

"제천대성님께 고합니다. 이 산은 '육백리찬두호산六百里鑽頭號山'이라고 합니다. 십 리마다 산신과 토지신이 하나씩 있어서 모두 각각 서른 명입니다. 어제 제천대성이 이곳에 오신다는 얘기를 들었는데, 일시에 다 모일 수 없어 영접하는 것이 늦어져 대성님께서 진노하시게 했습니다. 부디 죄를 용서해주십시오."

"내 너희들의 죄는 용서해주마. 하나 물어보자. 이 산에는 얼마나 많은 요괴가 있느냐?"

"나리, 요괴가 겨우 하나 있는데도 그자가 저희들을 등쳐 완전히 알거지로 만들어버렸습니다. 그래서 사를 향도 태울 지전도 없으며, 제사에 쓸 짐승이라곤 한 마리도 없습니다. 저희들은 모두 몸을 가릴 만한 옷도 없고, 배를 채울 만큼의 음식도 없습니다. 그런데 몇 명의 요괴가 있다고 한다면 어떻게 견딜 수 있겠습니까?"

"그 요괴는 산 앞쪽에 사느냐? 뒤쪽에 사느냐?"

"그는 산 앞쪽에도 뒤쪽에도 없습니다. 이 산속에 고송간이라는 계곡이 있는데, 계곡 옆에 화운동火雲洞이라는 동굴이 있습니다. 그 굴속에 요괴가 살고 있는데, 신통력이 대단해서 항상 저희 산신과 토지신들을 데려다 불을 때게 하고 문을 지키게 하고 있습니다. 한밤중에는 그를 위해서 방울을 들고 암구호를 외치며 불침번을 서고 있습니다. 게다가 그의 부하 요괴들까지도 상납금을 요구하고 있습니다."

"너희들은 음부 귀신 세계의 신선들인데 무슨 돈이 있겠느냐?"

"그들에게 줄 돈이 없어서 하는 수 없이 노루나 사슴을 몇 마리 잡아다가 아침저녁으로 뇌물로 주고 있습니다. 뇌물을 주지 않으면 와서 사당을 부수고 옷을 벗기며 소란을 피워, 저희들이 편히 살 수 없도록 합니다. 부디 제천대성께서 저희들을 위해서 저 요괴를 물리쳐주시고, 산속의 살아 있는 생명들을 구해주십시오."

"너희들이 이미 그놈의 통제를 받고 항상 그놈의 동굴 안에 있다니, 그놈이 어떤 요괴이고 이름이 뭔지 알겠구나?"

"그 요괴 얘기를 하면 아마 제천대성께서도 아실 겁니다. 그자는 우마왕牛魔王의 아들로 나찰녀羅刹女가 키웠습니다. 화염산火燄山에서 삼백 년간 수행하여 '삼매진화三昧眞火'를 단련했고 신통력도 대단합니다. 우마왕이 그에게 호산號山을 지키도록 했는데, 어릴 적 이름이 홍해아紅孩兒이고, 호는 성영대왕聖嬰大王이라고 합니다."

손오공은 이 말을 듣고 몹시 기뻐하며 토지신과 산신들을 물러가게 하고, 본래 모습으로 변해 봉우리를 뛰어 내려와 저팔계와 사오정에게 말했어요.

"얘들아, 마음 푹 놓고 걱정할 필요 없겠다. 사부님은 결코 목숨을 잃지 않을 거야. 그 요괴는 이 몸과 친분이 있더구나."

저팔계가 웃으며 말했어요.

"형님, 거짓말 좀 그만하시오. 형님은 동승신주東勝神洲에 살았고 요괴가 사는 이곳은 서우하주西牛賀洲로, 거리도 까마득히 멀고 수많은 강과 산들이 가로막고 있으며 큰 바다도 둘이나 있는데, 어떻게 형님과 친분이 있다는 거요?"

"방금 전의 그자들은 모두 이 지역의 토지신과 산신들이다. 내가 그 요괴의 내력을 물어보니 우마왕의 아들로 나찰녀가 길렀고, 이름은 홍해아이며 호는 성영대왕이라는 거야. 이 몸이 오백 년 전 하늘궁전에서 소란을 피울 때 천하의 이름난 산들을 두루 유람하며 사방의 호걸들을 찾아다녔는데, 그 우마왕은 이 몸과 의형제를 맺은 적이 있다. 엇비슷한 대여섯 명의 마왕 중에서 이 몸만이 작고 깜찍하게 생겨 우마왕을 큰형님이라고 불렀지. 그 요괴가 우마왕의 아들이라면 내가 그의 아버지와 형제간이니, 따져 보면 그의 숙부인 셈이지. 그러니 그가 어떻게 우리 사부님을 해치겠어? 우리 빨리 가보자고."

사오정이 웃으며 말했어요.

"형님, '삼 년 동안 찾지 않으면 친척도 남남이다(三年不上門 當親也不親)'라는 말이 있어요. 형님이 그와 헤어진 지 오륙백 년이

지났고, 술잔을 주고받은 적도 없으며, 예를 갖춰 초청한 적도 없는데, 그가 어디 형님을 친척으로 생각하겠습니까?"

"너는 어떻게 사람을 그렇게 판단하느냐? 속담에도 '떠도는 부평초 한 잎도 큰 바다로 흘러 들어가니, 사람이 살다 보면 어디선들 만나지 않으랴(一葉浮萍歸大海 爲人何處不相逢)' 하지 않더냐? 그놈이 친척으로 생각하지는 않더라도 어쨌든 우리 사부님을 해치지는 않을 거야. 그놈이 술자리를 마련해 머무르라고 할 것을 기대하지는 않지만, 갇혀 계신 사부님은 반드시 돌려보낼 거야."

삼 형제는 각자 경건한 마음으로 백마를 끌어와 말 위에 짐을 싣고 큰길을 찾아 곧장 앞으로 갔어요. 밤낮을 가리지 않고 백 리 남짓 가니, 문득 소나무 숲이 나타났어요. 그 숲속에는 구불구불한 계곡이 있었는데, 계곡 아래쪽에는 맑고 푸른 급류가 흐르고, 계곡 상류에는 건너편 동굴로 통하는 돌다리가 나 있었어요. 손오공이 말했어요.

"얘들아, 저쪽에 있는 깎아지른 바위 절벽을 봐라. 저곳이 분명 요괴가 사는 곳일 것이다. 우리 상의해보자. 누가 짐과 말을 지키고 있을 거냐? 그리고 누가 나를 따라 요괴를 물리치러 갈 거냐?"

그 말에 저팔계가 대답했어요.

"형님, 이 몸은 진득하게 앉아 있는 성질이 못 되니 내가 형님을 따라가리다."

"좋다, 좋아!"

손오공은 다시 사오정에게 말했어요.

"말과 짐을 숲속 깊은 곳에 숨기고 조심해서 지켜라. 우리 둘이 동굴로 가서 사부님을 찾아볼 테니까."

사오정은 손오공의 말에 따랐어요. 그리고 저팔계는 손오공을

따라 각자 손에 무기를 들고 앞으로 갔지요. 이는 바로,

> 수련이 덜 된 홍해아의 사악한 불이 기승을 부리니
> 손오공과 저팔계가 함께 협력하는구나.
>
> 未煉嬰兒邪火勝   心猿木母共扶持

라는 것이었지요. 결국 이번에 가는 길의 길흉이 어떨지는 아직
모르겠으니, 이에 대해서는 다음 회를 들어보시라.

부록

현장법사의 서역 여행도

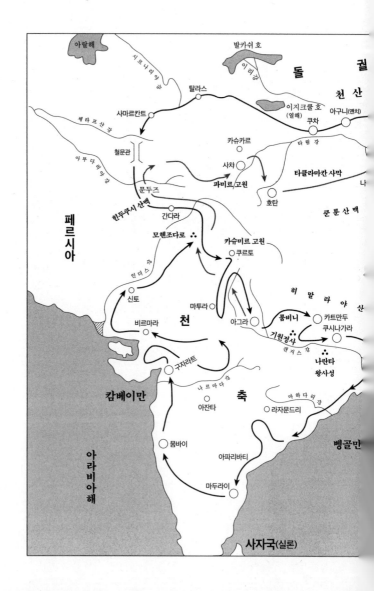

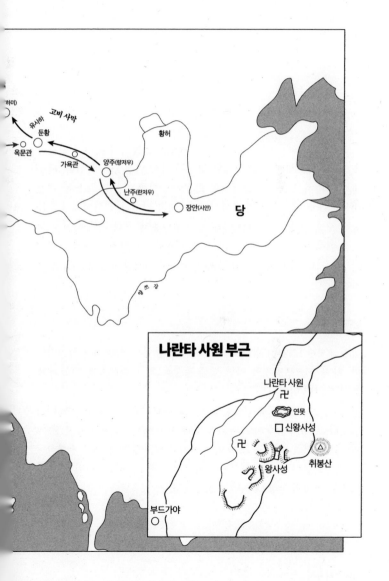

: 여행 노선

: 귀국 노선

하미)

고비 사막

유사하

둔황

옥문관

가욕관

황허

양주(량저우)

난주(란저우)

장안(시안)

당

양쯔 강

나란타 사원 부근

나란타 사원

관

연못

신왕사성

관

왕사성

취봉산

부드가야

『서유기』 4권 등장인물

손오공

동승신주東勝神洲 오래국傲來國 화과산花果山의 돌에서 태어나 수보리 조사須菩提祖師에게 도술을 배워 일흔두 가지 변신술을 익힌다. 반도 대회를 망치고 도망쳐 화과산의 원숭이 무리를 이끌고 스스로 '제천 대성齊天大聖'이라 칭하며 옥황상제에게 도전했다가, 석가여래에게 붙 잡혀 오백 년 동안 오행산 아래 눌려 쇠구슬과 구리 녹인 쇳물로 허 기를 때우며 벌을 받는다. 관음보살의 안배로 서천으로 불경을 가지 러 가는 삼장법사의 제자가 되어 신통력과 기지로 온갖 요괴들을 물 리친다.

삼장법사

장원급제한 수재 진악陳萼의 아들이자 승상 은개산殷開山의 외손자이 다. 아버지는 부임지로 가던 도중 홍강洪江의 도적들에게 피살되고, 임신 중이던 어머니는 강제로 도적의 아내가 된다. 죽은 아버지의 직 위를 사칭하던 유홍劉洪의 음모를 피해, 어머니는 그를 강물에 띄워 보낸다. 요행히 금산사金山寺의 법명화상法明和尙이 그를 구해 현장玄奬 이라는 법명을 주었다. 그는 이후 불가의 수양에 뜻을 두고 수행하다 가 관음보살의 배려로 불경을 찾아 서천으로 떠나도록 선발된다. 당 태종은 그에게 삼장三藏이라는 법명을 준다.

저팔계

본래 하늘의 천봉원수天蓬元帥였으나 반도대회에서 항아를 희롱한 죄로 인간 세상으로 내쫓긴다. 어미의 태를 잘못 들어가 돼지의 모습으로 태어났으나, 서른여섯 가지 술법을 부리며 요괴가 되어 악행을 일삼다가 관음보살에게 감화되어 삼장법사의 제자로 안배된다. 이후, 오사장국烏斯藏國 고로장高老莊에서 데릴사위로 있었는데, 손오공을 만나 싸우다가 복릉산福陵山 운잔동雲棧洞으로 도망친다. 하지만 곧 굴복하여 삼장법사의 제자가 된다. 아홉 날 쇠스랑[九齒花]을 무기로 쓴다.

사오정

본래 하늘의 권렴대장군捲簾大將軍이었으나, 반도대회에서 실수로 옥파리玉玻璃를 깨뜨리는 바람에 아래 세상으로 내쫓긴다. 유사하流沙河에서 요괴 노릇을 하며 지내다가 관음보살에 의해 삼장법사의 제자로 안배된다. 훗날 유사하를 건너려던 삼장법사 일행을 몰라보고 손오공, 저팔계와 싸우지만, 관음보살이 자신의 큰제자인 목차木叉 혜안惠岸을 보내 오해를 풀어주어서, 결국 삼장법사의 셋째 제자가 된다. 무기로는 항요장降妖杖을 쓴다.

사자 요괴

본래 문수보살文殊菩薩이 타고 다니던 푸른 사자[靑獅]였으나, 도망쳐서 요괴 노릇을 한다. 도사로 변신하여 오계국 왕을 죽이고 왕 노릇을 하다가 손오공에게 정체를 발각당한다. 삼장법사로 변신하여 손오공을 속이고 도망치지만, 문수보살이 나타나 거두어 간다.

홍해아

우마왕牛魔王과 나찰녀羅刹女의 아들로, 화염산火聆山에서 삼백 년 동안 수행하여 삼매진화三昧眞火를 단련한 후, 육백리찬두호산六百里鑽頭號山 고송간枯松澗의 화운동火雲洞에서 요괴 노릇을 하다가, 불로장생을 위해 삼장법사를 잡아먹으려고 납치한다.

금각대왕과 은각대왕

평정산平頂山 연화동蓮花洞에 살던 요괴들로, 불로장생을 위해 삼장법 사를 잡아먹으려고 한다. 은각대왕이 저팔계를 잡아간 후, 다시 술법 을 부려 산으로 손오공을 눌러놓고 삼장법사를 납치한다. 손오공은 꾀를 써서 요괴들의 보물을 훔치고 그것을 이용해서 요괴들을 물리 치지만, 태상노군이 찾아와 보물을 돌려달라고 하며 요괴들의 정체 를 밝힌다. 즉 그들은 각각 태상노군의 금화로와 은화로를 지키던 동 자였으나, 관음보살의 부탁으로 삼장법사 일행을 시험하기 위해 아 래 세상으로 내려보내 요괴 노릇을 하게 한 것이었다.

오계국 왕

도사로 변장한 요괴에게 당해 어화원御花園의 우물에 빠져 죽는다. 용 왕의 도움으로 시신 상태로 보존되어 있다가, 마침 길을 가다 보림사 寶林寺에 묵은 삼장법사를 찾아와 도움을 청한다. 삼장법사는 손오공 으로 하여금 요괴를 물리치고 국왕을 되살리게 한다. 손오공은 태상 노군로부터 구전환혼단九轉還魂丹을 얻어 와 국왕을 되살려낸다.

불교 · 도교 용어 풀이

【ㄱ】

구전대환단九轉大還丹

도가에서 말하는 신선의 단약. '구전九轉'은 아홉 번 달였다는
뜻이다. 도가에서는 단약을 달이는 횟수가 많고 시간이 오래
될수록 복용한 후에 더 빨리 신선이 될 수 있다고 생각했다.
"아홉 번 달인 단약은 복용한 후 사흘 안에 신선이 될 수 있다"
는 말이 『포박자抱朴子』「금단金丹」에 보인다.

금련金蓮

원래는 '지용보살地湧菩薩'이라고 한다. 『법화경法華經』「용출품
湧出品」에 의하면, 석가여래가「적문迹門」―『법화경』은「적문」
과「본문本門」으로 나뉜다―을 강의한 후「본문」을 강의하려
하자, 석가여래의 교화를 입은 무량대보살無量大菩薩이 땅 밑에
서 솟아올라 허공에 머물렀다고 한다. 부처와 보살은 모두 연
꽃 자리에 앉아 있으므로 '지용금련地湧金蓮'이라 칭하기도 한
다. 여기에선 수보리조사가 위대한 도의 오묘함을 강론했음을
비유한 것이다.

급고독장자給孤獨長者

중인도中印度 교살라국憍薩羅國 사위성舍衛城의 부유한 상인 수
달다須達多의 별칭이다. 그는 자비와 선을 베풀기를 좋아해서
종종 외롭고 쓸쓸한 이들에게 먹을 것을 베풀어주었기 때문에
이런 별칭을 얻었다. 그는 왕사성王舍城에서 석가여래의 설법
을 듣고 크게 감동하여 석가여래를 자기 나라로 초청했다. 그

리고 태자 기다祇多의 정원을 사서 기원정사祇園精舍를 세워 석
가여래에게 바치며 설법하는 장소로 쓰게 해주었다.

기원琪園

기원祇園, 즉 지원정사祇園精舍를 가리키는 듯하다. 인도의 불
교 성지 중 하나이다. 코살라Kosala국 급고독장자給孤獨長者가
큰돈을 주고 파사닉왕태자波斯匿王太子 제타(Jeta, 祇陀)의 사위
성舍衛城 남쪽의 화원花園인 기원을 사들여 정사精舍를 건축하
여 석가가 사위국舍衛國에 머물며 설법하는 장소로 삼았다. 제
타 태자는 화원을 팔았을 뿐만 아니라 화원에 있던 나무를 석
가에게 바치고 두 사람의 이름을 따 이 정사를 기수급고원祇
樹給獨孤園이라고 불렀다. 기원은 약칭이다. 왕사성王舍城의 죽
림정사竹林精舍와 함께 불교 최고最古의 두 정사로 알려져 있다.
당나라 현장법사가 인도를 찾았을 때 이 정사는 이미 붕괴되
어 있었다.

【ㄴ】

"너는 열 가지 악한 죄를 범하였다."(제1권 5회 171쪽)

불교에서는 사람이 몸, 입, 생각으로 범하는 10가지 죄악으로
살생, 절도[偸盜], 음란[邪淫], 망령된 말[妄語], 일구이언[兩舌],
욕설[惡口], 거짓으로 꾸민 말[綺語], 탐욕, 격노[瞋迷], 사악한
생각[邪見]을 들고 있다. 십악대죄十惡大罪라고 하면 모반謀反,
모대역謀大逆, 모반謀叛, 악역惡逆, 부도不道, 대불경大不敬, 불효不
孝, 불목不睦, 불의不義, 내란內亂을 가리킨다.

네 천제[四帝]

도교에서 떠받드는 네 명의 천신으로 사제四帝 또는 사어四御
라고 불린다. 호천금궐지존옥황대제昊天金闕至尊玉皇大帝, 중천
자미북극대제中天紫微北極大帝, 구진상천천황대제勾陳上天天皇大
帝, 승천효법토황제지承天效法土皇帝祗를 가리킨다.

녹야원鹿野苑

석가모니가 도를 깨달은 후 처음으로 법륜法輪을 전하고 사체
법四諦法을 이야기하였다는 곳으로 전해진다.

【ㄷ】

"다시 오천사백 년이 지나서 해회가 끝날 무렵에는 정貞의 덕이 하강하
고 원元의 덕이 일어나면서 자회子會에 가까워지고⋯⋯."(제1권 1회 27쪽)

여기서는 송나라 때의 소옹(1011~1077, 자字는 요부堯夫, 시
호諡號는 강절선생康節先生)이 쓴 『황극경세皇極經世』에 들어 있
는 천지의 개벽과 순환에 관한 설명을 빌려 쓰고 있다. 『주역』
「건괘乾卦」의 괘를 풀어놓은 글에 '원형이정元亨利貞'이라는 표
현이 들어 있는데, 흔히 이것을 건괘의 '네 가지 덕성[四德]'이
라고 부르며, 그 하나하나가 네 계절과 짝을 이룬다고 설명하
곤 한다. 그런 속설에 입각하면 "정의 덕이 하강하고 원의 덕
이 일어난다"는 것은 겨울이 가고 봄이 오기 시작한다는 뜻이
된다.

대단大丹

도가 용어로 오랜 기간의 수련과 고행을 통해 얻어지는 내단內
丹을 가리킨다.

대라천

도교에서 말하는 서른여섯 층의 하늘 중 가장 높은 곳에 위치
한 하늘.

대승교법大乘敎法

1세기 무렵에 형성된 불교의 교파로서, 대자대비한 마음으로
중생을 두루 제도하여 불국정토佛國淨土를 건립하는 것을 최고
의 목표로 삼으면서, 개인적 자아 해탈을 추구하던 원시불교
와 다른 교파를 '소승'이라고 비판했다. 대승불교에서는 삼세
시방三世十方에 무수한 부처가 있다고 여기는 데 비해, 소승불
교에서는 석가모니만을 섬긴다.

대천大千

'대천세계大千世界', '삼천대천세계三千大千世界'를 줄인 말로 석
가모니의 교화가 미친 지역을 가리킨다. 불교에서는 수미산을
중심으로 하여 사대부주四大部洲의 일월이 비추는 곳을 합쳐서
하나의 소세계小世界로, 천 개의 소세계를 소천세계小千世界로,
천 개의 소천세계를 중천세계中千世界로, 천 개의 중천세계를
대천세계로 생각한다.

도솔천궁兜率天宮

도교 전설에서는 태상노군이 거주하는 곳이다. 불교에도 도솔
천이 있는데, 욕계欲界의 육천六天 가운데 네 번째 하늘이다. 욕
계의 정토로 미륵보살이 사는 곳이다.

동승신주東勝神洲·서우하주西牛賀洲·남섬부주南贍部洲·북구로주北蘆洲

여기에 언급된 4개 대륙은 불경에서 말하는, 수미산을 사방으
로 둘러싼 염해海에 떠 있는 4개의 큰 대륙을 가리킨다. 다만
여기서는 그 명칭을 약간 바꾸어 사용하고 있다. '동승신주'는
원래 '동승신주東勝身洲'라고 되어 있는데, 이것은 반달 모양
의 그 지역에 사는 사람들이 신체와 용모가 빼어나고 각종 질
병을 앓지 않는다는 뜻이었다. 그리고 '서우하주'는 본래 '서
우화주西牛貨洲'라고 되어 있는데, 이것은 보름달 모양의 그 지
역에서는 소를 화폐로 사용했기 때문에 붙여진 명칭이라고 한
다. 또 '남섬부주'의 명칭은 '염부閻浮'라는 나무의 이름을 뜻
하는 '섬부贍部'라는 표현을 이용해서 만든 것인데, 수레의 윗
부분에 얹은 상자처럼 생긴 이 대륙에 염부나무가 많이 자
라기 때문에 붙여진 것이다. 마지막으로 '북구로주'는 '북구로
주北拘蘆洲'라고 쓰기도 하는데, 정사각형의 그릇 덮개 모양으
로 생긴 이 땅에 사는 사람들은 천 년 동안 장수를 누리고, 다
른 지역보다 평등하고 안락한 생활을 한다고 했다.

【ㅁ】

만겁의 세월

고대 인도에서는 세계가 일정한 시간이 지나면 멸망했다가 다시 시작된다고 믿었는데, 그 한 번의 주기를 하나의 '칼파kalpa'라고 불렀다. '겁'은 칼파를 음역한 것이다. 80차례의 작은 겁이 모이면 하나의 큰 겁이 되는데, 하나의 큰 겁에는 '성成', '주住', '괴壞', '공空'의 네 단계가 들어 있어서, 이것을 '사겁四劫'이라 부른다. '괴겁'의 때에 이르면 물과 불과 바람의 세 가지 재앙이 나타나 세상은 훼멸의 단계로 들어가기 시작한다고 하는데, 이 때문에 후세에는 '겁'을 '풀기 어려운 재난'의 뜻으로 사용하기도 했다.

"모든 것이 결국은 정과 기와 신이니……."(제1권 2회 72쪽)

정신력과 체력[精], 원기[氣], 정력[神]을 가리킨다. 도교에서는 이 세 가지를 조화롭게 키우고 수양하면 신선이 될 수 있다고 생각했다. 이는 주로 『황정경』의 주장을 인용한 것이다.

"무상문의 진정한 법주이시니……."(제1권 7회 224쪽)

무상문은 여기서 불문佛門을 범칭하는 것으로 쓰였다. 불교의 삼론종三論宗이 '모든 법이 모두 공'이란 사상을 종지로 삼기 때문에 무상종無相宗이라고 불린다. 법주法主는 불경에서 석가모니에 대한 칭호로 쓰인다. 설법주說法主라고 쓰기도 하며 교의를 선양하는 스승이란 의미를 갖는다.

문수보살文殊菩薩

대승불교의 보살 가운데 하나로, 지혜를 상징한다. 특히 보현보살과 함께 석가모니를 좌우에서 모시고 있는데, 일반적으로 석가모니의 왼쪽에서 머리에 큰 태양과 다섯 지혜를 상징하는 상투를 틀고, 손에는 칼을 쥔 채 푸른 사자를 탄 모습으로 묘사된다.

반야般若

범어 '푸라쥬냐Prajuuñā'를 음역한 것으로 '포어루어[波若]'라고도 하며 '지혜'라는 뜻이다. 즉, '모든 사물을 여실히 이해하는 지혜'를 가리키는 것으로 일반적인 지혜와는 다르다.

법계法界

불법의 범위로 원시불교에서는 열두 인연[因緣], 대승에서는 만유의 본체인 진여眞如, 우주를 가리킨다. 또 불교도의 사회라는 의미도 가질 수 있는데, 여기서는 전자와 후자의 의미를 겸한다고 할 수 있다.

법상法相

모든 사물에 내재하거나 외재하는 표상을 통틀어 가리키는 말이다.

"별자리 밟으니……."(제5권 44회 117쪽)

본문의 '사강포두査勓佈斗'는 '답강포두踏勓佈斗', 즉 도교의 법사가 단을 세우고 의식을 치를 때 별자리를 따라 걷는 걸음걸이를 가리킨다. 이렇게 걸으면 신령을 불러낼 수 있다는 것인데, 이 걸음을 만들어낸 이가 우禹임금이라 해서 '우보禹步'라고도 부른다.

보타낙가산普陀落伽山

'흰 꽃이 피어 있는 작은 산' 또는 '꽃과 나무로 가득한 작은 산'이라는 뜻을 가진 범어 '포탈라카potalaka'의 음역이다. 지금의 저쟝성浙江省 포투어시앤普陀縣 동북쪽 바다 가운데 '보타도'라는 섬이 있다. 이 섬은 옛날에 산서山西의 오대산五臺山과 안휘安徽의 구화산九華山, 사천四川의 아미산峨眉山과 더불어 중국 불교의 4대 사찰이 자리 잡은 명산으로 꼽혔다.

복기服氣

도교에서는 선인仙人들이 여름에는 화성火星의 적기赤氣를, 겨울에는 화성의 흑기黑氣를 마시면 배고픔을 잊는다고 한다.

"불법은 본래 마음에서 생겨나고 또한 마음을 따라 사라진다네."(제2권 20회 271쪽)

법은 범어 '다르마dharma'의 의역이다. 여기서는 모든 사물과 현상을 가리킨다. '심'이란 모든 정신 현상을 가리킨다. 불교에는 '만법일심설萬法一心說'이라는 것이 있다. 『반야경般若經』에 이런 기록이 있다. "모든 법과 마음을 잘 인도해야 한다. 마음을 안다면 모든 법을 다 알 수 있다. 세상의 모든 법은 다 마음에서 비롯된다."

불이법문不二法門

불교 용어로, 모든 현상과 모순이 '분별이 없고' 각종 차이를 초월해야 한다는 뜻이다. 이른바 언어나 문자를 떠난 '진여眞如', '실상實相'의 깨달음으로, 그들은 서로 평등하며 서로 간에 구별도 없다. 보살이 이 '불이不二'의 이치를 깨달은 것을 '불이법문不二法門'에 들었다고 한다. 여기에서 불이법문은 '불문佛門'을 뜻한다.

【ㅅ】

사대천왕四大天王

불교에서는 33개 하늘의 군주를 제석이라고 부른다. 이들은 수미산 꼭대기 도리천 중앙의 희견성喜見城에 거주하고 있다. 이들 밑에 수미산의 사방을 지키는 외장外將이 있는데 이들을 사대천왕, 혹은 사대금강四大金剛이라고 부른다. 천하의 네 방위를 맡아 지키고 있기 때문에 호세사천왕護世四天王이라고도 불린다. 동방의 다라타多羅吒는 지국천왕持國天王으로 몸은 흰색이고 비파를 들고 있다. 남방의 비유리毗琉璃는 증장천왕增長天王으로 몸은 청색이고 보검을 쥐고 있다. 서방의 비류박차毗留博叉는 광목천왕廣目天王으로 몸은 붉은색이고 손에는 용이 또리를 틀고 있다. 북방의 비사문毗沙門은 다문천왕多聞天王으로 몸은 녹색이고 오른손에는 우산을, 왼손에는 은 쥐를 쥐고 있다.

"사람이 죽어 삼칠 이십일 일 혹은 오칠 삼십오 일, 칠칠 사십구 일이 다 차면 이승의 죄를 다 씻어내고 환생할 수 있습니다."(제4권 38회 228쪽)

불교에서는 7일을 하나의 주기로 삼는다. 죽은 자의 영혼은 이 주기가 일곱 번 끝날 때까지 자신이 내세의 이승에 다시 태어날 곳을 찾을 수 있으며, 그것이 적절한 선택인지 여부는 저승의 판관들이 심사하여 결정한다. 만약 그가 스스로 마땅한 곳을 찾지 못했다면 저승의 판관이 다시 태어날 곳을 지정해 준다. 어쨌든 49일이 지난 후에는 모든 영혼이 반드시 윤회하여 이승의 어딘가에 태어나게 된다.

"사부님, 겁내지 마십시오. 저건 원래 사부님의 껍질이었습니다."(제10권 98회 228쪽)

이것은 본래 불교의 해탈 과정이라기보다는 육신을 버리고 우화등선羽化登仙하는 도교의 '시해尸解'에 가까운 묘사이다. '시해'에는 숯불에 몸을 던지는 '화해火解'와 물에 빠져 죽는 '수해水解', 칼로 목숨을 끊는 '검해劍解' 등 다양한 방법이 있다.

사상四相

불교 용어로, 아래와 같은 여러 가지 다른 의미를 가지고 있다. 첫째 인과사상因果四相이라 하여 생생生, 노로老, 병병病, 사사死를 가리킨다. 둘째 만물의 변화를 나타내는 네 가지 상, 곧 생상生相, 주상住相, 이상移相, 멸상滅相을 가리킨다. 셋째 중생이 실재實在라고 착각하는 네 가지 상, 곧 아상我相, 인상人相, 중생상衆生相, 수자상壽者相을 가리킨다.

사생四生

불교에서는 중생의 출생을 네 가지로 나눈다. 사람과 가축 같은 태생胎生, 날짐승과 길짐승 및 물고기 같은 난생卵生, 벌레와 같이 습기에 의지해 형체를 이루는 습생濕生, 의탁하는 것 없이 업력業力을 빌려 홀연히 출현하는 화생化生이 그것이다.

사인四忍

고통이나 모욕을 당해도 원망하는 마음이 없고 편안한 마음으로 불교의 교리를 믿고 지키며 동요되지 않는 것을 말한다. 지혜의 일부분으로 이인二忍, 삼인三忍, 사인四忍 등이 있다.

사위성舍衛城

사위[śrāvastī]는 원래 코살라국의 도성 이름이었는데, 남쪽에 있었던 또 하나의 코살라국과 구별하기 위하여 '사위舍衛'라는 도시 이름으로 국명을 대체하였다. 이곳에는 불교를 숭상하는 것으로 유명하던 파사닉왕波斯匿王이 살았는데, 성안에 급고독 장자給孤獨長者가 보시한 기원정사祇園精舍가 있는데 유적이 아 직도 남아 있다. 전하는 바에 따르면, 석가모니가 성불한 후 이곳에서 25년 살았다고 한다. 7세기에 당나라 현장법사가 이 곳을 찾은 적이 있다.

사치공조四値功曹

도교에서 신봉하는 치년値年, 치월値月, 치일値日, 치시値時 네 신의 총칭으로 신들이 사는 천정天庭에 기도문을 전달하는 관 직을 맡고 있다.

삼계三界

불교에서는 인간 세상을 세 단계로 나눈다. 욕계欲界는 온갖 욕망을 다 가지고 있는 중생의 세계이고, 색계色界는 욕계의 윗단계로서 욕망은 없으나 외형과 형태는 존재하는 세계이고, 무색계無色界는 다시 색계의 윗단계로서, 색상色相(사물의 형 태와 외관)이 모두 사라지고 오로지 정신만이 정지 상태에 머 무르는 중생계이다. 여기에선 인간세계에 대한 범칭으로 쓰였 다. 감원坎源이란 수원水源을 의미한다. 『주역』 「감괘坎卦」가 수 에 속하므로 이렇게 일컫는 것이다.

삼공三空

불가 용어로, 삼해탈三解脫, 삼삼매三三昧라고도 한다. 아공我空, 법공法空, 아법구공我法俱空을 가리키기도 하고 삼공해탈三空解 脫, 무상해탈無相解脫, 무원해탈無愿解脫을 가리키기도 한다.

삼관

도교의 기氣 수련에 관련된 용어인데, 그에 대한 해설은 각각 이다. 『회남자淮南子』 「주술훈主術訓」에서는 귀, 눈, 입이라고

했고, 『황정경』에서는 손, 입, 발이라고 했다. 명당明堂, 가슴에 있는 동방洞房, 단전丹田의 셋이라고 하기도 하고(『원양자元陽子』), 머리 뒤쪽의 옥침玉枕, 녹로翁晤, 등뼈 끝부분의 미려尾閭의 셋이라고 하기도 한다(『제진현오집성諸眞玄奧集成』).

삼귀오계

삼귀는 '삼귀의三摹依'의 준말이다. 불교에 입문할 때 반드시 스승에게서 '삼귀의'를 전수받게 되니, 즉 부처[佛], 불법[法], 승려[僧]의 삼보三寶를 가리킨다. 오계五戒는 살생하지 말고, 도둑질하지 말고, 음란하고 사악한 짓을 말며, 망령된 말을 하지 말고, 술을 마시지 말라는, 불교도가 평생 지켜야 할 다섯 가지 계율이다. 도가에도 오계가 있으니, 살생하지 말고, 육식과 술을 하지 말며, 속 다르고 겉 다른 말을 말며, 도둑질하지 말고, 사악하고 음란한 짓을 하지 말라는 것이다.

삼단해회대신三壇海會大神

덕이 깊고 넓은 것이나 수량이 엄청난 것을 비유하여 쓰는 말이다. 『화엄현소華嚴玄疏』에 따르면, '바다가 모인다[海會]'고 말하는 것은 그 깊고 넓음 때문이다. 어짊이 두루 미쳐 중생들에게 골고루 퍼지고 덕이 깊어 불성佛性을 구하는 것이 헤아릴 수 없이 넓고 크기 때문에 '바다'라고 한 것이라고 했다.

삼도三塗

'삼악취三惡趣' 또는 '삼악도三惡道'라고도 하는데, 뜨거운 불로 몸을 태우는 지옥도地獄道와 서로 잡아먹는 축생도畜生道, 그리고 칼과 몽둥이로 핍박하는 아귀도餓鬼道를 가리킨다. 불교에서는 악행을 저지른 사람은 죽어서 반드시 이 셋 가운데 하나에 빠지게 된다고 한다.

삼매화三昧火

삼매란 범어 '사마디Samadhi'의 역어로서 '고정되다', '정해지다'의 뜻을 가지고 있다. 보통 한 가지에 집중하여 흩어짐이 없는 정신 상태를 가리킨다. 삼매화란 삼매의 수양을 쌓은 사람의 몸 안에서 돌고 있는 기운이며 진화眞火라고 부르기도 한다.

삼승三乘

승乘이란 물건을 실어 나르는 기구로서, 중생을 구제해 현실 세계인 차안此岸에서 깨달음의 세계인 피안彼岸에 도달함을 비유한 것이다. 불교에선 인간을 세 종류의 '근기根器'로 나눌 수 있다고 보므로, 수양에도 세 종류의 경로가 있게 되고, 수레로 실어 나르는 것의 비유에 따라 세 종류의 수행 방법을 '삼승'이라고 일컬으니, 성문승聲聞乘, 연각승緣覺乘, 보살승菩薩乘이 그것이다. 도가에도 '삼승'이 있는데, 동진부洞眞部가 대승, 동현부洞玄部가 중승中乘, 동신부洞神部가 소승이다.

삼시신三尸神

도교에서는 인간의 신체에 세 가지 벌레가 있다고 여기는데, 이를 삼충三蟲, 삼팽三彭, 삼시신三尸神이라 한다. 『태상삼시중경太上三尸中經』에 이르기를, "상시上尸는 팽거彭倨라 하는데 사람 수염 속에 있고, 중시中尸는 팽질彭質이라 하는데 사람 배 속에 있고, 하시下尸는 팽교彭矯라고 하는데 사람 발 속에 있다"고 한다. 송나라 때 섭몽득葉夢得이 쓴 『피서록화避暑錄話』에 따르면, 삼시신은 "인간의 잘못을 기억해 경신일庚申日에 사람이 잠든 틈을 타 상제께 그것을 일러바친다"고 한다.

삼원三元

도교 용어로 도교에서는 천天, 지地, 수水를 삼원三元 혹은 삼관三官이라고 한다.

삼재三災의 재앙

불교에는 큰 '삼재'와 작은 '삼재'가 있다. 전자는 한 겁이 끝날 무렵마다 나타나 세상 만물을 없애버리는 바람과 물과 불의 세 가지 재앙을 가리키고, 후자는 기근과 역병과 전쟁을 가리킨다. 여기서는 전자를 의미한다.

삼청三淸

도교에서 추앙하는 세 명의 최고신으로 옥청원시천존玉淸元始天尊(혹은 천보군天寶君), 상청영보천존上淸靈寶天尊(혹은 태상노군太上道君), 태청도덕천존太淸道德天尊(혹은 태상노군太上老君)을 말한다. 도교에서는 사람과 하늘 밖의 선경, 곧 삼청경三

清境이라는 곳에 이들 세 신이 살고 있다고 생각한다.

"세 송이 꽃 정수리에 모여 근본으로 돌아갈 수 있었고……"(제2권 19회 240쪽)

도교의 연단술에서는 정情, 기氣, 신神을 세 송이 꽃 혹은 세 가지 보물이라고 부른다. 세 송이 꽃이 정수리에 모였다는 것은 신체가 영원히 훼손당하지 않는 경지에 이르렀다는 것을 뜻한다.

세 혼

도가에서는 사람에게 혼이 세 개가 있다고 여겼으니, 탈광脫光, 상령爽靈, 유정幽精이 그것이다. 『운급칠첨雲笈七籤』 54권 「혼신魂神」에 따르면, 도가에서는 그 세 개의 혼을 굳게 지키는 법술이 있다고 한다.

"손에 든 여의봉은 위로 서른세 곳의 하늘……"(제1권 3회 107쪽)

범어 '도리천忉利天'의 의역이다. 『불지경론佛地經論』에 따르면, 이 명칭은 수미산 정상의 네 면에 각기 팔대천왕이 자리 잡고 있고, 가운데 제석帝釋이 살고 있다고 해서, 그 수에 맞춰서 붙여진 것이다.

수미산

인도의 전설에 나오는 산 이름이다. '수미須彌'는 '오묘하고 높다[妙高]'는 뜻을 가진 범어 '수메루sumeru'를 잘못 음역한 것이다. 불교에서는 이 산을 인간세계의 중심이자, 해와 달이 돌아서 뜨고 지는 곳이며, 삼계三界의 모든 하늘들을 지탱하는 기둥으로 여긴다.

수보리조사須菩提祖師

'수보리'는 본래 부처의 십대제자 가운데 하나이나, 여기서는 불교와 도교의 수련을 겸한 신선의 하나로 설정된 허구적 등장인물이다.

수중세계[下元]

도교에서는 하늘나라[天上]를 상원上元이라 하고, 육지를 중원中元, 물속을 하원下元이라 부른다.

"신묘한 거북과 삼족오三足烏의 정기 흡수했지."(제2권 19회 240쪽)

이 구절은 도가에서 물과 불을 조화롭게 하고 정精과 기氣가 서로 호응하는 연단술을 사용함을 나타내고 있다. '이離'와 '감坎'은 각각 팔괘의 하나로서, 이는 불이고 감은 물이다. 용과 호랑이는 도가에서 각각 물과 불, 납과 수은을 의미한다. 연단술에서 신묘한 거북은 신장 속의 검은 액체이다. '금오'는 신화 속의 '삼족오'로서 태양을 의미하고, 결국 심장을 뜻한다. '신령한 거북'과 '금오'는 연단술의 정과 기이다.

"신장腎臟의 물 두루 흘려 입속의 화지로 들어가게 하고⋯⋯."(제2권 19회 240쪽)

도교에서는 혀 아래쪽에 있는 침샘을 화지華池라고 부른다. 여기서는 오행 가운데 물에 해당하는 신장腎臟에서 정화된 기운이 온몸에 흐른다는 관념을 엿볼 수 있다.

십지十地

불교 용어로 '십주十住'라고도 한다. 보살이 수행하는 열 가지 경계를 말한다. 『화엄경華嚴經』에 따르면, 이것은 환희지歡喜地, 이구지離垢地, 발광지發光地, 염승지焰勝地, 난승지難勝地, 현전지現前地, 원행지遠行地, 부동지不動地, 선혜지善慧地, 법운지法雲地를 가리킨다.

【ㅇ】

"아래로는 십팔 층 지옥⋯⋯."(제1권 3회 107쪽)

지옥은 범어 '나락가那洛迦'의 의역이며, 불락不樂, 가염可厭, 고기苦器 등으로도 쓴다. 지하에는 팔한八寒, 팔열八熱, 무간無間 등이 있다. 불교에서는 사람이 생전에 악업을 지으면 사후에 지옥에 떨어져 각종 고통을 당한다고 한다. 『남사南史』「이맥전夷貊傳」에 따르면, 유살하劉薩何가 갑자기 병으로 죽었다가 나중에 다시 소생했는데, 스스로 십팔 층 지옥에 다녀온 적이 있다고 말했다는 기록이 있다.

아비지옥

불교에서 말하는 팔대지옥 중에서 여덟 번째 지옥으로서 거기에 떨어지면 영원히 벗어나지 못한다.

"아홉 등급 연화대가 있네."(제1권 7회 224쪽)

구품화九品花란 곧 구품 연화대蓮花台를 가리킨다. 불교 정토종淨土宗에서는 수행자의 공덕이 각기 다르므로 극락왕생해서 앉게 되는 연화대 또한 등급이 있게 된다고 본다. 상상上上, 상중上中, 상하上下, 중상中上, 중중中中, 중하中下, 하상下上, 하중下中, 하하下下 종 아홉 등급이다.

여산노모驪山老母

여자 신선의 이름이다. 전설에 따르면, 은나라와 주나라가 교체될 무렵에 천자가 된 여인이라고 한다. 당나라와 송나라 이후로 신선으로 받들어져서 '여산모驪山姆' 또는 '여산노모'라고 불렸다. 『집선전集仙傳』에 따르면, 당나라 때의 이전李筌이 신선의 도를 좋아했는데, 숭산嵩山 호구암虎口岩의 석벽에서 『황제음부경黃帝陰符經』을 얻고, 그것을 베껴 수천 번을 읽었으나 그 뜻을 이해할 수 없었다. 그러다가 여산에서 한 노파를 만났는데, 신령한 생김새가 예사롭지 않았다. 마침 길가에 불에 탄 나무가 있었는데, 노파가 "불은 나무에서 일어나지만 재앙은 반드시 극복된다(火生於木 禍發必剋)"고 중얼거렸다. 이전이 깜짝 놀라서 "그건 『황제음부경』의 비밀스러운 문장인데, 노파께서 어찌 알고 언급하시는 겁니까?" 하고 물었더니, 노파는 이전에게 그 경전의 오묘한 뜻을 풀어 설명해주고 보리밥을 대접해주고는 바람을 타고 사라져버렸다. 이전은 이때부터 밥을 먹지 않아도 배가 고프지 않아서, 그 참에 곡식을 끊고 도를 추구했다고 한다. 여산은 당나라 때 장안 부근(지금의 산시성陝西省 린동시앤臨潼縣 동남쪽)에 있는 산이다. 당나라 현종玄宗은 이곳의 온천에 화청궁華淸宮을 지어 양귀비楊貴妃와 함께 놀았으며, 근처에는 진秦 시황제始皇帝의 무덤이 있다.

연등고불燃燈古佛

정광불錠光佛이라고도 한다. 『지도론智度論』의 기록에 따르면,

그가 태어났을 때 몸 주변의 빛이 등과 같아서 그런 이름이 붙여졌다고 한다. 석가모니가 부처가 되기 전에, 연등불燃燈佛은 그가 장래에 부처가 될 거라고 예언했다고 한다.

영대방촌산靈臺方寸山

'영대'는 도가에서 사람의 마음을 비유하는 표현이며 '영부靈府'라고도 한다. '방촌' 역시 사람의 마음을 나타내는 표현이다. 이런 표현 때문에 일반적으로 『서유기』는 사람이 마음을 수양하는 과정을 비유와 상징으로 묘사한 작품이라고 여겨지곤 한다.

"예로부터 연단술과 『역경易經』, 황로黃老 사상의 뜻을 하나로 합쳤으니……."(제10권 99회 258쪽)

동한의 방사方士 위백양魏伯陽은 『주역참동계周易參同契』를 지어 『주역』의 효상론爻象論을 통해 연단하여 신선을 이루는 법을 설명하면서, 연단술과 『주역』, 황로 사상을 합쳐 하나로 만들었다.

예수기고재預修寄庫齋

기고寄庫란 요나라에서 제사 의식을 이르던 말이다. 또 한편으로는 민간신앙의 하나로 생전에 지전을 사르며 불사를 행하여 저승 관리에게 미리 돈을 주어 사후에 쓸 수 있도록 준비하는 의식을 가리키기도 한다.

오방오로五方五老

도교에서는 동왕공東王公(동화제군東華帝君), 단령丹靈, 황노黃老, 호령晧靈, 현로玄老를 오방오로라고 한다.

오온五蘊

'오음五陰'이라고도 하며 색色, 수受, 상想, 행行, 식識의 다섯 가지를 가리킨다. 이것은 순서대로 형상形相, 기욕嗜慾, 의념意念, 업연業緣, 심령心靈을 의미한다. 불교에서는 일체의 중생이 다섯 가지에 의해 이루어진다고 여긴다.

옥국보좌玉局寶座

태상노군의 보좌를 가리킨다. 옥국玉局은 지명으로 현재 청뚜시成都市에 있다. 도교의 전적에 따르면, 동한東漢 환제桓帝 영수永壽 원년(155)에 태상노군이 장도릉張道陵과 함께 이곳에 도착했는데, 다리가 달린 옥 침상이 땅에서 솟아올라 태상노군이 보좌에 앉아 공중으로 올라가 장도릉에게 경전을 강설하였다고 한다. 그리고 그가 떠나자 침상은 사라지고 땅에는 구멍이 생겼는데, 후에 그것을 옥국화玉局化라고 불렀다 한다. 송나라 때는 이곳에 옥국관玉局觀이 설립되었다.

"우리는 정精을 기르고, 기氣를 단련하고, 신神을 보존해서 용과 호랑이를 조화롭게 만들고, 감坎으로부터 이離를 채워야 하니……"(제3권 26회 151쪽)

도교의 연단煉丹에 대한 설명이다. 용과 호랑이는 음양오행의 원리에 따라 내단內丹을 설명하는 말이다. 용은 양陽에 속해서 이離에서 생기는데, 이는 불에 속하기 때문에 "용은 불 속에서 나온다(龍從火裏出)"고 한다. 이에 비해 호랑이는 음陰에 속해서 감坎에서 생기는데, 감은 물에 속하기 때문에 "호랑이는 물가에서 태어난다(虎向水邊生)"고 한다. 이 두 가지를 합쳐서 '도의 근본[道本]'이라 하는 것이다. 인체의 경우 간肝은 용에 해당되고 신장腎臟은 호랑이에 해당한다. 용과 호랑이의 근본은 원래 '참된 하나[眞一]'에 있으니, 음양의 융합이란 곧 그 근본을 합쳐 하나가 되는 것을 가리킨다. 한편, 외단外丹에서도 용과 호랑이로 음양을 비유하며, 수은[汞]을 구워 약을 제련하는 것을 일컬어 "용과 호랑이를 만든다(爲龍虎)"라고 하는데, 이 또한 음양의 융합을 가리키는 말이다.

원신元神

도교에서는 인간의 영혼이 수련을 거친 경우에 그것을 '원신'이라고 부른다. 신선의 도를 터득한 사람은 원신이 육체를 떠나 자유자재로 다닐 수 있다.

원양元陽

원양지기元陽之氣를 가리킨다. 도교에서는 이것을 선천적으로 타고나는 것이자 후천적인 양생의 노력으로 키울 수 있다고 본다. 이 기운은 타고난 정기精氣가 변화된 것으로, 오장육부

등의 모든 기관과 조직의 활동을 추동하고, 생명 변화의 원천이 된다.

육도六道

불교 용어로 '육취六趣'라고도 한다. 불교에서는 중생의 세계를 여섯 가지, 즉 하늘, 사람, 아수라阿修羅, 아귀餓鬼, 축생畜生, 지옥地獄으로 나눈다. 『엄경楞嚴經』에 따르면, 불문에 귀의하지 않으면 영원히 이 여섯 세계 안에서 윤회를 거듭하고 해탈할 수 없다고 말한다.

육도윤회六道輪廻

불교에서는 중생이 선악의 업인業因에 따라 지옥과 아귀餓鬼, 축생, 수라修羅, 인간, 천상의 여섯 세계를 윤회한다고 여겼다.

육욕

여섯 가지 탐욕. 첫째는 색욕色慾으로 빛깔에 대한 탐욕이고, 둘째는 형모욕形貌慾으로 미모에 대한 탐욕, 셋째는 위의자태욕威儀姿態慾으로 걷고 앉고 웃고 하는 애교에 대한 탐욕, 넷째는 언어음성욕言語音聲慾으로 말소리, 음성, 노래에 대한 탐욕, 다섯째는 세활욕細滑慾으로 이성의 부드러운 살결에 대한 탐욕, 여섯째는 인상욕人相慾으로 남녀의 사랑스런 인상에 대한 탐욕을 가리킨다.

육정六丁과 육갑六甲

도교에서 받들고 있는 천제天帝가 부리는 신으로 바람과 우레를 일으킬 수 있고 귀신을 제압할 수 있다. 육정은 정묘丁卯, 정사丁巳, 정미丁未, 정유丁酉, 정해丁亥, 정축丁丑으로 음신陰神, 즉 여신이고, 육갑은 갑자甲子, 갑술甲戌, 갑신甲申, 갑오甲午, 갑신甲辰, 갑인甲寅으로 양신陽神, 즉 남신이다.

은혜

불교에서 말하는 "네 가지 크나큰 은혜[四重恩]"란 세상 사람들이 마땅히 갚아야 될 네 가지 은덕을 가리킨다. 『석씨요람釋氏要覽』「권중卷中」에 따르면 두 가지 설이 있다. 하나는 부모의 은혜, 중생의 은혜, 임금의 은혜, 삼보三寶의 은혜를 말한다. 다른 하나는 부모의 은혜, 스승과 나이 많은 어른의 은혜, 임금의 은혜, 시주施主의 은혜를 말한다.

일곱 부처

불가에서는 비파시불毗婆尸佛, 시기불尸棄佛, 비사부불毗舍浮佛, 구류손불拘留孫佛, 구나함모니불拘那含牟尼佛, 가섭불迦葉佛, 석가모니불釋迦牟尼佛을 '과거의 칠불' 혹은 약칭으로 '칠불'이라 부른다.

입정入靜

불교에서 좌선을 하고 모든 잡념이 끊어진 고요한 상태에 들어가는 것을 일컫는 말이다.

【ㅈ】

작소관정鵲巢貫頂

석가여래가 참선을 하느라 나무 아래 앉아 있는데, 새 한 마리가 그런 석가여래를 나무인 줄 알고 머리에다 집을 짓고 알을 낳았다. 참선을 끝낸 석가여래는 머리 속에 알이 있는 줄 알고는 참선을 계속하여 그 알이 부화하여 새가 되어 날아간 다음에야 일어섰다는 이야기에서 유래한 표현이다.

장생제長生帝

도교에서 숭상하는 태산신泰山神을 가리킨다. 이 신이 인간의 생사를 주관한다는 전설이 있다. 그래서 '장생제'라고 부른다.

재동제군梓潼帝君

도교에서 공명功名과 녹위祿位를 주재한다고 여겨 모시는 신이다.『명사明史』「예지禮志」와『삼교원류수신대전三敎源流搜神大全』에 따르면, 그의 이름은 장아자張亞子이고 촉蜀 땅의 칠곡산七曲山(지금의 쓰촨성四川省 쯔통시앤梓潼縣 북쪽)에 살았다고 한다. 그는 진晉나라에서 벼슬살이를 하다가 전사했는데, 후세 사람들이 그를 위해 사당을 세워주었다. 당나라와 송나

라 때 여러 차례 벼슬이 더해져서 '영현왕英顯王'에까지 봉해
졌다. 도교에서는 그가 문창부文昌府의 일과 인간 세상의 벼슬
살이를 관장한다고 여겼기 때문에, 원나라 인종仁宗 연우延佑
3년(1316)에는 '보원개화문창사록굉인제군輔元開化文昌司祿宏仁
帝君'에 봉해져서 흔히 '문창제군文昌帝君'으로 불렸다.

"절로 거북과 뱀이 얽히게 되리라."(제1권 2회 73쪽)

모두 도교에서 내단內丹을 수련함을 의미하는 용어이다. 옥
토끼는 달에서 약을 찧고 있다는 신화 속의 동물이고, 까마귀
는 해에 산다는 다리 셋 달린 새로서 보통 금조金鳥라고 부른
다. 여기에선 이것들로 인체 내의 정, 기, 신, 음양이 서로 어울
려 조화되는 이치를 비유하고 있다. 거북과 뱀이 뒤얽혀 있다
는 것은, 도교에서 떠받드는 북방의 신 현무玄武로서 거북과
뱀이 합체된 모습을 하고 있다. 북방 현무가 수水에 속한 것을
가지고 중의中醫에서는 오행 가운데 수에 속하는 콩팥[腎臟]을
비유하고 있는데, 콩팥은 타고난 원양 진기眞氣를 보존하는 곳
이다.

"제호醍醐를 정수리에 들이부은 듯……."(제4권 31회 16쪽)

불교 용어로 지혜를 불어 넣어 깨닫게 한다는 뜻이다. 제호醍
醐란 치즈[峯酪]에서 추출한 정화로, 불가에서 최고의 불법을
비유하는 말이다.

좌관坐觀

자기 몸 하나가 들어갈 만한 작은 방에 들어가 외부와 일체의
교섭을 단절한 채 수행하는 것으로 90일이 한 단위가 된다.

지장왕보살地藏王菩薩

불교의 대승보살大乘菩薩 가운데 하나로, 범어 '걸차저얼파乞叉
底蘗婆'의 의역이다. 그는 "대지처럼 편안히 참아내는 부동심
을 갖고 있고, 비장의 보물처럼 고요하게 생각에 잠겨 깊고 은
밀한 성품을 나타낸다(安忍不動如大地 靜慮深密如秘藏)"(『지장십
륜경地藏十輪經』)는 데서 '지장'이라는 이름을 갖게 되었다. 불
교에서는 그가 석가모니가 사라지고 미륵彌勒이 세상에 나타
나기 전에 육도六道에 현신하여 천상에서 지옥에 이르기까지

모든 중생의 고난을 구제해주는 보살이라고 한다.

진언眞言

불교 밀종의 경전을 진언이라고 하니, 범어 '만다라mandala'의
의역으로서 망령되지 않고 진실된 말이란 의미이다. 또 승려
나 도사가 귀신을 항복시키고 사악한 기운을 쫓기 위해 암송
하는 구결을 진언이라고 하기도 했다. 여기서는 후자에 해당
한다.

진여

'진眞'은 허망하지 않고 진실한 것을 가리키며, '여如'는 '여상如
常', 즉 항상 변하지 않는 것을 가리킨다. 이런 경지는 투철한
깨달음을 통해서 도달할 수 있는 것이라고 한다.

【ㅊ】

천강성天勎星

도교에서는 북두성 주변에 있는 36개의 별을 지칭하여 천강
성天勎星이라 한다.

천화天花

양나라 무제 때 운광雲光법사가 경전을 강의하자 하늘이 감동
하여 천화가 떨어져 내렸다는 말이 양나라 혜교慧皎의 『고승
전高僧傳』에 실려 있다. 또 『법화경』「서품序品」에 의하면, 부처
가 『법화경』 강론을 끝내자 하늘에서 만다라화, 마하만다라
화, 만수사화와 마하만수사화가 부처와 청중들 몸으로 어지
러이 떨어져 내렸다고 한다. 여기서는 이 두 가지 의미를 함께
가지고 있다.

칠보七寶

불교 용어로 『법화경法華經』에 따르면 금, 은, 유리, 거거硨磲
(인도에서 나는 보석), 마노瑪瑙, 진주, 매괴玫瑰(붉은빛의 옥)
를 칠보라 한다.

【ㅌ】

탈태환골

도교의 연단煉丹에서는 어미의 몸에 태胎가 생기는 것으로 정
精, 기氣, 신神이 뭉쳐 내단內丹을 이루는 것을 비유한다. 이런
경지에 이르면 보통 인간의 육신을 벗어던지고 신선의 몸으로
탈바꿈한다는 것인데, 이것을 일컬어 '탈태환골'이라 한다. 오
대五代 무렵의 진박陳樸이 편찬한 『내단담內丹談』에 따르면, 도
가의 수련은 아홉 단계를 거쳐 연단하게 되는데, 그 과정은 다
음과 같다. 첫 번째 단계를 지나면 생기가 유통하고 음양이 화
합하면서 내단이 단전丹田을 향해 내려오기 시작하고, 두 번째
단계를 지나면 참된 정기가 단약처럼 둥글게 뭉쳐 단전으로
갈무리되고, 세 번째 단계를 거치면 신선의 태가 어린애 같은
모양을 갖추고, 네 번째 단계를 거치면 신선의 태와 정신이 넉
넉해져서 혼백이 모두 갖춰지고, 다섯 번째 단계를 거치면 신
선의 태가 자라면서 마음대로 신통력을 부릴 수 있게 되고, 여
섯 번째 단계가 지나면 신체 안팎의 음양이 모두 넉넉해져서
신선의 태와 정신이 인간의 육체와 하나로 합쳐지고, 일곱 번
째 단계가 지나면 오장五臟의 타고난 기운이 모두 신선의 그것
으로 바뀌고, 여덟 번째 단계가 지나면 어린애에게 탯줄[臍帶]
이 있는 것처럼 배꼽 가운데 '지대地帶'가 생겨서 태식胎息, 즉
코와 입을 쓰지 않는 호흡을 통해 기운을 온몸에 두루 흐르게
할 수 있으며, 최후의 아홉 번째 단계에 이르면 육신이 도와
하나가 되어 지대가 저절로 떨어지고 발아래 구름이 생겨 하
늘로 날아오를 수 있다고 한다.

태상노군급급여율령봉칙太上老君急急如律令奉勅

'급급여율령急急如律令'이란 도교에서 사용하는 일상적 주문이
다. 원래 한나라 때의 공문서에 '여율령'이라는 표현이 자주
쓰였는데, 나중에 도교에서 '신을 부르고 귀신을 잡는[召神拘
鬼]' 주문의 말미에 종종 이 표현을 모방해서 썼다. 이것은 율
법의 명령과 같이 반드시 긴급하게 집행해야 한다는 뜻을 나
타낸 것이다.

태을太乙

태일太—이라고도 한다. 여기서는 하늘과 땅이 나뉘지 않고 혼돈된 상태로 있을 때의 원기元氣를 의미한다. 도가에서도 텅 비어 있는 '도道'의 별칭으로 쓴다.

태을천선太乙天仙

천선이란 도교에서 승천升天한 신선을 가리키는 말이다. 『포박자抱朴子』「논선論仙」에 따르면, "『선경仙經』에 이르기를, '상사上士'는 육신을 이끌고 허공으로 올라가니 천선天仙이라 하고, 중사中士는 명산에서 노니니 이를 지선地仙이라 하고, 하사下士는 죽은 후에야 육신의 허물을 벗으니, 이를 시해선尸解仙이라 한다'고 하였다"고 한다.

【ㅍ】

팔난八難

팔난이란 부처님을 만나고 불법을 구하기 어려운 여덟 가지 상황을 말하는 것이다. 즉 지옥, 축생, 아귀, 장수천長壽天, 북울단월北鬱單越, 맹롱음아盲聾瘖啞, 세지변총世智辯聰, 불전불후佛前佛後이다.

팔대금강八大金剛

팔대금강명왕八大金剛明王의 약칭으로 금강수보살金剛手菩薩, 묘길상보살妙吉祥菩薩, 허공장보살虛空藏菩薩, 자씨보살慈氏菩薩, 관자재보살觀自在菩薩, 지장보살地藏菩薩, 제개장보살除蓋障菩薩, 보현보살普賢菩薩을 가리킨다.

【ㅎ】

현무玄武

도교의 사방신四方神 가운데 북방의 신을 가리킨다. 그 모습은 대체로 거북과 뱀이 합쳐진 모양으로 묘사된다. 송나라 대중상부(大中祥符, 1008~1016) 연간에는 휘諱를 피하기 위해 '진무眞武'라고 칭했다. 송나라 진종眞宗 때는 '진천진무령응우성제군鎭天眞武靈應祐聖帝君'으로 추존되어 '진무제군'으로 불리기 시작했다. 도교 사당에 조각상이 모셔진 경우가 많은데, 그 모습은 검은 옷을 입고 머리를 풀어헤친 채, 손에 칼을 짚고 발로 거북과 뱀이 합쳐진 괴물을 밟고 있으며, 그 하인은 검은 깃발을 들고 있는 것으로 묘사된다.

현장玄奘

당나라의 실존했던 고승으로, 속세의 성명은 진위(陳褘, 602~664)이며, 낙천洛川 구씨柳氏(지금의 허난성河南省 이앤스시 앤偃師縣 꺼우스쩐柳氏鎭) 사람이다. 어려서 출가하여 불교 경전을 연구했고, 천축天竺, 즉 인도에 유학하여 17년 동안 공부하고 장안으로 돌아와 불경의 번역에 힘써서, 중국 불교 법상종法相宗의 창시자 가운데 하나가 되었다. 『서유기』에서는 비록 이 인물을 모델로 삼았지만, 오랫동안 민간에서 전설로 전해지면서 실제 역사에 나타난 것과는 많은 차이가 생기게 되었다.

현제玄帝

노자老子를 가리킨다. 당나라 고종高宗 건봉乾封 원년(666)에 노자를 태상현원황제太上玄元皇帝로 추존하였는데, 간략히 현제라고도 불린다.

화생化生

『유가론瑜迦論』에 따르면, 껍질에 의지해서 나는 것을 난생卵生, 암수 교합을 통해 몸에 담고 있다가 낳은 것을 태생胎生, 습기를 빌려 나는 것을 습생傀生, 아무것도 없는 상태에서 변화하여 생겨난 것을 화생化生이라 한다고 했다.

『황정경黃庭經』

도가의 경전 가운데 하나로, 원래는 『태상황정내경경太上黃庭內景經』과 『태상황정외경경太上黃庭外景經』이라는 두 권의 책으로 되어 있다. 이 책에 담긴 내용은 주로 양생수련養生修練의 방법들이라고 한다.

"할멈과 어린아이는 본래 다름이 없다네."(제3권 23회 63쪽)

시에서 '할멈'은 도교에서 신봉하는 비장脾臟의 신이다. 비장은 오행 가운데 토土에 속하고, 그 색은 황색이기 때문에 이런 명칭이 붙었다. 『서유기』에서 황파는 종종 사오정의 별칭으로 쓰인다. '어린아이'는 심장의 신으로, '적성동자赤城童子'라고도 한다. 심장을 상징하는 색은 적색이기 때문에 이런 명칭이 붙었다.

서유기 4

1판 1쇄 인쇄	2019년 10월 30일
1판 3쇄 발행	2024년 9월 19일
지은이	오승은
옮긴이	홍상훈 외
펴낸이	임양묵
펴낸곳	솔출판사
편집	윤정빈 임윤영
경영관리	박현주
주소	서울시 마포구 와우산로29가길 80(서교동)
전화	02-332-1526
팩스	02-332-1529
블로그	blog.naver.com/sol_book
이메일	solbook@solbook.co.kr
출판등록	1990년 9월 15일 제10-420호

© 홍상훈 외, 2019

ISBN	979-11-6020-108-6	(04820)
	979-11-6020-104-8	(세트)